麒麟児

冲方丁

角川文庫
22908

目次

序章　焼却の策　5
第一章　使者二人　23
第二章　走馬灯の如く　94
第三章　降伏条件　150
第四章　強硬談判　191
第五章　御役御免　211
第六章　戦火勃発　256
終章　留魂の碑　316
解説　末國善己　344

序章　焼却の策

一

いい風が吹いていた。

全身に濃密な潮の香りを浴びているせいで己の肌まで真っ青な海の色に染まりそうだ。

透き通るような快晴である。だが気分はひどかった。最悪といっていい。

勝麟太郎《かつりんたろう》は舳先《へさき》にしがみつくようにしながら、船に波濤《はとう》がぶつかるたび、胃の腑《ふ》まで上下に揺れる思いを繰り返し味わっていた。

船については多くの知識を修めたし、操船の訓練にも何度となく立ち会った。軍艦奉行のお勤めを頂戴《ちょうだい》する以前から、船を見るだけでわくわくしたものだ。最新鋭の船に乗って異国の地に赴くことを思うと、いまだに血が沸騰するような興奮を覚える。

だが現実には、船旅は勝に容赦のない試練を与えた。船酔いである。訓練でもどうにもならない。個人の体質によるものだった。これだけは体が慣れてくれるまで如何《いかん》ともしようがない。だが勝の体は一向に船の揺れに慣れてくれなかった。船底で腹這《はらば》いになろうと、甲板に出て体を動かそうと、ふと息が詰まる感じに襲われるや、次の瞬間にはぞっとするような虚脱感とともに激しい吐き気がこみあげてくるのだ。

今も、そうだった。いや、こいつはとりわけひどい。勝は、ぎらぎら輝く波濤を睨《にら》みつけ、いったいなんだってこんな目に遭うのか、どんな因果の種がこのおれの体に植わっていやがったんだと無窮の空へ喚《わめ》き散らしていた。

そうしていると空の彼方《かなた》に人の顔が浮かんで見えた。公家好みの化粧などしている。顔色は悪く、いかにも憔悴《しょうすい》した面持ちだった。洋服で、お飾りの刀を肩からかけていた。

大坂《おおさか》から逃げ帰ってきた、徳川《とくがわ》将軍・慶喜《よしのぶ》公だった。

(頼む、安房《あわ》──)

しわがれた声で慶喜の顔が言った。実際のところ慶喜はそんなことを言ってはいない。単なる勝の思い込みである。現実の慶喜は、どれほど窮地に立たされようとも容易《たやす》く他人を頼る男ではなかった。

勝にしても、今さら将軍様に安房などと官名で呼ばれることに何のありがたみも感じてはいなかった。

今や将軍をはじめ幕府高官の官位はことごとく剝奪《はくだつ》されている。譜代大名たちの中には自分から官位を捨て、朝廷との縁を切って徳川家につくと吠《ほ》える者もいる。

そもそも、幕府高官が官位を失う以前に、勝を無役に等しい身にしたのは慶喜なのである。軍議に参加することはかなわず、おかげで幕府や諸藩の動きをただ傍観するしかなかった。

慶喜もその周囲の人間も、誰も彼も、思い切り罵《ののし》ってやりたかった。だが言葉が出ない。込み上げてくる吐き気で息が詰まった。

気づけば海も空も真っ暗になっている。慶喜の顔も見えない。びゅうびゅう吹き荒《すさ》ぶ風の音で耳がどうにかなりそうだ。

——こりゃあ、たまんねえや。

すっと腕の力が抜けた。大波がぶつかってきた拍子に、しがみついていた舳先から振り落とされた。勝は激しい嘔吐《おうと》感に襲われながら海へと転げ落ちた。

慌てて水をかこうとして、手が、畳をばしんと叩《たた》いた。

その音で、はたと目が覚めた。

己がどこにいるのかわからなかった。

わからないまま、夢を見ていたことは理解した。暗い海に落ちたのではない。そのことに安堵《あんど》したが、忌々しいことに吐き気は夢から醒《さ》めた後も消えてくれなかった。がばっと身を起こした。

今いる場所が、自室であることを確認した。御城《おしろ》でも陸軍所でも、あるいは築地《つきじ》の海軍所でもない。自宅の部屋である。

確か、夜っぴて市内をかけずりまわったため、ちょっとひと休みしたくて、布団も敷かずに自室の畳の上で大の字になったのだったか。いや待て、御城に行ったんだっけか。

うろ覚えである。このところ毎日が忙しすぎて、朝に誰と会ったか、夜になるといまいち思い出せなくなることが多々あった。

それでもなんとか思い出そうとしながら、足早に部屋を出て、厠《かわや》へ入った。入って後ろ手に戸を閉めるなり、狙い澄まして、げえっと吐いた。

二度三度と嘔吐《えず》くうち、気分が良くなってきた。

もう大丈夫かなと思ったが、念のため最後にいっぺん、おえっとやっておいた。胃液しか出なかった。だが気分はすっきりした。

念入りに吐いてのち、口元と顔の脂汗を拭《ぬぐ》い、涼しい顔になって厠を出た。

我ながら慣れたものである。御城でもお勤め先でも、たいてい気づかれない。家人などは勝が普通に厠に入って出てきただけと思っているから心配もしない。いや、近頃は日に一度は命を狙われるのだから、勝に関しては心配することが多すぎて厠のことまで気にしていられないのかもしれない。

お陰で、この吐き癖についてとやかく言われないのが楽だった。

勝〝安房守《あわのかみ》〟こと麟太郎、のちの名を海舟《かいしゅう》。このとき四十六歳。小兵だが剣術で鍛えた体軀《たいく》はどこも引き締まっている。気力胆力は横溢《おういつ》しているといっていい。それなのに、重大な局面が迫ると、決まってよく吐いた。神経が弱いと思われるのがしゃくで人には話さないが、こればかりは船酔いと同じで、どうしようもなかった。

気が昂《たか》ぶり、血が沸くと、胃がひっくり返って中身をぶちまけたがるのである。たっぷり吐けば体も気分もすっきりするのが船酔いと違うところだった。吐いた後はなんの異常もない。むしろ士気快然となることの方が多い。

薄暗い部屋に戻り、再び自室の畳に腰を下ろしたとき、もう寝る気は失《う》せていた。

――確か、大船に乗っていた。けしからんほど揺れる大船だったな。

大海原を見た気がするので、きっと咸臨丸《かんりんまる》に乗って太平洋《たいへいよう》を横断したときの記憶だろう。五年か六年ほど前だったっけか、とひとりごちた。細かい年数はすぐに忘れる男だが船酔いの辛《つら》さは骨身にしみている。船内ではほとんど病人のように過ごし、ずいぶん悔しい思いをさせられたものだった。

それに比べれば、今は心気も澄み、肉体も健全そのものである。むしろ体が火事場の馬鹿力を出そうとして、勢い余って胃をひっくり返してしまうのだ。そう理屈をつけ、勝手に納得していた。

――そういや、なんだか、えらく虫の好かねえのが出たような。

夢で見た誰かの顔を思い出そうとした。ああ、慶喜公か。思い出せてすっきりした。

――このおれに、拝むような目を向けていたっけか。

誇張ではなかった。大坂から江戸《えど》に逃げ帰った慶喜は数日にわたり、それまでの態度からは考えられないくらい、人に意見を請うた。相手が誰であれ意見を聞くというので、建白する者が後を絶たなかった。ひたすら休まず聞き続けたため、ただでさえ弱っていた慶喜がいっそう憔悴するさまを小姓たちがしきりに心配したという。

勝は割と最初の方に意見を述べた。御城でではなく浜の海軍所でである。そのとき自分は何を口にしたか。

「大政奉還の大義を救い給わん」

確かそんなようなことを言った。私心私欲を排して公に尽くし、上下の身分を廃して真に有能な者たちによる大会議で国政を再生させ、外国を打ち払う「攘夷《じょうい》」などという絵空事を忘れて、諸外国と対等たる開国を実現すべきである。いつも自分が考え、人に話すことを、そのまま慶喜相手にも述べた。

それが、約二ヶ月前のことだ。

勝の言を、慶喜が真面目に受け取ったかどうかはわからない。だがその後、慶喜が断行した城内諸役の大異動において、勝は軍艦奉行から海軍奉行並に昇進させられ、かと思えば陸軍総裁に任ぜられた。

陸軍所は、幕府の主戦主張派の筆頭格だった。主戦の根拠は、フランス人を教師として迎えていることにある。フランスは幕府支援を約束し、慶喜に官軍との決戦を促そうとしていた。

勝はといえば、そんなフランスが大嫌いで、陸軍所の面々を心底うとましく思う、和議交渉派の一人である。その勝を、あえて陸軍総裁に据えた。慶喜の意図は明白だった。

フランスを切れ。主戦派を切れ。何とかこれ以上の戦を止めろ。和議にこぎ着けろ。

これまでの自分の働きを漠然と思い返した。ついでに今日の日付も思い出した。勝にしては珍しいことだった。いつも暦というものに無頓着《むとんちゃく》で、大事なことを記録しておこうとすると、たいてい日付がわからなくなり、適当に書くという悪癖があった。

だが今は、ほんの数日、あるいは数刻で、状況が一変しかねない危急のときである。そのせいで普段はいい加減な勝の日付感覚も正確だった。

——慶応《けいおう》四年（一八六八年）の三月十二日。

勝は立ち上がって雨戸を開けて縁側に出た。明け始めた空の下で、びゅうびゅう風が吹いている。思わず、不敵な笑みが浮かんだ。

（——いい風じゃねえか）

江戸の空っ風だ。からからに乾き、濛々《もうもう》と砂塵《さじん》を巻き上げ、ときに土くじりなどと呼ばれる旋風と化す。この大都市が築かれて以来、ちょっとした火種を、たびたび大火災へと変貌《へんぼう》させてきた風だった。

埃《ほこり》っぽい風の中に歩み出て、くっくっと笑った。

「こいつはよく燃えるぜえ。なあ、おい」

軍艦にまつわるお勤めのおかげで天候を読むすべには長《た》けている。雨になる気配はない。少なくとも数日は空っ風が吹き続けるだろう。

江戸を業火で包むには、もってこいの天気だった。

二

焦土戦術というものをいつ学んだかは不明だが、勝はその効果を確信していた。

フランス人やイギリス人ですら、勝がその戦術の話をすると、はっと息を呑《の》んで青ざめるほどだった。特にフランス人は、過去にナポレオンという王が同様の戦術で無惨な撤退を余儀なくされたという歴史があるとのことで、いっそう戦慄《せんりつ》した。

日本にも同様の戦術についての記録があった。文禄《ぶんろく》・慶長《けいちょう》の役だ。豊臣秀吉《とよとみひでよし》が朝鮮半島に送り込んだ兵の多くが、焦土戦術によって飢えに追い込まれたという。

侵攻される場所そのものを業火の海に沈める。後には何も残らない。肉を切らせて骨を断つどころではなかった。あらゆるものを捨て去るのだ。歴史を、人々の生活を、築いてきた全てを。それら何もかもを犠牲にする地獄の策だった。

濛々たる風の中に佇《たたず》み、勝は笑って呟《つぶや》いている。

「今このとき、ゆいいつ何の心配もいらねえことさね。無事に火が付くか、なんてのはよ。江戸は燃えるぜ。燃えるんだよ。どこもかしこも、あっという間に火炎地獄さ」

これが今まさに江戸に攻め入らんとする官軍を迎えるにあたっての最後の策だった。本気で抵抗する意志がなければ、交渉もくそもない。意志がないことなどすぐに見抜かれる。

勝はそう自分に言い聞かせながら、真に頼れる男のことを思っていた。

あの男なら、すぐに見抜く。

西郷吉之助《さいごうきちのすけ》であれば、こっちが本気であることを理解してくれる。

そう信じ、二人の使者を送った。勝はその返事を待ちわびていた。

東征大総督府参謀たる男の返事を。

天皇自らが発せられた詔により、東征大総督として有栖川宮熾仁親王《ありすがわのみやたるひと》を戴《いただ》き、幕府軍を討伐すべく京都を進発した官軍五万。

その天地を震撼《しんかん》せしめる大軍勢を、実質的に率いる勇士。それが西郷吉之助（のちの隆盛《たかもり》）だった。

勝は徹底的に、この清廉の巨漢に賭《か》けた。独断でそう決めた。西郷なら自分の意図を汲《く》んでくれる。そして、滅亡を目前としたこのときに最後の機会を与えてくれる。

そう読んで、ひとたび抱いた確信に沿ってあらゆる手を打った。そして、些細《ささい》な状況の変化で動揺する人々、暴発したくてたまらない人々を制止することに、己の全精力を傾けた。

今どき二手三手先を読むなど当然のことだ。それができねば時代の変化という激流に吞まれて滅ぶ。それができなかったから徳川幕府は瓦解《がかい》への道を転げ落ちた。乾坤《けんこん》一擲《いってき》の大勝負で、負けに負けた。いっそせいせいするほどの負け方だった。

ここで同じように負けるわけにはいかない。そのために勝は、焦土戦術について自らいいふらした。イギリス側には抗戦を、フランス側には不戦を告げて牽制《けんせい》しつつ、どちらに対しても、江戸を焼き払う可能性についてほのめかした。

イギリス公使は、日本最大の輸出品である生糸の貿易が途絶えることを懸念するはずだ。イギリスにとっては見過ごすことのできない被害である。

むろん、ただ吹聴したのではない。いつでも実行できる準備を整えている。焼討手当という名目を主として、二百五十両の軍費を幕府に割かせ、江戸市中で放火の準備をさせたのである。

最初に頼んだ相手は、新門辰五郎《しんもんたつごろう》という男と、その配下の火消したちだ。辰五郎は、町の火消しであり、鳶職《とび》であり、顔役であり、侠客《きょうかく》でもあるという異色の男だ。勝の父と親しく、勝がまだ無役の頃に塾を開いて糊口《ここう》をしのいでいたときなど、

「お前《め》ぇの喧嘩《けんか》上手は、おとう譲りだねぇ」

勝の剣の達者なのを、そんな風に誉めてくれたものだ。

父が別宅でぽっくり逝ってからも、辰五郎はとりわけ勝によくしてくれた。

勝は、辰五郎宅を訪れ、己の役目と、講じねばならない策、そしてまたなぜそのように思い至ったかを、じっくり語って聞かせた。辰五郎はじっと勝を見つめ、

「おれや子分どもでよけりゃ、いつでも御用に役立ててくれ」

やがて、どっしり腹の据わった調子でそう告げた。

「請け合ってくれますか？　大変な仕事ですよ。歴史に汚名が残る」

「何を言うんだい。お前ぇさんのその高い志が、どうして汚名になるかね。汚名とい

やぁ、今の将軍様と旗本連中だろう。味方を残して江戸に逃げ帰って来た将軍様と、女子どものように閉じ籠《こ》もって隠れている旗本連中に比べりゃ、お前ぇさんこそ武士の鑑《かがみ》だ」

武士身分などいずれ消滅すると公言する勝としては、いろいろくすぐったい言葉だ。

ともあれ、市中では将軍敗走の風聞が広まり、女子どもを連れて逃げ出す者が後を絶たず、

「江戸を戦に巻き込む慶喜など切腹してしまえ」

という痛烈な批判が、往来で口にされているときに、徳川方の勝を信じてくれたのである。

勝は彼らに感銘を受けるとともに、

――いよいよ実現させちゃならん策になってきやがった。

実行を準備すればするほど、巻き込む者の多さに、我ながら戦慄した。

火消しほど、街のどこに火を放てばいいか熟知している者はいない。彼らは火消しであると同時に大工でもあった。延焼を防ぐために、的確に家屋を破壊し、また再建する。どこが江戸の弱点か知り抜いていた。

火の動きを読めるということは、救助すべき場所も、そのすべも知っているということだ。勝は、彼らに火薬と油を渡し、放火の準備をさせると同時に、大量の船を用

意させ、江戸の住人を速やかに火から逃す算段も講じさせていた。

むろん新門辰五郎だけでやれるわけがない。勝は市中の親分とか親方と呼ばれるような者たちに片っ端から会いに行った。

吉原《よしわら》の金兵衛《きんべえ》、元氷川《もとひかわ》の権二《ごんじ》、赤坂《あかさか》の薬罐《やかん》の八《はち》、清水《しみず》の次郎長《じろちょう》、草苅正五郎《くさかりしょうごろう》——いずれも名の知れた俠客や、頭と呼ばれて子分に慕われている人物たちである。男だけでなく女にも頼んだ。松井町《まついちょう》の松吉《まつきち》、八百松《やおまつ》、深川《ふかがわ》のお今《こん》といった、いわゆる顔の利く女たちだ。それ以外にも会った者を数えればきりがない。

その全員に、勝はきっぱり腹を割って頼んだ。

「官軍が攻め込んできて、江戸が火の海になったときは、お前さんの助けが必要なんだ。どうか市中の人々を助けてやってくれ」

そして、具体的な救助方法や経路を相談して回った。もちろん慶喜の身の安全も考えている。いざとなればイギリス船に乗せて亡命させる手配もしていた。

こうした焦土戦術の周到な準備が、薩摩《さつま》側に漏れないわけがない。江戸市中に蠢《うごめ》く薩摩の密偵たちは、勝が本気で江戸を焼こうとしていることに衝撃を受けただろう。ただちに官軍の将たる西郷に報《しら》せたはずである。

幕閣の面々もこの勝の動きには目を剝《む》いた。だが、誰も止められなかった。最終的には、和議のためにそうしているのだと、勝が猛烈な気魄《きはく》を込めて説き、押し通したのだ。

慶喜が短期間で幕閣の改造を断行したことも、勝にはありがたかった。特にフランスを切る役目を与えてくれたことで、かつて慶喜から受けた手痛い仕打ちに対する思いも解消されている。

フランスはなんとしても幕府に戦わせたがった。徳川家をはじめ、諸藩が内乱で疲弊してくれた方が、彼らにとっては都合が良いに決まっている。幕府の味方をするのでも、どこの藩の援助をするのでもいい。フランス軍を進駐させ、あわよくば自らの傀儡《かいらい》政権を打ち立てられれば万々歳だからだ。

この煮ても焼いても食えないフランスに助けを求めたのが、他ならぬ幕府の主戦派だ。もっともこちらは慶喜が排除を決めただけでなく、勝手な皮算用が原因で、見事に失敗してくれている。

なんでも、税関の収入を抵当にし、フランスから借款して軍資金に充て、フランス軍も招き入れて薩長《さっちょう》を討とうという計画があったらしい。だが結局これはフランスの甘言に過ぎなかった。軍資金を集めるよう命じられた者たちは、フランス滞在中の外国奉行に従って彼の地に渡ったものの、金など集まらなかった。

フランスから軍資金と兵を調達するという策を主導していた元陸軍奉行・小栗忠順《おぐりただまさ》は、この事態に蒼白《そうはく》となった。それでも慶喜に主戦を説いた。

「どうか軍艦を大坂に進め、反撃の狼煙《のろし》を」

そうこいねがったが、あっさり慶喜に罷免された。

勝は、この小栗らの失敗を、

「国家万年の幸い」

と断言した。

小栗はかねて勝の外国の知識と先見の明を買って大いに誉めていたらしいが、このときはあたかも仇敵《きゆうてき》同士であるかのように論を異にしている。

慶喜のそうした幕閣の改造は、単に和議の下準備に終始しなかった。譜代大名・外《と》様《ざま》大名を解任し、旗本だけを家臣としたのである。

ただ穏健派で固めるというのではないということを、勝は見抜いていた。勝と同じように政権から遠ざけられ、このたび復帰した大久保《おおくぼ》一翁《いちおう》などもそうだ。

慶喜の狙いは、幕府解体だった。自ら、徳川家を一大名とすべく家臣団を再編したのである。それは、幕府の秘中の秘たる策であった、

——大政奉還。

その一事を貫くためであると勝は知っていた。慶喜が内心を他者に語ることはなかったが、それでもわかった。だからこそ、勝もここまで尽力する気になれた。

たとえ、その幕府の秘策が、このとき考えうる限り最悪のかたちで潰《つぶ》されかけてお

り、他ならぬ慶喜自身がその失敗の原因を作ったといっていい状況であっても、

――大政奉還こそ大義にして正義。

勝は、慶喜の真意を汲んだ上で、そう信じた。

逆に、その真意を汲めず、ことの意味がつかめなかったのが、少し前の幕閣の面々であり、また会津《あいづ》藩や桑名《くわな》藩といった佐幕、即ち幕府の補佐に徹しようとした諸藩だった。

慶喜の考えの全てとはいわないが、おおよそのことを勝は理解している。

――幕府も諸藩も、瓦解寸前。侍という身分など、いずれ消えてなくなる。それが時流である。

それが慶喜の考えだった。勝も同感だった。勝が頼りにする西郷もそのはずだった。

将軍自ら、幕府の限界を訴える。もし正しくその態度が共感を呼んでいたなら、事態はまったく違った様相を呈していたはずである。

その理想は、真に能ある者たちによる大会議で国の未来を決める体制を作ることだ。柔軟で清新な共和制が実現していたかもしれない。

そうなれば諸藩が一致団結した武力を背景とし、尊皇攘夷などという馬鹿馬鹿しいうたい文句を綺麗《きれい》さっぱり忘れ、諸外国との対等な開国をなしえていただろう。

勝はいっときその夢を見た。たとえ現実には、ぼろぼろに綻《ほころ》んでいても、正しい義

であると信じることができた。それこそ、勝がこれまで困惑させられどおしだった慶喜という男がくれた、最高の褒美だった。

それに比べて、新政府が天皇を最高権力者として新しい国を作るとする〝王政復古の大号令〟は、関わる者たちの私利・私欲・私怨《しえん》が強すぎた。慶喜と幕府、会津と桑名に対する、憎悪の産物だった。すでにして、参集する者たちの欲得の大鍋《なべ》と化していると勝は見た。

「あんたも、実際そう思ってるんじゃねえのかい？」

勝が、昇りゆく太陽に背を向けるようにして呟いた。

官軍の錦旗《きんき》をかざし、西から大軍を率いて迫る男に向かって。

西郷吉之助という男に、実際に面と向かって言ってやるつもりだった。

自分の焦土戦術ですら、大義に欠けた政権が生まれて横暴を尽くすことに比べれば、大した被害とはいえない。これから誕生する新政権が、慶喜の首を刎《は》ね、かつて敵対した者をことごとく殺戮《さつりく》するような愚昧《ぐまい》なしろものならば、徳川も薩長も関係なく、いずれみな諸外国の餌食《えじき》となる未来が訪れるほかないのだと。

勝から笑みが消えた。口の中の埃を唾《つば》と一緒に吐きだした。

「なあ、これで、お終《しま》いにしようや」

ここで、この国の内戦に終止符を打たねば、ここで終わらねば、皆殺しだ。国の終わりだ。胸中で呟きながら我知らず西方を睨んでいた。冷徹な殺気に満ちた顔だった。
徳川幕府、その最後の年において。
風は唸《うな》りを増して吹き、町を焼く火を待ちわびるようであった。

第一章　使者二人

一

七日ほど前のことだ。

勝は、初めてその人物が自邸に現れたとき、まずこう思った。

（また厄介者が来やがったぜ）

わざわざ自邸に押しかけ、返答次第では斬るぞと吠《ほ》え猛《たけ》るやからだとみなしたのである。

実際、そういうのは後を絶たなかった。

あるときなど、徒士《かち》の鈴木杢右衛門《すずきもくえもん》という男が勝の自宅に現れ、挙兵の後援を頼み、それが聞き入れられねば刺す気でいるのへ、こう言い放ってやったものだ。

「おれはもう戦いてえ人を止めねえよ。同志も求めねえ。このおんぼろ屋敷で、どうすればいいかと考え込みながら、己が正しいと思ったことをするだけだ。この身に迫る危険のことなど少しも構っちゃいられねえ」

他にも勝がいろいろと話すうち、鈴木杢右衛門は途中で言葉を失って帰っていった。今では勝に共鳴する人々の中にも、かつては勝を暗殺する気でいた者は、存外多いのである。

そのときやって来たのは、山岡鉄太郎《やまおかてつたろう》と名乗る男だ。

三十三歳。とにかく、でかい男だった。まず図体がでかい。身長六尺二寸（約百八十八センチ）、体重二十八貫（百五キロ）はあるという評判だった。しかもただでかいだけでなく、まさに黒鉄《くろがね》のように鍛えられた巨漢である。

そして、声がでかい。

勝の妻・民子《たみこ》が、また刺客が来たと思って取り次ごうとしないのへ、

「火急、重大な用件につき、ご面談願っておる！　どうか今すぐ、安房守様にお会いさせて頂きたい！」

玄関でそう喚《わめ》いているのが、はっきり勝にも聞こえた。

案内させるよう門人に指示したのだが、間もなく近づいてきた足音もでかい。本人は普通に歩いているつもりなのだろうが、いちいち周囲を震撼《しんかん》させずにはおかない男だった。

山岡が入室し、きちんと正座をして勝と向かい合った。気魄《きはく》がみなぎっているが、勝にはいまいち相手の目的が見えない。

「何の用だい？」

勝は鷹揚《おうよう》に尋ねながら、とっくり観察した。着物は粗末で、どうも携えてきた二刀と恰好《かっこう》がちぐはぐだった。金がないので誰かから刀を借りて来たのだろうと勝は見抜いた。

「それがし、重大な使命を背負うております。そのことにつき重臣の方々にご相談しましたが、語るに足らぬ者たちばかり。どうすればよいか考え、はたと、今まさに幕軍を統率しておられる軍事取扱の勝安房守様は、胆略ある御方とお聞きしておりましたので、急ぎ、ご面談を願った次第」

山岡が一息に言うのへ、勝はのんびり相づちを打ってやった。

「うんうん」

そうしながら、この巨漢がいきなり襲ってきても、気合いを込めた一喝で動きを止められるよう、肚《はら》に力を込めている。

（こいつは、うかうかすると斬られるぜ）

かねて、山岡鉄太郎という人物がいることは勝の耳にも入っていた。

ただ噂として聞いていたのではなく、大久保一翁が、気をつけろ、という意味でわざわざ耳に入れてくれたのである。

この男は、かつて尊皇攘夷《じょうい》派の志士・清河八郎《きよかわはちろう》とともに浪士組《ろうしぐみ》を結成し、上京したという。清河八郎が暗殺されて謹慎の身となって以来、幼少より鍛錬し続けてきた剣禅にさらに邁進《まいしん》し、その修練のほどは誰もが目をみはるほどで、幕臣のなかでも名が知られていた。

慶喜を護衛するための精鋭隊《せいえいたい》を組織する際、推薦もあって組み入れられたのだが、同時に激派の徒ともみられ、危険人物とみなされてもいた。

「安房よ、くれぐれも面白そうだからといって、あのような男に近づかんでくれ。機をうかがって叛逆《はんぎゃく》を企てているかもしれんし、下手をすると刺し殺されかねん」

というのが大久保の忠告だった。

だったらそんなのを精鋭隊に入れねばいいのに、と勝は思う。とはいえ、腕に自信のある者が不足しているのが現実なのだから仕方ないと勝もわかっていた。

なんであれ、そんな人物が、使命、使命と繰り返すのである。おれを殺すのが使命かい、と聞き返しそうになったが、山岡の言葉は違った。

「重大な使命というのは、上様のご下命なのです。それがしを駿府《すんぷ》の官軍総督府につかわし、上様の恭順謹慎の実情を知らしめよと」

「そりゃまた難儀だが、重大な務めを頂戴《ちょうだい》したね」

気楽な口ぶりとは裏腹に、勝は少なからず驚き、また落胆し、ことが面倒な状態に陥る可能性について考えを巡らさざるを得なかった。

──大奥や坊さんと来て、護衛の人間にまで頼むようになったかい。

すでに慶喜は、謹慎中の上野寛永寺《かんえいじ》にいる、輪王寺《りんのうじ》門跡を継承した公現入道《こうげんにゅうどう》親王、のちの北白川宮能久《きたしらかわのみやよしひさ》親王を通じ、助命嘆願を出している。

また、十三代将軍・徳川家定《いえさだ》の正室・天璋院《てんしょういん》こと篤姫《あつひめ》や、十四代将軍・徳川家茂《いえもち》の正室・静寛院宮《せいかんいんのみや》こと和宮親子《かずのみやちかこ》内親王を通じても、同様のことを行っていた。

天璋院は薩摩出身で薩摩藩藩主・島津斉彬《しまづなりあきら》の養女であったし、静寛院宮は今上天皇の叔母《おば》にあたり、東征大総督たる有栖川宮の婚約者だった過去があり、さらには東海道鎮撫《どうちんぶ》総督たる橋本実梁《はしもとさねやな》の従妹《いとこ》であった。

血縁・縁故を頼った嘆願がてんでばらばらに行われたのだ。

勝も大久保もうんざりだった。いずれも官軍に止められ、手紙はことごとく敵将の目に触れている。それがどのような影響を及ぼすかわからなかった。たとえ首尾良く徳川に有利な条件で和議を成功させたとしても、一方でより不利な条件での嘆願受け入れが事前になされていたなら、勝の努力は水泡に帰す。

そうならないよう、勝は自分が直接、使者となると主張してきたのである。

あるいは、もし自分の代わりに使者に立てるとしたら、慶喜の警護についている幕臣・高橋精一《たかはしせいいち》（のちの泥舟《でいしゅう》）を指名していた。槍《やり》の達人であり、態度誠実にして剛毅《ごうき》剛胆の男だ。

「槍一筋で位をもらった大馬鹿」

勝は好意と感心を込めて、高橋のことを評している。

この男なら生きて官軍の中枢に辿《たど》り着き、また西郷に対し赤心をもって慶喜と勝の意を、それぞれ正しく伝えられるに違いない。そう見ていたが、この高橋も動けなかった。慶喜が大変厚く信頼しており、身辺から離そうとしないのである。

(そのまた代わりがこれか)

慶喜がわざわざ下位の幕臣を頼ったということは、高橋の推挙があったとみていい。

(だが、どうにも疑わしいぜ)

腕は立つし剛胆なのだろう。だが生きて西郷に会うことができたとしても、激派の徒として知られた男では、功を奏するとは思えない。

この新たな使者は無難な場所に送り込み、大勢に影響を与えさせないに限る。勝は相づちを続けながら、早くもそう判断していた。

「安房守様にお尋ねしたきことが幾つかあります。まず、それがしは官軍のどの将に訴えるべきでしょうか。あるいは京に赴いて直々に、帝《みかど》に訴えるべきでしょうか」

どちらも勝からすれば論外である。だいたいこの情勢下で、やすやすと帝への拝謁が許されるわけがない。その前に捕縛され、有無を言わせず斬り殺されるだけだろう。

「そうさな。どっちにしたって難儀なことだ。まあ、まだ戦うかどうかもわからない時分に、下手に動いて損を出すのも勿体《もったい》ない。おれがこれはと思う相手を一人二人思いつくまで、ちょっと待ってくれないか」

勝の返答の最中にも、山岡のでかい面貌《めんぼう》がみるみる引き締まり、壮烈な気魄をみなぎらせていった。

「この期に及んで、何をためらわれるか！」

俄然《がぜん》、吠えた。目に見えぬ剣尖《けんせん》を勝の胸板に突っ込むような一喝である。

勝は思わず瞠目《どうもく》した。日頃、自分を殺しに来た相手にしていることを、そっくりそのままやり返された気分だった。

絶句する勝に、山岡が、とうとうと訪問の経緯を述べた。

かねて激派と疑われ、閑職をこうむっていたところ、義兄の高橋〝伊勢守《いせのかみ》〟精一に呼ばれて、上野で慶喜の護衛をすることとなった。そしてつい先日、急に呼び出されたかと思ったら、慶喜から直々に命を受けたのだという。

「すなわち上様の恭順を朝廷に知らしめ、官軍の戦意を氷解させる役目にござる」

そしてここからが勝を大いに面白がらせた。

「本当に二心はございませぬか。恭順、恭順とおっしゃりながら、心のうちでは謀略を企てているのではありませんか」

なんと慶喜その人に、面と向かってそう詰問したのだという。

ろくに自前の刀も用意できないほど困窮し、ようやく警護の務めを得たに過ぎない身で、主君への疑いを公然と口にするというのは、なるほど大した剛胆さだ。激派と聞いていたが、官軍に対する徹底抗戦の念で血をたぎらせる様子は皆無だし、何より慶喜の裏表のある性格を見抜いたうえで、適切な警戒心を持って接することができる。

徳川方の武士にとって、慶喜は今なお〝将軍〟である。直接顔を見ること自体恐れ多く、反論などもってのほかで、命令に従わなければ一族郎党が罰され、食い扶持《ぶち》を失う。

それが将軍配下の秩序だ。とっくに崩壊寸前とはいえ、それ以外に従うべき秩序はまだどこにもない。だからとにかく〝元〟将軍を奉戴して決起しようとする激派が後を絶たない。これまでと違う生活が想像できないからだ。

勝とて物事を動かそうとすれば、慶喜から言質を取らねばならなかった。慶喜からの任命がなければ何もできない。その上で、新たな、まだ見ぬ秩序の創成の為に働いていた。

この男も同様だった。勝や大久保と態度がよく似ていた。慶喜のその場しのぎの策に付き合うことはない。恭順の向こう側、この危機の先に訪れるべき講和を見つめている。

（こいつは熱烈一辺倒の激派じゃねえぞ）

思った以上に頭が回るし、肝要を得た話し方をする。この時点で勝は、山岡の評判と実像の間にかなりの隔たりがあることを見て取った。

「上様は激昂《げっこう》なさることもなく、ただ静かに涙を流しておっしゃいました。恭順の他にはいかなることも考えていないのだと。それがしも、上様がまことに誠心誠意、謹慎なされるならば、不肖鉄太郎、そのお心を信じ、この命を賭《と》して君命に応《こた》えると誓ったのです」

勝は言った。

「ようし、すまなかった。おれはあんたと初めて会うし、人となりもよく知らんから疑ってかかったが、こっからは遠慮なく語り合おう。実は、つねづねあんたの噂は耳にしていた。とびきりの奇人と聞き、いつか会いたいとは思ってたんだ。だがとにかく危なっかしい叛逆の徒だって話でな。このおれを刺し殺す気でいるから近づくなとさえ言われてたんだよ。そんなこんなですっかり惑わされて、今日まで来たってわけさ」

「では、それがしを、お信じ下さると」

「ああ、信じよう。叶《かな》うならば、おれ自ら出向きたかったが、とにかく江戸を離れることができんのさ。代わりに、あんたが行ってくれれば、どれほど心強いかわからんよ」

「必ずやそう致しましょう。さて、安房守様」

「勝でいいよ、山岡さん」

山岡がにこっと笑った。でかい顔に太い笑みが浮かんで、なんとも好《い》い顔だった。

「では勝殿。ただいま江戸を焼く用意をしておられると聞きました。これは、抗戦あるのみという御覚悟とは違うのですね？」

誰から聞いたかわからないが、焦土戦術のことを聞いていながら、この落ち着きようは大したものだった。

「向こうがやるってんだ。こっちもやるって構えを見せん限り、抑えられんだろう。やるときはやるが、やる必要がなくなればそれでいい」

「向こうがやるとは？　火攻めをするということですか？」

勝はうなずき、官軍に関する最新の情報を口にした。

「単なる火攻めどころの騒ぎじゃないよ。遮二無二攻めるために自分らの背後に火をつけて退路を断つっていうのさ。攻めねば自分たちが焼け死ぬ。まったく、薩摩っぽが考えそうなことじゃないか？　こうなると、ますます江戸を焦土とする覚悟で迎え撃つしか法がねえのさ」

山岡が目をみはり、口をつぐんだまま深々と鼻で呼吸した。驚嘆と怒りをいっぺんに肚の底に落とし込むためだと知れた。

（ずいぶん禅をやったな）

その呼吸一つで、山岡の修行がどれほど徹底したものかわかった。

考えれば考えるほど、今の勝にとっては天佑《てんゆう》めいた男だった。

これから決死の覚悟で使者として赴かんとする一方、背後でどのような戦術が用意されているか知ろうとする態度も気に入った。敵地に赴こうという無鉄砲さと、可能な限り情報を集めて成功する確率を上げようとする現実的な入念さが同居しているのだ。

山岡が打って変わった、低く静かな声音で言った。

「そのような戦となれば無辜《むこ》の民がどれほど死ぬことになるか。ますます我が使命の重さを覚悟する思いです。そのうえで、勝殿に今ひとつ、お尋ねしたきことがござる」

「なんだい？」

「倒幕派と呼ばれる者たちは、そもそもなぜ、幕府を倒さんと願うに至ったのでしょうか？」

二

勝は思わず大きく口を開けて山岡を見つめた。相手の真剣そのものといった顔つきに対し、勝はどうにも破顔するのを堪《こら》えきれなかった。

普通は、何を今さら、と返すべきところだ。倒幕が声高に叫ばれるようになってから、どれほどの月日が経ったことか。この男はかつて京に向かった際、何も見てこなかったのだろうか。鳥羽《とば》・伏見《ふしみ》の戦いで官軍に敗北し遁走《とんそう》せざるを得なかった慶喜の身辺を護《まも》りながら、そんな疑問を抱いていたというのか。今まさに徳川家と佐幕諸藩を壊滅せんと東下する軍勢がいるというときに口にすべきことか。

単純に考えれば、大馬鹿者だろう。だが勝は、無性に痛快だった。

そもそも、なぜ倒幕を願ったのか――むしろ今だからこそ、この問いを放つべきではないのか。

慶喜は、自ら大政奉還をもって幕府を消滅させ、将軍の地位を捨てた。それでもなお、戦が続いている根本的な理由は何か。

多くの幕臣にとっては、倒幕の念そのものが意味不明である。尊皇攘夷だなどといって、結局は薩摩や長州《ちょうしゅう》が将軍職を奪いたいだけだと考えるものなのだ。

当然、山岡の内心にもそうした思いがあるだろう。だが己自身の思いはさておき、敵の正義を知っておこうという態度が、勝をいたく感心させた。

確かに、主君の助命嘆願を行うにしても、相手の内面を知っておくことは有利となる。殺されるとしても、なぜ殺されるかを知っていれば惑わずに済む。

だが、そうした心構えを得るためにだけ答えを欲しているようではなかった。

なぜ戦うのか。なぜむやみに民衆を困窮させるのか。それだけの価値がある戦か。

全身全霊で問わんとする山岡の気魄を、勝は感じた。

そして西郷であれば、この男に応じてくれるに違いない。そういう思いがわいた。

西郷のことを、「小さく打てば小さく響き、大きく打てば大きく響く」と評したのは、かつて勝が手足のように使い、頼った末、京の一角で暗殺された、坂本龍馬《さかもとりょうま》という土佐《とさ》藩出身の浪人である。まったくその通りだと勝も考えていた。天下について問えば天下のことが、正義について問えば正義のことが、西郷の内より大きく響き出す。

山岡という、体も声も態度もでかい男が打てば、西郷はさらに大きく何かを響かせることだろう。是が非でも、その響き出すものを得ねばならない。

この危急存亡のとき、山岡をして西郷に、でかい一石を投ぜしめるのだ。

勝は膝《ひざ》を叩《たた》いて言った。

「いいだろう。我流の理解でよけりゃあ、おれが語って聞かせてやろう」

「まさに、お願いいたします」

「そうさな。まず、倒幕を願う連中の心にあることの一つは、昔の戦さ。それも、江戸開幕《かいばく》を成し遂げた、大権現《だいごんげん》様の軍配ひらめく大戦だ」

「というと……関ヶ原《せきがはら》の？」

「そうさ。倒幕派連中の多くが、関ヶ原で一敗地にまみれた家の出だってことよ。ただ戦に敗れただけじゃない。幕府はその後も連中の力を殺《そ》ぐため、金のかかる参勤をさせたり、大変な普請を押しつけたりと、ありったけの嫌がらせをしてきたのさ。薩摩なんてのは、なかでもいっとう、ひどい目に遭った藩の一つだ」

「二百と何十年もの間、虐げられてきたと……」

「少なくとも向こうはそう思ってるのが多いねえ。それとな、こいつは声を大にして言えることじゃないが、虐げられてきたと思ってるのは諸藩ばかりじゃない。朝廷の連中もそう思ってるってことが、特に慶喜様みたいなお人を恐れさせたんだよ」

山岡が頭上を仰ぎ、そのことについて思いを巡らし、それからまた勝を見つめた。

「では、この頃になって急に倒幕せんとするのは、単にそれまで機会がなかっただけと」

「機会もなけりゃ、力もなかった。この二つを得た原因が、黒船だよ。あれが江戸に来て以来、起こったことをいちいち挙げてりゃきりがない。いっとう大きなことは、幕府が外国の威《おど》しに抗《あらが》えず、どんどん調印を交わしたってことさ。朝廷は、それを許さなかった。そもそも征夷大将軍様ってのは、夷狄《いてき》を打ち払う攘夷の務めをもって幕府を開いているんだ。それが諸外国に膝を屈しちゃあ、もはや幕府は幕府にあらずってことになる」

「それで朝廷は薩長を頼んだと？」

「いやいや、まだそいつは先のことだ。朝廷は、まず水戸《みと》を頼んだ。水戸徳川家は、徳川御連枝のなかでも元来、特に尊皇のお家柄だ。この水戸に、帝が攘夷の勅を出した。で、水戸の藩士の大勢が、大まじめにこれを受けちまった。尊皇攘夷のおおもとってのは、いわば水戸で生まれたようなもんさ」

「とはいえ徳川御連枝。攘夷奉行のようなものを、なぜ幕府は作らなかったのでしょう」

「そりゃ作ったさ。講武所《こうぶしょ》があるだろう。今だって、なんとか外国に太刀打ちしようと躍起になってるんだ。しかし資金も技術も、あっちの方が何段も上だよ。やるべきことは、その力をせっせと学ぶことさ。ただそうするには、幕府も武士も古くなっちまってた」

「古いとは？」

「外国軍に勝てるような軍を用意しようとするだろう？　そこで邪魔なのが、武士の身分だ。このおれですら、武士の誇りとやらにどれほど足を引っ張られたか知れないよ」

山岡がやや遠慮がちに小さくうなずいた。勝からすれば、うなずいたこと自体に驚かされた。こんな風に武士を否定すれば激昂する者が大半だからだ。

「となると、幕府そのものを考え直さねばならなくなりますな」

「そうさ。幕府自体がとっくに古くなってた。そこにいる人間のなかにも、賢明なのはいくらかいたがね。水戸で攘夷の騒ぎが起こり、幕府がこれを圧殺し、それで水戸藩士が大老を刺殺したりと、ろくでもないことが続いた。こんなざまじゃどうしようもない、みんなで外国に対抗しなきゃならんが、そのためには幕府を倒さねばならんという考えが現れるようになった。これに対し、幕府が中心になって諸藩と団結してことに当たらんとしたのが、公武の合体さ。薩摩は当初、こいつに賛同してたもんだぜ」

「公武の合体とは……、どういうことでしょう？」

「今言ったとおり、みんなで外国に対抗する。国家全土から賢人を集めて合議をなす。朝廷も幕府も諸藩も一丸となってこれを推し進め、日本五畿七道《ごきしちどう》を大きな一つの国にする」

山岡が今度は大きくうなずいた。

「なるほど。幕府も武士も古くなったように、諸藩の区別も古くなったと」

「そう。まさにその通りなんだよ、山岡さん。おれはそのことを、かつて西郷吉之助に語ったことがある。向こうはずいぶん、おれの言うことに感心してくれたよ」

「その人物が、今まさに江戸に進撃しているというのは、なんともおかしなことです。幕府が公武の合体を訴えたことが、裏目に出たということでしょうか」

「まあ幕府のやることなすことが、そうだったねえ。公武合体をなすため反対する藩を潰《つぶ》しちまえ、いや、諸藩が団結するため幕府を倒せ、てな争いが起こった。諸藩の内側も、尊皇と佐幕に分かれていがみ合い、血を流さないと済まないようになっちまった」

勝はそう言い放って肩をすくめてみせた。軽々しい態度でいるが、その争いでばたばた死んでいった者たちのことを思うと、吐き気が込み上げてくる。

山岡が、意外なほど冷ややかな調子で呟《つぶや》いた。

「まさに混迷。諸外国からはさぞ、たやすき国と思われたことでしょう」

まったくその通りだったので勝はまた肩をすくめただけだった。

「倒幕の由縁はわかりました。では、いかにして薩長は力を得たのでしょうか」

「連中が幕府より先に、外国連中と接して来たのが一つ。それと、財務をしっかりやったのが一つだ。幕府も諸藩も、とにかく借財を重ねて来たんだ。どこも台所事情はめちゃくちゃさ。百年かけても利子すら返せねえ。そんななか、薩摩や長州は真面目に財務を立て直したわけだ」

「それで借財を返し終えたと」

「いやいや。おれが知る限り、まともに借財を返済した藩は一つもありゃしない。幕府からしてそうさ。薩摩や長州は、とにかく利子だけ返して商人を信用させて、まとめて武器やら軍艦やらを外国から買った。あいつらだって攘夷がたやすいとは思っちゃいない。一にも二にも、相手の力をこっちのもんにしなけりゃ、どうにもならん」

「それで、力を得ることになったと。幕府の力を上回るほどのものだったのですか？」

「長州征伐の顚末《てんまつ》は知っているかね？」

「おおよそは。義兄から聞いた限りですが」

「おれはあそこで、しくじってね。会津と薩摩を調停しなけりゃならなかったんだが、これがまあ上手《うま》くいかなかった。どいつもこいつも……慶喜様もだが、腹に一物もって、おれを人柱みたいにしやがったわけさ。まあ、おれの愚痴はおいといて、幕府がどうかといえば、長州一つ征伐できなかったってことだよ」

山岡が深々と呼吸をした。今回は禅の気息というより、慨嘆の念が強そうだった。

「その間、薩長が手を結んでたことを幕府はちっともつかめなかった。そんなこんなしてるうちに、こっちは上様が、朝廷では帝が崩御なされた。そして薩長は、即位なされた天子様から倒幕の勅を得たのさ。将軍宣下を受けられた慶喜様は、大政奉還をもって対抗し、公武合体を再び議論の俎上《そじょう》に載せようとしたが、どうにも上手くいかなかった」

「その結果が、近頃、京で起こった戦であった、というわけですか」

「そうだ。鳥羽・伏見で起こったやつだ。あれは、しちゃいかん戦だった。天皇を擁し奉る薩長が有利になるだけさ。薩摩はそれがわかってるから、さんざん佐幕諸藩を挑発した。特に会津あたりが乗ったもんだから、慶喜様は慌てて逃げてきたってわけだ」

いきなり山岡が膝を叩いた。納得するだけでなく、同時に喜びの念さえ伝わってきた。

「やはり上様の御謹慎は、二心なきものであることがそれでわかりました。ご回答感謝いたします。これで、それがしも安心して駿府に赴けるというものです」

「駿府まで行けるかわからんぞ。相手は六郷《ろくごう》辺りにまで来てる。敵兵ばかりの地を、どう通る気だ？」

「官軍のなかを進めば、それがしを斬るか、縛につけるかするでしょう。それがしは相手に双刀を渡し、縛につけられるなら従います。斬ろうとするなら、我が使命を相手に申し上げます。その言上が悪しとなれば斬られますが、善しとなれば命を奪われることはありません。向こうも、使者に是非も問わず殺すことはないと考えます」

理路整然としたくそ度胸である。縛につけられるといっても、足腰が立たなくなるほど痛めつけられる可能性が高い。そんなことも、抱いた使命に比べれば、大したことではないと言っているのである。

勝はほとんど反射的に、山岡になすべきことを告げた。よほど相手を信頼せねば出せないことを口にする自分に、ちょっと驚いてもいた。

「大総督府下参謀の、西郷吉之助に会って欲しい。おれが手紙を書くから渡してくれ。朝廷にまで赴くことはなかろう」

「西郷殿ですな。それほど信頼できる人物であると?」

「そうだ。他の将は眼中に入れなくていい。その男にだけ嘆願してくれ」

「ただ嘆願するだけでよいのですか?」

こんな質問がすぐさま出てくるのが山岡鉄太郎という男だった。

勝は、この男をとことん頼ることに決めた。と同時に、脳裏にぱっと顔が浮かぶのを覚えた。山岡を、なんとしても死なせずに、西郷のもとに送り込まねばならない。その助けとなるであろう人間の顔が、そのとき、くっきり浮かび上がっていた。

「あんたの言う通り、向こうも何が何でも戦がしたい人間ばかりじゃない。戦をしなくていい条件があるはずだ。慶喜様、徳川家、幕臣、江戸の御城や市中——何をどうすれば、矛を収める気でいるかを聞き取ってくれ。もちろん慶喜様の助命嘆願もした上でだ」

「わかりました」

あっさりと山岡が請け合った。

「それと、一人で行くな」

「なんと？」

山岡が目を丸くした。勝は今しがたの閃《ひらめ》きに賭《か》けることに決め、腰を上げた。

「ちょっと待っててくれ。お前さんに人をつける。必ず役に立つはずだ」

そう言って部屋を出た。

勝のような役目にある者に必要なのは、結局のところ、自分で走り回るのではなく、人を使う才覚である。それは同時に、人と人を組み合わせる才覚でもある。

山岡に同行させるべきもう一人の男を呼ぶため、勝は、先ほど山岡が来るときに響かせたのと同様の、やたらとでかい足音を立て、早足に廊下を進んでいった。

三

勝は、山岡鉄太郎を座敷で待たせ、急いで自邸の庭に設けた蔵に向かった。

「客人はどうしてる?」

勝が尋ねると、蔵の番をしてくれている二人の門人が順々に答えた。

「変わらず大人しくしております、先生」

「今しがた食事を終えたところです」

二人とも、自分たちの仕事にぬかりはない、といった生真面目な調子である。

「そうか、そうか。ご苦労さん。お前さんたち、もう少ししたら他の者と交替していいよ」

そうねぎらってやった。二人とも下級の武士だが見所があるのでいろいろ教えてやっている。家来として養ってやっているが、勝のことを安房守様ではなく先生と呼ぶ。そういう風に慕ってくれる若者たちが、今年に入ってからだけでも何人死んだか知れなかった。

「なかの薩人の一人に用がある。益満休之助《ますみつきゆうのすけ》だ。出してやってくれ」

「わかりました」

一人が鍵《かぎ》を取り出し、蔵の戸にかけた南蛮錠と鎖をがちゃがちゃ鳴らしながら解錠した。その間、もう一人は六尺棒を手に、不測の事態に備えている。

客人と勝は言ったが、要は人質である。このとき、三人の薩摩藩士が勝の判断で幽閉されていた。いずれも江戸市中の攪乱《かくらん》のために働いていた者たちで、庄内《しょうない》藩とその配下たる新徴組《しんちょうぐみ》が捕らえたのを、あえて処刑させず、自分の預かりとしたのである。

　大久保一翁などとも相談し、手を回したのだが、そのせいで下らぬ非難を浴びることとなった。間者を生かして手元に置くとは、やはり薩長に通じているに違いない、とさんざん疑われたものだ。

「捕らえた者を殺すのは簡単だろうよ。だが、尋常な裁きもせず殺したとあっては御政道もくそもありはしない。それればかりか上様の恭順の態度までもが疑われ、世の批判を浴びるのは我々みんなということになる。逆に、生かしておけば我々の慈悲心も評価されようし、生かした者が重要な人物なら、いざというとき何かの役に立つはずだ」

　そういって押し通したのだが、まさに今が、そのときだと勝は確信していた。

「益満休之助、益満休之助。外へ出すゆえ、身支度せよ」

　家来たちが蔵のなかへそう声をかけるのを見て、勝はなぜか卒然と、あるフランス人の言葉を思い出した。

「あなたの策が画餅《がべい》に帰し、薩長に制圧されるのを見たくない」

　だからフランスに帰る、とその男は告げた。

　幕府が陸軍増強のために招いた、シャノワンという男である。しきりに幕府と勝を焚《た》きつけ、抗戦させようとした男だ。勝はとくとくと慶喜の意向を説明し、可能な限り不戦を貫く決心を告げ、これまでの働きに感謝しながらも解雇を告げたのだった。

（ここでお前たちに借りを作ってたまるかよ）

勝が内心でそう思っていることを、シャノワンが見抜いていたかはわからない。

もし、徳川がフランスの戦力をあてにして戦いに臨めば、薩長はイギリスを引き入れて戦うだろう。

イギリスの公使ハリー・パークスは今、駐日列国外交団に局外中立として幕府と薩長の戦いを見守らせ、幕府が発注した甲鉄艦ストーン・ウォール号を引き渡さないようアメリカに働きかけている。薩長は、官軍にとって有利となるこの処置に感謝するとともに、より多くの助力をイギリス公使に求めているはずであった。

戦いが続けば、徳川も薩長も、莫大《ばくだい》な戦費をフランスやイギリスから借りることになる。抵当は日本の港や土地だ。戦乱で疲弊する日本人に、戦費の返済などできはしない。結果、日本の名のある都市や港、そこに存在する商業施設や工場といったもののほとんどが、外国の所有ということになってしまう。

そこへさらにロシア、アメリカ、オランダなどが続々と割り込んでくるのは明らかだ。特にロシアは勝手に日本の土地を占領してしまうおそれがあると勝は考えていた。

戦乱で消耗すれば、そうした諸外国の侵入を防ぐ力を失う。ここで幕府と薩長の総力戦となることで、いずれ日本列島の大半が、日本人のものではなくなるのだ。

フランス派の面々には、そういう末路が見えていない。諸外国は、幕府も諸藩も、借財を重ねることに慣れきっていることをすっかり見抜いている。その甘言に惑わされて致命的な借りを作ることは、黒船の威圧に負けて条約を結び、それがために倒幕の気運を生んだどころの話ではないのだ。

（お前ら外国勢の策を、画餅に帰すのが先決だったんだよ）

真摯《しんし》なそぶりを装うシャノワンに、心の中でそう言ってやった。

勝が用意した焦土戦術は、官軍への対抗のためだけではなかった。諸外国が江戸をむさぼり食うことを防ぐゆいいつのすべでもあった。

何もかも焼き払うことでしか侵略を防げないのだと思うと情けなくて涙が出そうになるが、それでも、すべがあるのとないのとでは、話が違った。

（おれの策は、これからだぜ。見ていやがれ）

そう思っているうち、蔵から身支度を整えた男が、ぬっと出てきた。

顔色も良く、髭《ひげ》も月代《さかやき》も綺麗《きれい》に剃っており、着物も洗濯したものを身につけている。二十八歳という若さで、気力も体力もしっかり保っている様子だった。

「調子はどうだい、益満さん。衣食に不足はないかい」

勝が呼びかけると、益満はおもはゆいような笑みを浮かべ、丁寧に頭を下げた。

「不足だなどと口が裂けても言えません。虜囚の身で、ここまで丁重にされると、なんとも骨抜きにされそうで怖い思いがします。いっそ牢《ろう》に入れられた方が気楽かもしれません」

「残念だが、そんな目には遭わせられねえよ」

勝も微笑んでそう言った。

酷烈な環境で知られる伝馬町《てんまちょう》の牢屋敷と違い、衣食や身繕いに不自由ないよう世話している。牢屋敷に入れては、それ自体が刑罰といっていい密閉環境に押し込めることになる。その悪劣さは尋常ではなく、お裁きが下される前に病むか、囚人同士の勝手な私刑で痛めつけられるか、いずれにせよ牢死する者が大半という過酷さである。

それでは、閉じ込めた人物を叩き潰すだけで、処刑と変わらず、こちらの意のままに使うことはできない、というのが勝の考えだった。そもそも伝馬町の牢屋敷など消えてなくなればいいと思っている。荒っぽい人間を牢に閉じ込めたところで、もっと荒っぽくなるだけだろう。敵方の人間であれば、なおさらこちらに敵意を抱くに決まっていた。

咎人《とがにん》だろうが敵方の間者だろうが、しっかり交際し、正しく使ってやり、誉れを与えてやることの方が、よっぽど世のため人のためになる。

そういう信念が、いつしか、

「勝安房守は、味方のなかには敵が沢山いるくせに、敵のなかには敵らしい敵がいない」

という状況を作り出していた。それがあるいは勝をここまで生き延びさせ、そしてまた今の大役を背負わせることになった要因だろう。

「いきなりだが益満さん、あんたに頼みたいことがあって呼んだんだ」

「頼みとは、どんなことでしょう」

益満は意外に思う様子もなく尋ね返した。生かされているからには、いつか使われるのだと悟っている顔で、こう続けた。

「一飯の恩というのもなんですが、私にできることでしたら何でもおっしゃって下さい」

「ちょっと難儀なことでな。説明するから、一緒に来てくれ。会って欲しい人物がいる」

手招きすると、益満が大人しくついてきた。門人二人は蔵の戸を元通り施錠して番を続け、屋敷の警護にあたっていた門人数名が無言で集まり、勝を守るため後に続いた。

座敷に戻ると、廊下にもまた別の門人が座り込み、山岡がおかしなことをしないか見張ってくれている。勝はその門人に礼を言い、ついでにこう命じた。

「ちょっとひとっ走り、庄内藩の邸まで行って、安倍《あべ》さんを呼んできてくれ」

「はい、先生」

さっと男が立って玄関に向かった。勝は、ついてきた者たちも屋敷の警護に戻し、益満とともに部屋に入った。

山岡が振り返り、しげしげと益満を見つめた。

「や、これは……」

益満も息をのんで山岡の面貌を凝視しながら、ゆっくりと座った。

勝は、見つめ合うその二人を横から眺めるかたちで座り、言った。

「これは薩人の益満休之助さんだ。事情があって、おれが預かってる。こっちは山岡鉄太郎さんだ。上様の警護に就いていて、これからあることを頼もうと思ってる」

山岡が、何かに納得したようにうなずいた。

「どなたが来られるかと思えば、益満さんか」

益満の方はうなずきはせず、興味深そうに山岡を見たまま言った。

「お久しぶりです、山岡さん」

「以前に比べ、面構えが変わった。一見し、違う方かと思ったほどだ」

「そうですか。どうにも殺伐とした日々を送っていたせいでしょうか」

益満が笑んだが、人に内心や己の行いを指摘される怖さから、上目がちの、どこか剣呑《けんのん》な仮面じみた笑みになっていることを勝は見て取った。大義に没頭し、修羅場をくぐり抜け、ときには悪をなすことを受け入れてきた者に特有の顔つきだ。

一方、山岡は相変わらず堂々たる態度で、目を伏せて話すということがない。

「おや、知り合いだったのかい」

勝が、二人の顔を均等に視野に置きながら、そらっとぼけて言った。実は、そうであろうと推察して、二人を引き合わせたのだった。

「以前、同じ塾に通っていたことがあります。清河塾です」

益満が答えたが、山岡がさらに加えた。

「虎尾《こび》の会で一緒でした」

「ははあ、あの清河八郎の塾か」

勝はまたそらっとぼけ、あえてゆったりした態度で煙草盆を引き寄せた。

「おれは清河八郎という人を知らんが、聞いたところから感ずるに、良くも悪くも大豪傑というべきだね。なんといっても、尊皇と攘夷の思想をいっぺんに日本に広めた人だ。おれが師事した佐久間象山《さくましょうざん》先生と同様、時代を推し進めた、風雲見ってやつさ」

山岡も益満も、勝が清河を非難すると思っていたらしい。二人とも意外そうに勝を見やり、いつの間にか張り詰めたようになっていた空気が、すっと和らいだ。

勝はその機を狙い澄まし、益満に告げた。

「益満さん。どうか、この山岡さんと一緒に、西郷吉之助に会ってくれないか。おれの手紙を届けて欲しいんだ。手紙は、これから書くから、ちょっと待っていてくれ」

「西郷さんに……？」

「そうさ。腹心の一人であるあんたと一緒なら、山岡さんもきっと無事に辿り着ける」

山岡が益満を見た。ただ見るだけでなく、興味津々の、強い眼光を伴っていた。

「ほう。そうだったのか」

益満は無言で目を伏せ、代わりに勝が、のんびりした口調で告げた。

「江戸弁が達者なことから、長らく薩摩の間者として働いていたんだそうだ。で、西郷さんからの命で、江戸を攪乱するよう言われたのさ」

「先ごろ、薩摩藩邸の焼き討ちが行われましたな」

山岡が言った。でかい面相に似合わず、つくづく頭の回転が速いことに勝は満足した。

「あれは幕臣側の暴発といっていい。おかげで鳥羽・伏見の戦いが起こっちまった」

「とはいえ、薩摩藩邸に多数の浪人や、やくざ者まで集め、幕府御用聞きの商人および無辜の市民を襲わせたと聞きました」

勝は何も言わず、益満が口を開くのを待った。

「はい。その通りです」

益満が目を伏せたまま言った。行いを恥じたり悔いたりしているというより、密命と大義に従おうとしたものの、最後の最後で事態を御せなかったことが辛《つら》いような様子だ。

「先年、徳川将軍と幕閣が大坂城におりました時期、江戸の私どものもとへ、命が下されたのです。朝廷が倒幕の密勅を我が薩州と長州に下された、よって三田《みた》の薩摩藩邸を本拠地とし、倒幕の策を実行せよ、と」

「盗賊行為が策であったと？」

山岡が、咎めるのではなく不思議そうに尋ねた。

「幕府の足下を動揺させるためです。倒幕、尊皇、攘夷。これらに応ずる諸藩の浪士を五百名ほど招き、幕府御用の者に限って襲わせよと……。目標は、幕府の御用商人、佐幕の諸藩浪人、外国品を売買していた唐物屋、金蔵持ちの富商です」

すらすらと益満が答えた。計画を立てて激派浪人を差し向けたことが窺《うかが》えた。

山岡の眉間《みけん》に皺《しわ》が寄った。勝は、煙草に火をつけ一服するふりをしながら呼吸を整え、山岡が益満に斬りかからんとしたときに備え、両膝に力を溜《た》めていた。

「市中に火を放ち、無辜の民を殺害すること多数。婦女子を犯し、老人や子どもすら殺し、金品を奪ったと聞いているが」

山岡が、あたかも益満自身がそのような行いをしたかのように言った。

「はい。私もそう聞いています。大義の前の小事、と言い聞かせていました」

益満のいらえは、淡々と乾ききったものであった。

「大義という割に、挙兵もしなかったようだが」

「中止命令を受けたのです」

益満が変わらぬ調子で答え、山岡の眉間の皺が深くなった。

「なのに、薩摩藩の上屋敷が灰燼《かいじん》に帰するがごとき状況に陥ったと？」

「はい……。大政奉還がなされたため倒幕の挙兵は延期するはずでした。けれども昂然となる者たちを御すことあたわず、種々の暴発が起こったのです」

「また暴発か……」

山岡が深々と呼吸した。体内にわきかけた激情をすっかり吐き出したのだ。見事な息づかいだと勝は内心で大いに誉め、うっかり膝の力を抜きそうになってしまった。

「いかにも……。甲府《こうふ》城を攻めんとする者、あるいは相模《さがみ》で挙兵せんとする者、そういった者たちがあちこちで蜂起《ほうき》し、我々には止めることができませんでした。そうして敗れた生き残りが、続々と薩摩藩邸に逃げ込んできたのです。そればかりか、邸を見張っていた新徴組に追われて反撃する者があり、新徴組を預かる庄内藩の屯所に銃撃することまで起こりました」

山岡がじろりと益満を睨《にら》んで、さらに加えた。

「御城の二の丸に放火した者もいると聞く」

勝は、山岡が意外に事情通であることと、益満があえてその御城の放火にだけ言及しないことを見抜いた勘の鋭さに、心のなかでにやりとさせられた。

「それは……私どもに任された務めでした。その頃はまだ、中止命令が届いてはいなかったのです」

「誰彼構わず、市井の者を狙わなかったことを誉めるべきかな」

山岡が腕を組み、むしろ呆《あき》れたようにかぶりを振るのを見て、勝が言った。

「暴発は薩摩側だけじゃない。薩摩が騒動の黒幕だってんで、御城の留守居を務めていた老中の稲葉《いなば》美濃守《みののかみ》が強硬になっちまってな。庄内藩に、賊徒引き渡しを薩摩藩邸に求め、拒めば討ち入って召し捕れと、こう命じたんだ」

山岡が首を傾げた。

「庄内藩だけが薩摩藩邸を攻めたのではないようですが」

「たまたま銃撃を受けたからさ。私心で報復したとされりゃ庄内藩が咎めを受ける。だから他藩に協力を頼んだ。上山《かみのやま》藩、鯖江《さばえ》藩、岩槻《いわつき》藩……それと、出羽《でわ》松山《まつやま》藩だったか。おれの門人でもある庄内藩士の安倍藤蔵《とうぞう》って男が、薩摩藩邸に単身乗り込み、賊徒の引き渡しを求めたんだ。その相手は、ええっと、誰だっけかな？」

勝は、益満を黙りこくらせないために話を向けた。

「留守居役の篠崎《しのざき》様です。引き渡しを拒み、安倍氏を邸の外に送り出したところを、庄内藩の兵に槍で殺されました……」

「それで、邸に大砲を撃ち込む焼き討ち騒ぎになった。邸を囲んでた方も、なかにいた連中も、邸の内外に火をかけてな。まあ、そんな騒ぎが起こったんだが、おれはそのとき海軍奉行で、海軍所は薩摩藩邸の件は何も聞かされてなかった。で、賊が海に逃げたから軍艦を出してくれ、と庄内藩から急に頼まれた海軍所が、急いで回天丸《かいてんまる》を向かわせて砲撃させたわけだ。この益満さんも、そこでお縄にかけられた。そしておれが益満さんと何人かを預かることになったんだ」

山岡がうなずいた。ひどく静かな眼差《まなざ》しを益満に向けている。

数知れない騒乱の火種を生み出し、ばらまいておきながら、ただ止められなかった、というのは勝手な言い分だと思っているようだったが、確かなことはわからない。基本的に質問をするだけで、非難めいたことは何も言わなかったからだ。

かつて同じ塾で尊皇攘夷の思想を学んだ相手である。多くの思いがあるのだろうが、黙然としてただ相手を見つめている。勝もあえて、その内心をあらわにさせようとはしない。

益満はただ、無言で畳に目を向けて微動だにしない。

彼の内心を満たすものがなんであれ、この時期、多くの人々の思いがそうであったように、数多《あまた》の矛盾と変転を抱えながら、全ては一個の人間の脳裏と心髄のうちに秘匿されるばかりであった。

「もうこんなことは、終わりにしなきゃいけねえんだ」

勝が言った。二人とも多くを心に秘めたまま、ただうなずいていた。

四

山岡が、ふうーっとまた良い呼吸をし、背筋を伸ばして言った。

「まことの暴発は、焼き討ちののち……鳥羽・伏見の戦いですな」

この言葉に、勝は大いに喜んでうなずいてみせた。

「そうだよ。その挙げ句が、今ここに官軍が攻めてくるっていう大騒ぎさ」

「上様が大坂から戻られたとき、安房守様が出迎えられたと聞きました」

「迎えになんぞ行くものか。帰って来ることさえ知らなかったんだぜ。いきなり使いが来て、呼び出されたんだよ」

「その場におられる方々を、恫喝《どうかつ》されたとか」

勝は笑ってかぶりを振りながら、その光景を思い出していた。

一月十二日の朝のことだ。

勝は朝餉《あさげ》の箸《はし》を止め、慌ただしくやってきた使者を出迎えた。

「軍艦、帰府せり」

というのが使者の報《しら》せだった。寒いなかにもかかわらず満面に汗を浮かべて言った。

「どなたか知りませんが、大切な御方がお着きになったとのことで、たいそうな騒ぎです。それで、安房守様に、品川《しながわ》に出向いて頂けないかとのこと」

勝は、ぼんやりとその言葉を聞いた。

脳裏ではさっそく一年半前の――慶応二年（一八六六年）の夏の日のことが、よみがえっている。

長州に行ってくれ――そう口にした慶喜の顔が浮かんでいた。幕閣の顔もついでに浮かんだ。長州征伐の折、会津と薩摩の対立を解消させ、公武合体の推進を何としても果たさねばならない。勝はそう命じられ、肝脳を絞って働いた。

そして投げ出された。

慶喜は勝手に停戦の勅を賜り、幕閣ははなから会津と薩摩を仲裁できるとはみていなかった。勝は面目を失った。時間稼ぎの捨て駒に等しい扱いを受けた。

また同じことが起こる。そういう予感があった。ほとんど確信だった。

勝の人生はこうしたことの繰り返しである。幕府が窮地に陥ると重用され、用が済むと放り出される。どれほど的確な進言をしても、的確であるがゆえに拒絶される。

それでも、時が来れば必ずまた重用されるとわかっていた。幕府や将軍には、自分のような人間が必要だった。事実、幕府が消滅するというこのときが、そうだった。

勝の満々たる自信がそう思わせているというのではない。それだけ幕府に人材がない、という寂寞《せきばく》とした思いすら抱かされる現実が、勝には見えていたからだった。

使者の到来は、勝の予想どおりだった。

だが力はわかなかった。なんだかひどく悲しい気持ちになった。

「おれは、しくじった身の上だから、こうして引っ込んでいるんだぜ。そういう大変なところに呼ばれたとて、出ていきゃしねえよ」

勝はそう言って追い返し、朝餉を食った。家族がなんのかんのと声をかけてくるが、ろくに耳に入らなかった。

茶を自分で淹《い》れて飲んでいると、また別の使者が来た。

「上様でござる」

使者は必死の面持ちで告げた。何としても勝を連れてこいと厳命されたのだろう。

「お着きになった御方は上様ご本人に間違いありません。上様が、安房様をすぐに呼べと仰せです。一刻も早くと。安房様、お頼み申します」

勝は深々と溜息をついた。

「馬が売れねえんだ」

「は――？」

「お天道様にはわかってたのかね」

勝はそう言うと、使者を待たせて馬を連れてきた。御城から引っ込んだとき、馬も売ってしまおうと思ったのだが、買い手がつかなかったのだ。こいつが売れずに居残っているのも天命だろう。そう思いながら、馬にまたがった。

海軍所まで馬をとばした。道中、悲しみが膨らんで仕方なかった。

到着すると、何人もの男たちが火を焚いて暖を取っていた。どいつも、こいつも、なんともみすぼらしい姿だった。

老中の板倉《いたくら》侯がいた。

なんと会津藩主の松平容保《まつだいらかたもり》がいた。

そして、慶喜がいた。

お気に入りの洋装に、刀を肩にかけ、寒そうに身をすくめている。海が荒れたかして船上で難儀したのだろう。顔色は悪く、やつれていた。

正月二日に京に向けて進軍させた張本人たちが、なぜ今、ここにいるのか——勝はもはや疑問にも思っていない自分を悟った。こうなることは、あらかじめわかっていた。そう思った途端、ひどい悲しみの塊が、全て怒りに変貌した。

「あなた方は、いったい、なんというざまだ！」

怒号が勝の口から迸《ほとばし》った。相手は将軍であり大名たちである。さすがに周囲の者が止めようとしたが、勝は止まらなかった。

「これだから、言わぬことじゃあない！　もうこうなってしまってから、どうなさるおつもりだ！　ええ、上様！　どうするんですか！」

いつしか勝の双眸《そうぼう》から涙がこぼれ出していた。泣きながら吠えていた。何もかも腹立たしかった。自分が具体的に何に対して泣いているのかもわからなかった。

慶喜は珍しく逃げなかった。いつもなら、さっさとどこかへ引っ込んで耳を塞《ふさ》いでいたはずだ。なのに宙を見つめたまま、勝がひとしきり詰《なじ》るのを黙って聞いていた。

勝は叫ぶのをやめた。喉《のど》が痛くなるほど叫んでいたことに後で気づいた。誰も何も言わない。勝の荒い息だけが響いた。

ふと、

「安房」

慶喜がうつむいて、か細い、ささやくような声で、呼んだ。

勝は、はたと息をのんだ。暴言を吐いたことで、てっきり処罰されるのかと思ったが、慶喜は何も言わなかった。勝を斬れとは命じなかった。それとは逆のことを慶喜が命じようとしていることが伝わってきた。

——頼む。どうにかしてくれ。

慶喜がそう言っているのがわかった。

勝の目に、また激しい熱を帯びた涙が溢れた——。

五

勝は、その回想を振り払い、しいて笑みを浮かべ、山岡と益満にあっけらかんと言った。

「二人同行ということになるんだ。どれほど久し振りに会ったのか知らんが、今のうちに腹を割って話さないといかんな」

すると、益満がようやく口を開いて、言った。

「途中で、私を斬ることになるかもしれないからですか」

益満は、頼みを受けるとも受けないとも言っていなかったが、それで益満がその気になっていることが勝と山岡に伝わった。

山岡も、でかい顔に力強い笑みを浮かべてみせた。

「斬ることはないと互いに信じ合えねば、道中、歩みが遅くなりかねません」

勝は煙管《きせる》を片付け、

「昔懐かしい話でもすればいい。そうだ、清河八郎について聞かせてくれないか。その間におれは、西郷さんへの手紙を書いちまうよ」

障子を開けて門人に筆と紙を用意させる勝を、山岡と益満が呆れたように眺めた。

決戦間近たる戦いを止めるための和睦《わぼく》の書をしたためながら、人の話に耳を傾ける。そういう器用さが勝にはあった。そのくせ、日記の日付などはでたらめに書く癖がある。物事の本質さえつかめば、枝葉末節はどうでもいいと切って捨ててしまうたちだった。

門人に言って茶を出させながら、

「さ、聞かせてくれよ。そもそも清河八郎ってのはどんな人だったんだい」

勝は、すらすらと筆を走らせながら言った。

最初に口を開いたのは、山岡であった。

「行動の人でした。誰よりも多くの土地を巡って遊説し、これと決めたことを必ず行うのです」

益満が、遠くを見るような眼差しになって後を続けた。

「学問も剣も、尋常ならざる修め方でした。昌平坂《しょうへいざか》学問所を目指し、北辰《ほくしん》一刀流の玄《げん》武《ぶ》館で学び、やがて免許皆伝。それがしも清河先生に剣で勝つことは、かないませんでした」

思い思いに語る二人に、勝が筆を執りながら訊《き》いた。

「そんな人物が、どうして湯島《ゆしま》に塾を開いたんだい？　昌平坂学問所に行ったんだろう？」

益満が笑みをこぼしながら答えた。驚くほど屈託のない笑顔だった。

「ただ秀才たらんとすることに飽き、権威と地位を得るためだけの学問に倦《う》んだと……」

「そりゃまったく剛毅だ」

勝が紙に目を落としたまま感想を口にすると、山岡の方も、笑いをこぼした。

「頑迷ですらありましたな。とても穏やかな方でしたが……間違っているとみなせば、何としても正さねば気が済まないのです」

「それがなんで激派を好むようになったんだい？」

山岡が、せっせと筆を繰る勝の方をちらりと見ながら言った。

「井伊《いい》大老が、僅《わず》か十八名の志士によって首をとられたからです」

「桜田《さくらだ》門外のあれか。誰もかれもが、あれで常軌を逸するようになったもんだ」

益満が大きくうなずいた。

「そもそもそれまで、大老を斬るなどという発想自体、どの藩士にもあり得ませんでした。全ては、帝が水戸に勅を下されたがゆえのこと。清河先生は、いつか自分たちにも、勅を下されるときがくる、そうあるべきだ……とおっしゃっていました」

「その発想も尋常じゃないね。それで結成したのが、虎尾の会ってわけだ」

山岡が懐かしむように微笑み、当時の合い言葉らしきことを、独白めいて口にした。

「国を守るため、虎の尾を踏むことも恐れず。帝を中心として日本を一つにまとめねば諸外国がもたらす国難を乗り切ることはできぬ。ゆえに必要なのは、尊皇攘夷である……」

勝が己の文面を眺め、ところどころ修正しつつ口を挟んだ。

「清河先生は、外国人なんてみんな殺しちまえっていう考え方をしていたのかい？」

山岡がさっと笑みを消した。

「それがしが知る限り、清河先生の言う攘夷とは、対等な貿易と外交を意味しておりました。むしろこれからは外国との貿易の時代であり、生糸などはこの国の重要な産業になるので、大いに生産者を育てるべきだとおっしゃっていたのを覚えています」

「そりゃ慧眼《けいがん》だ。なんでそれなのに、外国人殺しで幕府から睨まれたんだね？」

勝の問いに、益満が宙へ目をさまよわせながら言った。

「それも私の仲間の激発ゆえです。清河先生の意見も聞かず、隙あらば悪辣《あくらつ》な外国人を殺傷して回り……、薩摩藩もこれを止めるべく、自藩の浪士を捕らえて流罪にしています」

山岡が苦いものを口にしたように顔をしかめた。

「おかげで清河先生も咎めを受け、路上で同心連中の罠《わな》にかけられたのです。清河先生は何とか逃れたものの、以来、お尋ね者となってしまった。虎尾の会も潰れ、清河先生の妻子も兄弟も家族はみな伝馬町の牢に入れられました。それがしや義兄が釈放を嘆願したものの、妻君をはじめ多くが牢死し、生きて出られたのは三人のみでありました」

初めて山岡の声に非難の調子が生じ、益満はじっと聞いていたが、やがて静かに語り返した。

「逃亡の折、清河先生と我が同朋《どうぼう》が仙台《せんだい》で鉢合わせしたのです。薩摩同志は、水戸が帝を奉じるべく上洛《じょうらく》すると考え、合力しようと考えていました。これに清河先生が、朝廷の内部の者を頼り、攘夷の勅を奉じて官軍として挙兵すべきとする策を与えたのです」

勝は清書の紙を机に広げ、右手に顎《あご》を乗せて言った。

「官軍、というところは現実になったねえ。だが当時、島津久光《ひさみつ》公がその動きを止めたって話だぜ」

「はい……。清河先生は、久光様が兵を率いて上洛するのに合わせ、尊皇攘夷を説いて志士を集めました。ですが、当の久光様は公武合体論者でしたので、勅を得て挙兵することはできないだろう、時宜はいまだ到来しておらずと、考えを改められたのです。しかし、一部の志士がことを急ぎ、久光様から謀叛《むほん》を疑われてしまいました」

勝は、顔を手からどかし、筆に墨をつけながら深沈とした調子で言った。

「ずいぶん死んだって聞いたよ」

益満が、ぐっと息を詰まらせ、身を強《こわ》ばらせてうつむいた。

「久光様は、志士の粛清を、お命じになりました。薩摩人同士、寺田屋《てらだ》で数多の者が斬り死にし……、清河先生は、挙兵は無理と見定めて京を出ており無事でしたが……、我が同志は、ことごとく死にもした」

益満の流ちょうな江戸弁が、同志の死について口にするときばかりは薩摩弁の響きを帯びていた。

「さようであったか……」

山岡が組んでいた腕を解き、詰問口調を和らげて言った。

「それがしが清河先生と再会したのは、その後のことであった。清河先生は、一族の入牢に大変心を痛めておった。そこで、改めて建白書を用意し、それがしの義兄が、それを政事総裁職であった松平春嶽《しゅんがく》様にお渡ししたのだ。結果、清河先生の意が汲《く》まれ、入牢していた志士は解放されたが……先生の妻君はすでに亡くなられていた」

「さようでありましたか……さぞ、ご無念でしたでしょう」

「見ているこちらが辛いほどであった。だが清河先生の狙いは正しかった。幕府が浪士の扱いにほとほと困惑していたことを見抜き、浪士組を結成して上洛させせんとしたのだ。幕府はこの建白を認め、清河先生も罪を赦《ゆる》されることとなった。それがしも浪士組に参画し、二百数十名の浪士とともに上洛した」

「そこで新撰組《しんせんぐみ》が生まれたと聞きましたが……」

「彼らは佐幕の者たちであった。上洛後、清河先生は浪士たちに倒幕を説いてな。本分は尊皇攘夷であると。よってこれより浪士組として朝廷より勅をたまわらんとす、とな」

「可能だったのですか？」

そこへ、さらさらと清書していた勝が、二人の横で呟いた。

「びっくり仰天することに、勅が下されたのさ。京都守護職にあった会津の容保侯は驚愕《きょうがく》したというぜ。そりゃあ、将軍警護のために遣わされた二百数十名に、いきなり攘夷の勅が下されたんだ。誰だって驚いちまうよ。しかも一介の流浪の身で勅を下されたなんてのは、後にも先にも、清河八郎って男だけだ」

「まさに。下された勅命は、江戸での攘夷決行。しかし松平容保侯の配下になりたいと申し出る浪士十数名がおり、清河先生と袂《たもと》を分かった。その者たちが、のちの新撰組だ」

山岡の言葉は、ほぼ益満に向けられたものだった。この鋭い男は、勝が何もかも知っていて、あえて二人に話させていることをとっくに悟っていた。

「ですがその攘夷が決行されたとは聞きません。清河先生は、江戸に戻ってすぐに……」

「そう。我々は江戸に戻ったが、幕府の厳しい警戒の下にあった。我が義兄が、清河先生に身を隠すよう勧めたが、先生は、尊皇攘夷の魁《さきがけ》となることを決心し、そして死んだ」

「幕府の手の者に斬られたと……」

「講武所の六、七名に首をとられた。浪士組が、首を取り戻したが……。それがしは義兄の嘆願で入牢を免れ、謹慎となった。以後は、ただ剣と禅に励み、己を空しくする日々であった」

益満がうつむき、しばらく勝が筆を走らせる音だけが部屋に響いた。

やがて、益満がぽつりと訊いた。

「首はいずこに？」

山岡は答えない。宙に目を向けているが、意識は勝に向けられている。そのことを勝は肌で感じていた。

この場は、山岡と益満が二人一体となれるかどうかを判断するため、勝が急場で用意した面談である。そして勝は、かねて山岡について聞いていた、あることを確かめたいと思っていた。まさに益満が、その核心に触れる問いを口にしてくれたのだ。

山岡も、勝の意図を悟り、答えるべきか否か思案しているようだった。

勝は手を止め、筆を置いて山岡の横顔を見つめながら、穏やかに尋ねた。

「幕府の面々はすっかり忘れちまってる。誰も重要なことだとも思っちゃいないが、ともかく清河八郎の首は、どこかに消えたって話だ。今頃、大事に弔われているのかねえ。それとも、川にでも投げ込むか、地面に埋めるかしちまったのかい、山岡さん」

益満が、はっと顔を上げた。

山岡は、深く入念な呼吸を行い、それから、勝に顔を向けた。

「お察しの通り、それがしがひそかに清河先生の首を、浪士組結成の地である伝通院《でんづういん》に葬りました。ご遺族には、すでにそのことを告げております」

「清河先生の首を、あなたが……」

益満が、それだけ口にし、絶句した。

勝は、書き終えた手紙に、ふーっと息を吹き、墨を乾かした。

山岡がしてみせたような、腹の底から出す息吹を込めて。

風雲児たちが推し進めた時代の舳先《へさき》にしがみつき、荒海に落ちぬよう必死になる自分たちに、せめてもの天佑があらんことを願いながら、熱い息を手紙に吹きかけていた。

六

勝が書き終えた手紙を畳の上に広げると、山岡と益満が黙読した。
万々が一、その書状を紛失した場合、口頭で伝えねばならない。二人ともしっかりと文を頭に叩き込む様子であった。

『無偏無党、王道堂々たり』

という一文で始まる長い手紙である。

『今、官軍鄙府《ひふ》（江戸）に迫るといえども、君臣謹んで恭順の道を守るは、我、徳川氏の士民といえども、皇国の一民なるを以《もっ》てのゆえなり』

べらんめえ口調の多い勝だが、書状にしたためるのは立派な漢文である。
以上の書き出しののち、勝は伝えるべきと思い定めたことを全て詳《つまび》らかに書いた。

――かつての戦国の世と違い、皇国が内戦に陥れば、必ず諸外国の介入や干渉、あるいは侵略を招く。

江戸にはおびただしい士民が行き交い、法を守らぬ者もおり、暴れ回るおそれもある。なんとか鎮撫しようとしても鎮撫しきれるものではない。江戸市中で暴動が勃発《ぼっぱつ》するようなことがあれば、自分は銃弾を受けて死ぬ覚悟を決めている。だが、和宮様の御身辺に不測の事態が起こったとき、どうしたらよいかは、日夜焦慮するばかりである。

官軍参謀諸君は、情勢をよく観察し、情理を尽くして処置して欲しい。皇国の存亡を憂えての御処置が正しければ大いに幸いとなり、もし一点であれ不正の御挙動があれば、皇国は瓦解《がかい》する。

あなた方も乱臣として、千載ののちまで、悪名は消えない。

こうしたことを自分で総督府に出向き、哀訴したいところであるが、半日として江戸を離れることができない。全ては天命である――。

面白いことに、山岡と益満の目の動きが同じだった。意識せず同じ箇所を読んでいるのだ。二人の呼吸がいつの間にかぴったり合うようになっていた。

あえて長々と面談の場を設けた成果が十分に出たことを見て取り、勝はにやりとした。使った人間が首だけになる可能性を思うと、たちまち吐き気が込み上げてくるのだが。

「達筆ですな」

山岡が、内容ではなく字を誉めた。

「無手勝流さ」

勝が澄まし顔で言った。

剣、禅、書は一体として学ぶべきものというのが武士道である。書には当然ながら書いた者の内面があらわれる。人は文章だけでなく、筆蹟《ひっせき》からも敬意や敵意を汲み取る。

その点、二人の話を聞きながら書いたものではあったが、筆さばきは落ち着き、堂々としており、筆蹟には真っ直ぐ相手を見据えて語りかける風情が込められていた。

「名文です」

遅れて、益満が納得したようにうなずいた。薩摩陣営に戻るなり、幕府側に寝返ったと疑われて殺される可能性も皆無ではないのである。これは命を懸けるに値する文書であると自らに言い聞かせる様子だった。

「少し、お尋ねしてもよろしいでしょうか？」

山岡が訊いた。そら来たと思いながら勝はうなずいてみせた。丸ごと諳《そら》んじればよしとする男ではないことは初めて会ったこの日にすっかり理解している。

「どこか意味のわからんところがあるかい？」

「いえ。皇国の存亡を巡り、処置を過てば乱臣の悪名を負うことになるという論旨は、官軍たるを自負する彼らの気分を損ない、王政の復古を批判することになりますが……」

「そうさ。そのつもりで書いてるんだ。この期に及んで遠慮なんぞしてられねえよ。心配はいらん。もう幾つも似たようなのを送ってある」

勝が、これまでに送った書状は、きわめて強硬である。徹底的に相手の弱みを突くものでもあった。大義名分および戦術的な観点の、両方の弱みである。

『恭順しているにもかかわらず、あなた方が征討の兵を向け、江戸城に打ちかかろうというのは、どのような見込みによるものか。

もし徳川家に朝命を拒む気があり、征討の兵を阻むとすれば、幾らでも手段はある。たとえば、徳川家は十二隻の軍艦を所有しているが、うち二隻を大坂近海に碇泊《ていはく》させ、二隻をもって九州と中国地方より攻め上る兵を防ぎ、二隻をもって東海道筋の要所を守らせ、二隻をもって東海道を下る兵を攻撃する。

その上で、残る四隻を横浜《よこはま》に置いて死守させる。

我々がこう出れば、九州から来る兵も、東へ向かう兵も、進軍をためらうどころの話ではないだろう』

こう書いたのは、純粋に戦術的な弱点を看破してのことだ。官軍は一直線になって東へ移動せざるを得ない。その横っ腹を突き、ばらばらに寸断して退散させる。きわめて現実的で、成功する見込みの高い作戦だった。しかも官軍の進軍予定はことごとく把握しているぞと脅してもいる。勝自身の情報網の精緻《せいち》さを端的に告げているのである。

その上で勝はこう述べ立ててやった。

『我々が打って出ないということが恭順の証《あか》しであるということをよく考えてほしい。吾は貴公とは年来の知己である。貴公は天下の大勢をよく理解しているはずだ。なのに今日、手を合わせて拝む者に兵を差し向けるとはなにごとか。実に、いつもの貴公とも思えぬ挙動と考えているが、それはさておき、とにかく征討の兵は、箱根《はこね》より西にとどめてくれなければいけない』

さらりと書いてはいるが、勝は官軍批判、ひいては新政府批判を明白にしている。

王政復古を建前に錦《にしき》の御旗《みはた》を立てて進軍することに内在する、官軍方諸藩の私利私欲。それを西郷個人も感じているはずだ、それを黙認するなど西郷らしからぬことだ、と一方的に言っていた。この主張には過てば賊となるのは官軍も同じだという論旨が前提にある。

何が過ちになるか。今このとき、江戸に大騒擾《そうじょう》をもたらすことだと勝は告げた。

『さもなければ、慶喜の恭順の意も、我々の奉ずる意も、まっとうされることなく、どのような乱暴者が暴発するかしれない。今の江戸の人心は、沸騰する湯のようなものだ。

右往左往し、どうにも制することはできない。そこへ官軍が箱根を越せば、とても恭順の実を捧《ささ》ぐことはできないのだから、ぜひ、箱根の西に兵を留め置いてもらいたい』

西郷は、駿府に到着してすぐ、この書状を受け取ったらしい。

そしてすぐさま諸隊長を集め、全員に書状を見せながら、凄《すさ》まじい怒気をあらわにしたという。

「諸君はこれをどう考えるか。実に、首を引き抜いても足らぬのは、かの勝だ。人を土芥《どかい》のごとく見るこやつが、官軍をなんと見ることか。恭順するなら官軍に注文をつけることなどないはず。彼の虚言は今日に始まったことではない。勝はむろん、慶喜の首を引き抜かずにはおれん。箱根を前に兵を留《とど》めるなどとても不可である。諸君、いかがか」

みな同意し、進撃の意志を新たにするのへ、

「明日すぐさま東征を開始する。そのつもりで出陣するように」

西郷は凄まじい気魄で命じたという。

このときの様子を、間者として働いてくれている者たちが、勝に報せてくれた。

九州、京、大坂、駿府のどこにでも勝の手の者はいる。西郷が憤怒してみせる様子を耳にするほど、官軍中枢に近い場所にもいた。

これで勝はむしろ、西郷が己の意を汲んでくれたことを悟った。

官軍に箱根を越えさせることを、勝は初手から構想していたのである。

越えるな、越えないでくれ、とどまれ、と繰り返し書いたのは、つまるところ西郷に、一日も早く来てくれと言っているに等しい。

事実、官軍は箱根でまったく抵抗に遭わなかった。勝が手を回したからだ。関所の者たちは官軍の偵察部隊がやって来ると、一戦も交えず大人しく関所そのものを譲り渡した。

西郷にとっては、これが大総督たる熾仁親王を措《お》いて進撃し、その後の軍略の一切を自分が取り仕切るための、絶好の契機になったはずだ。

勝と西郷は過去、一度しか会ったことがない。だが年来の知己と呼ぶにふさわしい相手であると互いに信じている。それだけ通じるものがある。そう確信していた。

勝の幅広い人脈が、西郷という人物を、信頼に値する相手と告げているからだ。

慶喜が、勝を使者にしようとしたのも、勝に対してなら西郷も胸襟を開くと読んだからだろう。

西郷は、ただちに進発を命じ、

「勝めがいるなら、自分が行かねばならない」

傲然《ごうぜん》と、そう口にしたという。

官軍の面々も、勝を大胆不敵な軍略家として認めている。書状だけでその軍略が恐るべきものであることを示してみせた。大総督たる熾仁親王も、公家の身ながら参戦した剛毅な人物だが軍略には疎い。必然、西郷の性急な進撃を誰も咎めなかった。

「勝を討てるのは西郷だけ」

勝も西郷も、官軍にそう思わせ、二人だけで決着できるよう智力を尽くしていた。互いの目的は戦闘ではない。むしろそうすることは過ちになるという認識を共有したうえでの、電撃的ともいえる早期講和である。

離れた場所にいて、しかも敵同士でありながら、なぜそれほど呼応し合えるのか。

理由は明白だ。

勝も西郷も、思想を問わず人脈に重きを置くとともに、間者を使うこと、人を遣わすことに、長《た》けているのである。

勝が、江戸城中で和戦両様を唱えれば、それは薩摩側の間者によって西郷に伝わる。

一方で、西郷が、駿府での軍議で江戸総攻撃と慶喜処刑の決定に賛同する裏で、あらかじめ妥協案を用意しているらしいことを、間者が勝に伝えてくれる。

互いの動向により、相手に通じているということが、おのずと伝わってくる。

戦へと気運が傾くなか、決して名を表に出すことができない大勢の者たちが、勝と西郷にそれぞれの状況と真意とを届けていた。

国を二分する戦が起ころうとしているこのとき、ぎりぎりの危機下にあって、敵対する軍の総責任者同士が、間接的に意思疎通をはかる。

そうした芸当をしてのけられることこそ、勝と西郷という二人の麒麟児《きりんじ》の、異才たるゆえんだった。今、二人をつなぐ、か細い生命線が、土壇場で山岡と益満という勇士が加わったことでその真価を発揮しようとしているのを、勝はひしひしと感じていた。

七

「今ひとつ、お尋ねしたい。勝殿は、なにゆえそうまで西郷殿を信じられるのですか」

果たして、山岡がずばり突いてきた。ただ勝が個人として西郷をむやみに信じているのではなく、その根拠があると見抜いているのだ。

勝はにやっとして、はぐらかした。おびただしい間者や内通者、思想的な共鳴者が、続々と情報を送り込んでくれているとは言えなかった。もし彼らの名が露見すれば、ただちに裏切り者として殺されてしまう。

「あの傑物を見りゃあ、わかるよ。あの人に会ったときあんたが驚くのが楽しみだ」

山岡が、僅かに間を置き、それから黙ってうなずいた。

勝と西郷の間にあるものに気持ちを向けるな。西郷一人に全身全霊で向き合ってくれ。そういう勝の意を汲んでくれていた。

「和宮様についても言及しておられる点ですが……」

益満がぼそっと遠慮がちに言った。

「これはやはり人質を慮《おもんぱか》れ……、ということでしょうか?」

「いや。単に、徳川のおっかさんや、お祖母《ばあ》様についちゃ、向こうも大いに気にしてるだろうから、一言付け加えてやんのが親切かと思ってな」

　勝の意地の悪いところがそっくり出た言葉だった。

　おっかさんこと和宮親子内親王、すなわち静寛院宮は、仁孝《にんこう》天皇の娘であり、孝明《こうめい》天皇の異母妹であり、官軍が擁する今上天皇の叔母だ。さらには大総督たる熾仁親王のかつての婚約者でもあった。

　京都の新政府が決して無視できぬ存在である和宮は、夫の家茂亡きあとも落飾して江戸城に住まい、今このとき、徳川家の一員であるという立場を明らかにしているのである。

　生母の里方の橋本家へ、彼女が送った嘆願書には、

「もし徳川家が断絶と決まっても、再興を認めて下さるなら上京します。認めないのであれば、親族の危機を見捨てる不義者、ひいては父帝への不孝者とならぬよう、いさぎよく死にます」

　とあった。

　新政府も、彼女が本気と知り、万一のときは保護するよう、勝や大久保一翁、田安《たやす》家などに要請していた。

　東征する官軍も、当然ながら彼女を無視できない。

　和宮の里方の橋本実梁は、鎮撫総督として参戦。また同じく鎮撫総督の岩倉具定《いわくらともさだ》は、

周囲の反対を押し切って和宮の降嫁を実現させた岩倉具視《ともみ》の息子だ。和宮が死ぬことになれば、彼らがその責任を追及されることになる。

お祖母様こと天璋院も、薩摩藩十一代藩主たる島津斉彬の養女であることから、薩摩側が総攻撃を躊躇《ちゅうちょ》する理由になりえた。

徳川家が幸いにも持てた人質だが、書状における勝の意図は、実はそれとは異なった。

「彼女らの余計な交渉は知ったことじゃない。おれが交渉の全てを取り仕切っている」

和宮の身辺について苦慮しているという言葉の裏で、暗にそう告げているのだ。

和宮と天璋院には悪いが、それぞれ徳川家存続のため、かえって不利な条件を成立させかねない。そうなってしまったとき、その条件を踏み倒すのが勝の役目だった。

何しろ、慶喜は大奥から信頼されていない。慶喜の怜悧さは女性からすれば薄情な男と見えるのだろうし、側室を作りすぎることでもひんしゅくを買っていた。

和宮も天璋院も、慶喜がさっさと腹を切ればいいのではないか、そうすれば万事収まるのではないか、などと考えているふしがある。

大奥と勝とでは、交渉の前提がまったく違った。何より、大奥に、江戸の焼尽や諸外国の干渉を防ぐという視点はない。

勝が丁寧に書状をたたみ、封をして、山岡に渡した。

「ほかにあるかい？」

「ありません」

山岡が書状を懐に入れた。益満にも質問はなかった。

「すぐに支度をし、義兄の高橋に挨拶《あいさつ》をしてから参ります」

そう山岡が言ったが、旅の装束も着替え一式も、おおむね勝が門人に命じて用意させた。勝が山岡と益満にそれぞれ袋に入れた路銀を渡したとき、来客があった。

門人に言って呼んでこさせた相手だ。

名は、安倍藤蔵。庄内藩士であり、勝の門人でもある。先の薩摩藩邸への焼き討ちの際、交渉役を担ったが、相手の断固とした拒絶をみて、討ち入りを命じた人物だ。

「馬鹿野郎め、なんてざまだ」

そのとき勝は大いに安倍を叱った。討ち入りは、その後の戊辰《ぼしん》戦争の口火を切ったに等しいのだが、安倍にその自覚はさっぱりない。

「まあ大事には至らないでしょう。ゆるゆると後始末をいたしますよ」

などと語ったものである。

結果、官軍の大攻勢を招いたわけで、最近になって、いつ腹を切ればいいのかと相談に来た安倍へ、

「ゆるゆると後始末をしてからだよ」

勝はそらみたことかという顔で言ってやったものだ。

その安倍は、急いでやって来たとみえて、手拭《てぬぐ》いで顔の汗を拭《ふ》き拭きしながら部屋に入り、山岡と益満が並んで座っているのを見て、ぎょっと立ちすくんだ。

これはなんだと訊きたげな安倍に、勝が四の五の言わせず命じた。

「見ての通り、山岡さんと益満さんに手紙を預けた。二人とも官軍のいる所へ行ってくれる。これをひとっ走りして伝えてくれ。市中警護の連中、新徴組、あと大久保さんにもな」

「この二人が一緒に……?」

徳川精鋭隊員と薩摩激徒の組み合わせに、安倍が目を白黒させた。

「そうだ。急いでくれ」

言って、汗みずくの安倍をまた走らせた。

勝は、山岡と益満とともに玄関に行き、そこで見送った。

「頼む」

深々と頭を下げた。

「はい」

山岡が下げ返した。益満も無言で倣い、赤坂の勝の邸を出た。二人とも健脚で、すぐに姿が見えなくなった。あの調子なら、馬がなくとも数日で帰れるだろう。

生きてさえいたら。

八

――二人とも、まだ首はつながっているかい。

三月十二日、勝は馬の後をてくてく歩きながら、心のなかで山岡と益満に呼びかけた。

二人を送り出してから、もう七日になる。

「今日は飛んで来ませんね」

勝の馬を引きながら馬丁がのんびり言った。銃弾のことである。三日に一度は登城するところを何者かに狙撃されるのだ。まだ勝も馬丁も当たったことがないが、頭上を弾丸が飛び、びゅーっと空を裂く音は何度聞いてもぞっとする。それで常に行く道を変えるのだが、勝も馬丁も白昼堂々、身をさらすことはやめない。肝が据わっているというより、人死にがあまりに日常になりすぎて、いちいち気にしていたら何もできないからだ。

これが禅の境地ならいいが、心のどこかが麻痺《まひ》しているだけだろう、と勝は思う。

「慣れ過ぎちまって、飛んで来たことに気づかねえだけかもな」

そう返しながら、道行く人々や、商家や長屋の玄関先を観察した。気になることがあれば身分の差など考えもせず気さくに声をかけ、市中の様子について詳しく尋ねた。

江戸の道々はどこも大騒ぎだ。諸藩の藩邸にも、町民の家々にも、たいてい家具や財産を積んだ荷車があった。田舎に送り、戦火を免れようというのだ。

だが徳川幕府は、治安のため江戸市中の荷車・橋・道路の数を制限している。勝が把握しているところでは、車はざっと四万七千から四万八千輛《りょう》。その多くは大名や商家の有力者たちが雇ってしまっており、町人は後回しだ。

荷車を曳《ひ》く者たちは、ここが稼ぎどきとばかりに奔走し、そこら中で渋滞を起こした。

なかなか荷を運び出せず、見切りをつけて売り払う者、焼き捨てる者も多くいた。川辺では、日記類を束にしたものや、不用な家具一切を積み上げ、焼いている煙がいくつも上っている。火災の危険があるため市中警護の者達が咎めるのだが、次から次に焼く者が現れるのでどうしようもなかった。

米、酒、味噌《みそ》などの蔵は荷をすっかり密封して菰《こも》をかぶせ、屋根には若い男たちがのぼって異変はないかと辺りを見回している。

誰もがやたらと昂揚し、闇雲に必死になり、流言が飛び交う。しかも最近は誰でもかれでも決死だ自決だとわめき立て、町人もその意気やよしなどとするものだから、何が起こるかわからない危険な状況だった。

勝はそんな江戸を焼き払う用意を整えていたわけだが、同時に、無秩序がもたらす暴発を抑える手はずも講じている。

江戸市中の治安と戦火への対処のために働いてくれるよう説得した親分格の人々には、そのための金子を与えていた。

戦費から捻出《ねんしゅつ》した金だが、それでかなり使った。だがその甲斐《かい》あってか、

「いったんお受けしたこたぁ命にかえても守りやす。子分らに勝手なまねはさせやせん」

などと言って、みな義侠《ぎきょう》の心で働くことを誓ってくれたものだ。

市中の混乱が無頼者たちにおかしな欲を出させ、何かしでかされる前に、任侠の矜《きょう》持《じ》に訴え、逆に治安維持にあたらせたのである。

その効果があったとみえて、市中で強盗が多発するといったことはどうにか抑えられていた。家財道具を運び出したところを徒党に襲われ、命もろとも奪われるといった無惨な現場にしょっちゅう出くわすこともなかった。

この分なら官軍が市中に入ってきても、すぐさま騒擾が勃発することはなかろう。

そう見極め、御城にのぼった。

御城も御城でごちゃごちゃとし、あっちの部屋では何人かが大声で談義し、こっち

の部屋では思い詰めた顔をした者がじっと黙って座っているという具合である。昼から酒を飲む者、寝ている者、むやみと殺気立っている者。幕府中枢というよりまるで旅籠《はたご》のようだ。

一室で、大久保一翁と二人きりで話した。

大久保はいつものように、ほとんど表情の変わらない、ひょうたんに目鼻を描いたみたいな顔で勝を迎えた。ぼんやりしているように見えて、その目つきはどこか怖い。常に脳内で思案を巡らせているせいでまばたきの回数が少なく、ときに目玉がぎょろぎょろ左右に動く。

「一橋《ひとつばし》の大納言は駄目だ」

淡々と告げた。

一橋茂栄《もちはる》のことだ。どうやら使者の任を最後まで引き受けなかったらしい。

「でしょうねえ」

勝はあえてのんびり言った。これにはわけがあった。勝が東海道筋の治安を維持させるために派遣した兵を、一橋茂栄と旗本の河津《かわづ》祐邦《すけくに》が勝手に呼び戻してしまったのである。

官軍との衝突を恐れてのことだというが、軍事取扱の自分の頭越しに撤退を命じた二人に対し、勝は烈火のごとく怒った。

「過てば朝敵となる覚悟でやっていることを、余計な邪魔をされては何もできん。一橋と河津の首を切って持ってこい。そうせねば承知せん」

さんざん威嚇し、二度と余計な真似をさせぬよう釘《くぎ》を刺したものだ。

本当に首を求めているわけではない。そんなことをしている暇もなかった。遺恨はないと大久保に態度で示してやりながら言った。

「結局、本多《ほんだ》修理《しゅり》殿も一人で帰っちまいましたしね」

福井藩の家老である本多修理は、松平春嶽の側近だ。

謹慎した慶喜が弁明の書状を送りすぎており、謝罪というより政争の続きのような印象を与えかねないことを心配した春嶽が、慶喜に忠告させるため京都から派遣した人物である。

本多は、慶喜の相談に乗るだけでなく、一橋茂栄に対しても、使者の務めを担うよう説得に協力してくれた。だが当の茂栄がずるずると決定を引き延ばそうとするので、本多は見切りをつけ、一人で京都に帰ることを決めてしまった。

本多は、六日には江戸を出た。その際、

「薩人に、大島《おおしま》と海江田《かえだ》への手紙を持たせて遣わせました」

勝は本多にそう告げている。山岡の説明が面倒なので、益満のことだけ言ったのだ。

「皇国の乱となれば互いに賊となると京都の面々にお伝え下され。それと、おっかさんとお祖母様のことは、安房が守ると」

ついでにそう言い加え、官軍でも賊になるという独自の論法をたっぷり押しつけた。

和宮と天璋院のことは、西郷への手紙で言及したのと同じ意味合いである。

本多は承知したと言い、京の春嶽のもとに戻ったが、道中で西郷には会わなかったようだ。本多は軍勢とすれ違って京に戻ったという報せが、勝のもとに入っている。

「一橋に頼らず、事を進めるしかありませんよ」

「事と次第によっては使わねばならんがな。お主が送り出した使者は、まだ帰らぬか」

「じきに、と信じています」

大久保が小さくうなずいた。ぎりぎりであることは互いにわかっている。

「会津と庄内が怖い」

ぽつりと大久保が言いつつ、目を左右にぎょろぎょろ動かした。他にも怖いことがいろいろあって、同時に思案しているのだ。

「相変わらず、上様の御身を江戸から連れ去り、徹底抗戦をはかる気だ。万が一、榎《えの》本《もと》が軍艦を動かせば、危うい」

官軍が近づくにつれて、抗戦派のなかでも豪傑で知られるような者たちが、力ずくで慶喜を拉《ら》致《ち》し、無理やり総大将に仕立て上げて決戦を挑むという計略を進めているのだ。

「そうなる前に談判できるよう、官軍を急がせています」

「箱根をやすやすと通過させたな」

「ええ」

「江戸城内、江戸市中、どこでもひとたび暴発が起これば、一挙に大騒乱となろう。官軍が攻め寄せれば、まず佐幕の軍が、真っ先に上様の身をかどわかそうとして寛永寺を攻めかねん。三百の精鋭隊で、どこまで上様をお守りできるかわからん」

「そうなったらもう、死ぬしかありませんよ。慶喜様も、私も、あなたも」

勝は意地悪く言ってやった。果たして大久保がむすっとした。

「死ぬわけにはいかん。上様はむろん、わしやお主も。やるべきことをやらずに勝手に諦《あきら》めて果てるが最も士道不覚悟だ。で、そのときはやはりイギリスか？」

大久保がぎょろりと目を時計回りに一回転させて勝を見た。

この人はよく自分の思考で目が回らないもんだと感心しながら勝が言った。

「上様を亡命させることについては話を通してあります。そうなれば日本人としては死んだと思わないといけませんがね。いっそイギリス風の名を考えておきますか」

大久保の目がまた動きかけ、はたと止まった。勝の冗談を真面目に考えかけたのだ。

「それはそのときのことだ。ところで、甲陽《こうよう》鎮撫隊は？　もう壊滅したか？」

これは勝があえて脱走を見逃した連中のことだ。軍資金を与え、せめて官軍の足止めにと配置したが、多少はその役に立ってくれていた。

「ええ。残念ながらそのようです。ただし西郷以外の連中の足を、ちょっとばかり鈍らせられました」

「命が草露のようだな」

大久保が呟いた。事態を収拾せねば、あとどれだけ人が死ぬかわからない。そういう意味もあった。だがこのとき大久保の念頭にあったのは、やはり勝が放った使者の件だ。

あまりにもたやすく人が死ぬ。志士や勇士と呼ばれる者ほどそうだ。山岡と益満が必ず生きて帰るという前提で事を進めるわけにはいかない。

勝も、口には出さないが同じことを考えていた。

「次に出るべき使者は、この私ですよ。もう誰にも止めさせないで下さい」

もうこれ以上、誰かの命を費やすのはうんざりだった。

大久保がぴたりと目を勝に据えた。ややあって、こくりとうなずいた。

そのとき、廊下で足音が起こった。

「失礼いたします」

大久保の側近だ。手に書状を持ち、部屋にいる二人に捧げるようにした。

勝と大久保の視線が、たちまちその書状に吸い寄せられた。

「ただ今、安房守様のお使いと申す男二人が城門に現れ、これをお渡しするようにと」

大久保の目が、かっと見開かれた。

勝がいきなり立ち上がり、だん！　と右足で畳を猛然と踏んだ。書状を持った男がぎょっと腰を抜かしたが、構わず廊下に飛び出た。その目が涙で潤み、

「でかしたっ！　でかしたあっ！」

帰還した二人に届くはずもないのに、城じゅうに響くような大声を迸らせた。

第二章　走馬灯の如く

一

「朝敵、徳川慶喜が家来、山岡鉄太郎、大総督府へまかり通る！」

道中、東海道の屯所の一つとなった家に堂々と入り、隊長とみえる者に山岡は大声で告げたという。

屯所には百人ほど兵がおり、道中も官軍の先鋒《せんぽう》が列をなして続々と進軍していたが、誰も縛につけようとはせず、そのまま通過させてくれた、と山岡が淡々と語った。

官軍にとっても、そこは通過点であって戦場ではなかった。幕府の手の者とあれば委細構わず捕らえて斬れとも命じられていないのがわかった。兵も、意気軒昂《けんこう》だがむやみと殺気立ってはおらず、人心地を保っているようであった。

「これなら、適度な間合いをもってすれば、たいていの言葉は通じるとみてとりました」

山岡が言った。無謀に見えて、的確に生死の公算をはかる。虎穴《こけつ》に入るを平生とするその独特の武者ぶりを誇る様子はない。口調はきわめて落ち着いていたが、それでも決死の旅の昂揚は容易に消えぬとみえて、かなり饒舌《じょうぜつ》だった。

「剛毅《ごうき》だねえ」

勝は楽しがって聞いている。その横で大久保が目をぎょろぎょろさせ、山岡と益満の顔と彼らが持ち帰った書状の間で、せわしなく視線を行き来させていた。

「私は冷や汗が止まりませんでしたよ」

益満が素直に言った。こちらは大任を果たしたことで爽快《そうかい》な様子だ。

「横浜から神奈川宿に入りましたが、旅宿はどこも兵でいっぱいで、あちこちに番兵が立っておりました。その辺りからは私が先導いたしまして、どの宿場でも、私が薩人であるといえば印鑑や割り札のたぐいも検《あらた》めることなく通してくれました」

山岡も大いに助かったとみえ、益満をちらりと見て笑みをこぼした。

「まことに頼もしい限りでありました。かくしていたずらに時を奪われることなく小《お》田《だ》原《わら》城下に到着したところ、官軍の斥候らしき者たちが東へ駆けるのを見ました。どこぞで戦いが起こったのかと道々で尋ねると、甲州勝沼《かつぬま》の辺りで官軍が戦っていると」

勝はうなずいた。元新撰組の近藤勇《こんどういさみ》らが組織した甲陽鎮撫隊が官軍と激突して潰走《かいそう》したことは、勝も大久保も、それぞれの情報網を通して報《しら》されている。

「幸い、戦火に阻まれることもなく、益満殿とともに昼夜兼行で急ぎ、駿府に着きました」

「山岡さんは、感心するばかりの健脚でして。お一人であればもっと早く着いたでしょう。私の足のせいで遅れたようなものです」

「どっちも常人に比べりゃ、疾風《はやて》のごとしさ」

勝は愉快になっておだてた。大久保は別のことを考えているらしく、途中から書状のあちこちに目を走らせるだけで、三人の話に反応することがなくなっていた。

「それで、官軍参謀の西郷とはどんな風に会ったんだい？」

「益満殿が、兵に尋ねたところ、伝馬町《てんまちょう》に宿営されているとのことでしたので、二人で向かいました。そこでまた益満殿に率先してもらい、大総督府参謀に面謁を請うたところ、お会い下さるとのお返事でした。なんの異議もないのが意外で、これは話を聞いたあと捕らえる気だろうと考えたのですが、益満殿からは、そうではないでしょうと言われました」

「実際、どうだったんだい？」

勝が訊《き》いた。益満が嬉《うれ》しげに微笑んだ。

「西郷参謀は、私も山岡殿も捕らえることなく、会って下さいましたよ」

「久しぶりにあんたに会って、西郷さんもびっくりしたんじゃないか？」

「ええ、私が生きていることを喜んで下さいました。勝先生にお世話になったことを申し上げると、そうか、と一言呟《つぶや》かれました。それから、ここにお連れした方は、勝先生の書状を預かっております、と申し上げたところ、ぜひ読みたいと」
「それがしが渡し、西郷参謀が読み終えるのを待ちました。かなり熱心に読んでおられ、書状を別の者に渡して下がらせたところへ、それがしが慶喜様の御謹慎のことを切り出しました。西郷参謀はそれがしの話に耳を傾けて下さるご様子でしたので、それがしは、こたびの朝敵征討の是非も論ぜず進撃せらるるはいかがかと申し上げました。これでは主人慶喜が恭順いたしておりますものの、家士どもがいきり立ち、説諭も聞かず朝意に叛《そむ》いて脱走する者も多かろうと存じますと」

勝は内心で、さてこそ、と喝采《かっさい》した。慶喜に対して本気で恭順する気があるのかと真正面から尋ね返した男である。相手が西郷でもきっとそうしてくれると見込んでいたが、そこまで言い放てたのは勝の期待以上であり、まことに称賛に値する誠意である。

何しろ、西郷と向き合ってのことだ。山岡よりさらに巨漢の、ひたすらに馬鹿でかい男である。うどめという、巨大な目を意味する西郷のあだ名のもととなった、強烈な眼光に耐えるのは容易ではない。黒目がちのそれは一種異様な威風を放ち、彼に近しい豪傑たちですら凍りついたように何も言えなくなるという。

だが山岡は、西郷のそうした風貌《ふうぼう》について何も口にしない。大変だったとか恐れ入ったとか自身のことは脇に置き、そこでなされた会話について述べるのみである。

「西郷参謀は、甲州にて戦端が開かれたと注進があったとのことで、それがしの言うこととは異なるとおっしゃった。そこでそれがしは、それは脱走兵のなすところであり、徳川とは何の関わりもないことですと答えたところ、西郷参謀は、それならよいでしょう、と納得したご様子でした。それがしはさらに尋ねました。どこまでも戦を望み、殺戮《さつりく》あるのみと心得られますかと。それでは王師とは言いがたい。天子は民の父母であり、天子の軍である王師は理非をあきらかにする者ではありませんかと」

「それで、あっちの答えは？」

勝が身を前へ傾けて訊いた。大久保も目をぎょろりと山岡に向けた。

「戦を好むわけではなく、恭順の実があれば、寛典（寛大な処分）があるとのこと。それがしは、実とは何かと尋ねました。むろん慶喜様においては朝命に叛かぬことを第一と考えておりますと。西郷参謀はそれでよしとされ、そこで和宮様や天璋院様のことを告げました。なんでも天璋院様の使者が来て、慶喜様御謹慎のことを嘆願されたそうで。西郷参謀は、もったいないことだが条理がわからぬので、お返事のしようもなかった、と」

勝はつい手の平で己の膝《ひざ》を打った。西郷が、交渉相手を限定した証拠である。いちいち異なる交渉にはそもそも応じない西郷の姿勢は、かねて勝の願った通りだった。

「それで？」

「それで、江戸の事情も確かにわかり、大いに都合よく、それがしが述べたことを大総督宮へ言上いたすと約束して下さいました。そして、寛典についての条件を、紙面にてそれがしに手渡して下さったのです」

「それが、こいつか」

勝はにやりとして、大久保がぎょろぎょろ眺めていた書状へ顔を向けた。

そこに記された条件は、七つ。


一つ、慶喜は備前《びぜん》藩へお預け。

一つ、江戸城は明け渡し。

一つ、軍艦は没収。

一つ、武器は没収。

一つ、城内居住の家臣は向島《むこうじま》へ移住。

一つ、慶喜の妄挙を助けた家臣は厳罰。

一つ、暴挙に及ぶ者あれば官軍が鎮圧。


以上の条件を満たせば、慶喜の恭順を認めるという。

城も武器も兵も失うが、徳川家は存続し、慶喜も助命される。厳しい条件だが、それは二の次だった。重要なのは、条件が存在するということ。新政府側に、無血による事態収拾の考えがあるということだった。

勝がこれから直面する交渉において、相手にその考えがあると知っているか知らないかでは、話の進め方がまったく異なる。勝はあらかじめ条件が存在すると見ていたが、それを山岡が西郷自身に出させたのは、この土壇場においてまさに大手柄だった。

だが山岡の手柄は、それだけにとどまらなかった。

「西郷参謀は、それらの実行が相成れば徳川家に寛典ありとおっしゃいました。それがしは、つつしんで承りつつも、その一つにおいては請けがたいと申しました」

「なんだと？」

さすがの勝も目を剥《む》き、逆に、大久保は驚いたときの癖で訝《いぶか》しげに目を細めた。

「主人慶喜を備前に預けることは決して相成らざることと申し上げたのです。なぜならば、徳川恩顧の家士が決して承服いたさぬからであり、結局は戦端を開くこととなって、この上さらに数万の命を奪うことになると。王師のなすところにあらず、西郷参謀もただの人殺しとなり果てます。ゆえに、それがしは、この条は決してお受けできませぬと――」

くっ、と勝はたまらず笑いをこぼした。抑えようとはしたものの、くっくくと笑いの衝動が起き、体が揺れて仕方がなかった。大久保も瞼《まぶた》を開き、宙をぎょろりと見上げ、かぱっと大口を開けるや、かかかと笑い声を放った。

山岡が憮然《ぶぜん》と黙る傍らで、益満がその反応を当然のものとみて笑い混じりに言った。

「西郷参謀は、朝命であるとおっしゃいました。ですが山岡殿は、たとえ朝命であっても承服できないと返答されたのです。西郷参謀はみたび朝命であると口にされ、むしろ山岡殿を説得するご様子でした。ですがそこで山岡殿が、面白き論じ方をされたのです。西郷参謀の主人である島津侯が、もし誤って朝敵の汚名を着せられ、征討を目前にしながら粛然と謹慎しているとき、西郷参謀が山岡殿のごとき役目をもって尽力していたならば、いかが思われますかと」

「まったく、なんて野郎だい」

勝は笑いの発作のなかでそれだけを言った。

黙ったままの山岡に代わり、益満がにっこり笑ってうなずいた。

「そのとき主人慶喜公と同様のご処置の朝命があったとして、西郷参謀はそのとおり主君を差し出し、己は安閑としたまま傍観なされますかと問われたのです。君臣の情をいかようにお考えかと。西郷参謀もいたく感じ入られたご様子で、山岡先生の説はいかにもごもっとも、しからば慶喜殿のことにおいては、この吉之助がきっと引き受け、取りはからい申すゆえ、先生はご心痛ご無用にしてたもんせと、このようにおっしゃったのです」

ばしん！　勝は笑いで右へ左へ揺れながら、またぞろ己の膝を猛烈な勢いで引っぱたき、

「でかしたっ！」

山岡の働きを、改めて大声で誉めた。

「そのあとのことですが」

山岡が、先ほどとまったく変わらぬ調子で言った。

「西郷参謀は、それがしに、我が陣営を押し通りここまで来られたのですから、本来であれば縛につけるべきところを、そうはせずにおきましょうとおっしゃいました。それがしは、縛につくは望むところ、この場でそうなされればよろしいかと存じますと申し上げると、にわかに貴殿らのように笑いました。いいや、代わりに酌み交わそうとおっしゃるので、一献、二献といただきましたが、西郷参謀は大して口をおつけにならないので、さては下戸であるのだなと思いました」

勝は、笑いのせいでにじむ涙を拭《ぬぐ》った。大久保も顔を真っ赤にし、ひゅーひゅーおかしな息吹を繰り返している。

「あの御仁は確かに下戸さ。代わりに煙草はしたたか吹かすがね」

そう言って勝は、大久保を見た。

どうだ。目でそう言ってやった。自分が遣わした二人は、ここまでのことをやったぞ。

和宮や天璋院、あるいは慶喜が謹慎している寛永寺の輪王寺宮《りんのうじのみや》などがばらばらに講じる助命嘆願を排し、交渉を勝との間で一本化すると西郷自ら、勝の使者たる山岡に述べてくれたのである。

さらに非戦の条件をしっかり持ち帰ったのみならず、慶喜の身柄を即刻引き渡すことすら事前に阻止したのだ。

あとは、今の徳川家の首脳陣が、残りの条件にどこまで食い下がり、この江戸と徳川家、ひいては日本国を存続させるべく、覚悟を決めるかだった。

大久保がせわしく目を動かした。

慶喜をはじめ首脳陣にこれらの条件を見せて意見を乞《こ》う。

西郷の態度、官軍の規模、新政府の傾向から、どこまで条件を緩和できるか議論し、結論を出す。

そしてそのうえで、交渉の首席代表たる勝に、徳川の命運を委《ゆだ》ねる。

それだけのことをするのに、これまでの幕府であれば何ヶ月もかかっただろう。下手をすれば結論が出ぬまま、ずるずると事態が進行してしまうことも多かった。

そんなことだから、黒船出現から今に至るまで、あらゆる幕府の策が無為に潰《つい》えていったのだし、慶喜が衆議を嫌って単身で政争に没入することになったのだといえた。

だが大久保は、勝にぴたりと視線を据えると屹然《きつぜん》として告げた。

「一日。我らに一日の猶予を与えよ。明日の夜半には決する。我が命に懸けて、決してみせる」

勝はうなずいた。

明日にも西郷は江戸に来よう。

一日。

ほんの僅《わず》かに思えるが、危急のときにあっては致命的とすらいえる時間である。

だがそれだけのときを稼ぐことが、今の勝に与えられた、決死の使命であった。山岡と益満、二人の勇士がもたらしたものに報いるためにも、何としてもかなえねばならなかった。

「お前たち、今夜はおれの家でゆっくり休んでくれ」

勝は背筋をぴんと伸ばし、山岡と益満に向かって言った。

「明日からはおれが徳川の使者になる。お前たちの命がけの働きを決して無駄にはしねえ。おれが西郷さんに会って、この戦の落とし前を、きっぱりつけてやる」

二

三月十二日のその日、勝は、生還した山岡と益満とともに己の屋敷に戻った。

山岡を精鋭隊に戻さず手元に置いたのは、それだけ頼もしかったからだ。西郷との直接交渉の場にも連れて行くつもりだった。

益満も、薩摩側に残ればいいものを、従順に勝の屋敷にて再び囚《とら》われる気でいたのである。その前に、出来ればもうひと働きしてもらいたかったが、ここで使い尽くすには惜しい男なので、ねぎらいとして食事と酒と風呂《ふろ》を与えた。蔵には閉じ込めず、夜には部屋と布団を与えて寝かせてやった。

もうひと働き、というのは、西郷への会見の申し込みである。

同じ頃、官軍は池上《いけがみ》郷に達し、本門寺《ほんもんじ》を本営として着陣している。そこに、西郷率いる軍勢が入ったことが、徳川方の偵吏によって勝に報告されていた。

本門寺は、紀州《きしゅう》徳川家の菩提《ぼだい》寺だが、紀州はすでに新政府への恭順を藩の方針とし、鳥羽・伏見の戦いにも出兵していない。官軍が本門寺を本営としたことに抗議する声は、少なくとも紀州からは起こらなかった。

その本営へ、勝は益満に会見を申し出る書状を持たせて行かせたかったのだが、代

わりに別の者を送った。何なら自分で行きたい気分でもあったが、

——殺されはせん。

山岡と益満が降伏条件を手にして戻ってきたのだから、官軍本営に赴いた使者が、即座に銃撃を受けるようなことはないと判断できた。

果たして使者はその日のうちに戻り、会見に応じるという西郷からの手紙を勝は受け取った。

場所は、ひとまず高輪《たかなわ》の薩摩藩邸と定められた。三田の藩邸は先年、焼き討ちに遭って使い物にならなくなっている。

——用意は出来た。

夜更けまで、様々な客を迎えては指示を出していたが、それも一段落すると、布団を用意させ、ごろりと横になった。

心身は疲れ切っているが、頭脳はなおも交渉に臨むうえで、何か一つでもこちらが有利になる点はないかと思考しようとしている。

「下手な考えは、休むに似たりだ」

声に出して呟き、寝っ転がったまま禅の息吹でもって、頭脳から思考を追い払った。

これまでに用意してきたものを上回る策など、今さら閃《ひらめ》くはずもない。臨機応変は胸中にありというではないか。明日は胆力の勝負、あるいは舌先三寸の戦いだ。そう

自分に言い聞かせた。眠って頭脳を備えさせねばならない。

己を律する息吹をゆるゆると繰り返すうち、思ったよりも早く眠りがやってきた。

とともに、本所《ほんじょ》の光景が脳裏をよぎった。勝が幼い頃、暮らしていた町である。勝家の養子になった父が養家を引き取り、本所にある生家の邸内に住まわせたのだ。その頃目にした光景が、ふわふわと沢山の泡が浮かぶように思い出された。剣術の稽古《けいこ》に打ち込む自分。勉学に打ち込む自分。曽《そう》祖父がいかに偉い人であったか語る父の顔。

まるで走馬灯だ。

――こりゃいけねえ、明日にも死ぬみてえだ。

途端に、薩摩藩邸で撃ち殺される自分の姿、あるいは四方から斬りかかられてずたずたにされた自分が血溜《ちだ》まりに倒れるさまが、夢のなかに現れた。

眠りながらいつもの吐き癖に見舞われそうなところだが、不思議と、自分一人が死ぬことに関しては、そういう体の反応が起こらない。

――死んで構わない。

心のどこかでいつもそう思っている。またそれは、父・小吉《こきち》の基本的な態度でもあった。

小吉は一言でいって、無茶苦茶だった。

実家の男谷《おだに》家から旗本の勝家に養子に出されたのだが、お役についてお家のために働こうという気持ちはまったくなかった。若い頃から、喧嘩《けんか》が得意で、女好きで、しょっちゅう家からいなくなり、無一文になると物乞いをしながら放浪し、呼び戻しに来た親族に説得されて家に戻る。そんな生活を繰り返すので、実父から不行跡を咎《とが》められて三年ばかり座敷牢《ろう》に放り込まれた男だ。勝が生まれたのは、父が座敷牢にいたときである。

小吉は、長男が生まれたことを知ると、

「家督を譲って、おれは隠居する」

などと自宅の牢のなかで言い出し、

「ならばその前に少しは働いてみせろ」

かえって父に叱責《しっせき》されたという。

では働くと言い訳して出牢したが、まともな職につくことはなく、刀剣の目利きが優れていたのでそれで小金を稼いだ。あとは極端に喧嘩上手だったため、町の顔役にさせられていたという。

小吉の喧嘩は大変なものだったらしく、趣味のように道場破りを行い、例の、火消しにして侠客《きょうかく》の新門辰五郎などは、その無鉄砲さに呆《あき》れつつ小吉の胆力と腕前を認めていた。

父は、勝がそこそこ大きくなるとすぐに隠居してしまった。しばらくすると鶯谷《うぐいすだに》で庵《いおり》を結び、大して酒を飲まないくせに夢酔《むすい》などと号して終日ぶらぶらするか、女を漁《あさ》るか、書き物をすることに精を出し、勝が三十になる前に大往生した。

——腕っ節、無鉄砲、凝り性だ。

勝の血筋には、その三つが色濃く受け継がれている。勝自身がしばしばそう思うのである。父の甥《おい》の男谷信友《のぶとも》は高名な剣術家で、勝も学んだが、江戸の主要な道場も歯が立たぬほどの剣士であった。信友の高弟であった島田虎之助《しまだとらのすけ》が、勝に禅を勧めたのだが、

「お主の家系には必要だ。男谷先生もそう仰《おつしや》って自ら禅に励んでおられる」

と真顔で言われたのを覚えている。父・小吉の荒くれぶりが念頭にあったのだ。

確かにそれは正しい指摘だった。激情を律することさえできれば、勝の血筋の者はたいてい何ごとかをなす。それも常人には想像もつかない何かを。

勝の曽祖父の銀一《ぎんいち》がそうだった。貧農の家に生まれた盲人だが、鍼《はり》を学んで出世の機会をつかんだ。江戸に出てのち行き倒れて死にかけたが、やがて盲人に許された金貸しの職につき、莫大《ばくだい》な財を築いた。

その金で、検校《けんぎよう》の官職を買い、子に御家人の男谷家の株を買い与え、子孫を武家にしたのである。立身伝そのもののような人物だ。

——盲人であっても、それだけのことができる。

勝の親族であれば、誰しも心のなかでそのような意識を幼い頃から植えつけられる。なら己は何をなせるのかと心のどこかから絶えず呟きが聞こえてくるようなものだ。そのうえで、もう一つ別のことも教えられる。

――運がない。

勝もそうだが、みな運がない。幸運によって得られるものなどない。実力だけが何かを獲得するすべとなる。鍼や医術、利殖の才、剣の腕、学問、時勢を見抜く目、胆力――なんでもいいが、何かを得ない限り、何も得られない。

子どもの頃、勝はそのことを思い知った。

勝は、男谷家とその親族である阿茶《あちゃ》の局《つぼね》の紹介で、将軍徳川家斉《いえなり》の孫である初之丞《はつのじょう》、のちの一橋慶昌《よしまさ》の御相手として、江戸城へ召されたことがあったのである。そのまま一橋徳川家の家臣として出世するはずであったが、慶昌があっさり早世し、勝と親族の期待は泡のように消えた。思えば、慶昌が死んだ年、父が隠居して家督を相続したのだ。勝が十六歳のときのことである。父もいっときは運に期待したのだろうが、やはりそんなものとは縁がないと見切りをつけたのだ。

――自分以外の誰かを頼って生きるべきではない。

徹底的な実力主義。それが勝の常識となった。お家主義と、それゆえの派閥争いは、勝にとって唾棄《だき》すべきものであった。その考えが、勝を出世させると同時に、幕府内で勝を孤立させ続けることともなった。

勝が備えた実力は、まず剣と禅であるが、これは勝の一族において備えて当然の二つだ。

それらに加えて打ち込んだのは蘭学である。金がないので辞書を借り、まるまる書き写した。しかも二度である。一方は自分用とし、他方を売って金にした。のちに私塾を開くとき、兵法や剣術と一緒に蘭学を教えることができるようにまでなっていたが、幕府からのお役目は得られなかった。

転機が訪れたのは嘉永六年（一八五三年）、三十一歳のときである。

勝の出世の道は、黒船とともに訪れた。

ペリーが開国を要求したことに対し、ときの幕府老中首座の阿部《あべ》正弘《まさひろ》が、海防に関する意見を広く求めたのである。しかも通例に反し、幕臣や諸大名のみならず町人にまでこれを募った。このとき勝は意見書を書き、それが阿部の目に留まったのである。

これにより、当時、目付兼海防掛だった大久保一翁の知遇を得た。そして蘭学に精通していたことから、異国応接掛附の蘭書翻訳御用というお役を頂戴《ちょうだい》した。

勝の本当の人生が始まった瞬間であった。

洋学所を創設すべく働き、和泉灘《いずみなだ》（大阪湾）を検分し、そして長崎海軍伝習所に入ることとなった。蘭語を使うため教監を兼ね、伝習生とオランダ人教官の間を仲介したことで、外国人との交渉ごとをひととおり経験した。

これが出世の入り口となったわけだが、

――やっぱり運は、からっきしだ。

というのが、お役目に対する勝の感想である。

第一に、船に弱い。

船酔いという最大の弱点の存在を勝はここで初めて思い知った。海軍にいるくせに、己自身が船に向いていないのである。

第二に、数学に弱い。

航海の基本は算術である。これがまったくもって勝の性に合わなかった。洋式の算術もひととおり学ぼうとしたが、船酔いに苦しめられたこともあって大して身につかなかった。

それでも勝は長々とこのお役目を続けた。蘭語に堪能《たんのう》であることが交友を広げてくれたし、かつて蘭学書生時代に知遇を得ていた島津斉彬と再会し、信頼関係を築くこともできた。斉彬は、勝の思想に近い、実力主義による人材登用を行う藩主であった。老中の阿部正弘とともに、己の思想の正しさを勝に確信させてくれた人だ。

ちなみに女についても精力的に働いた。漁色というほどではないが来る者拒まずである。これは、江戸で知り合った蘭学者にして思想家の佐久間象山の影響が大きい。

「傑物たる男子は、より多くの子孫を遺すことで後世に貢献すべきである」

というのが佐久間象山の信念である。

女遊びが荒い者の言い訳ではなく、大まじめにそういうことを言う。本人はむしろ女に優しく、大いに女を立てる。この佐久間象山に、勝は自分の妹を嫁がせている。自分の暮らしはさておいて、女の暮らしを優先する気質を信頼してのことでもあった。

そんな長崎暮らしの間に、自分を取り立ててくれた阿部正弘が死んだ。

これも運がないといえば、とことん運がない。

とはいえそれは幕府にとってもそうだろう。阿部正弘は、乱れに乱れた江戸城の大奥の風紀を正し、馬鹿げた財政支出を抑え、実力主義による人材登用と育成を推進しようとしたが、あたら三十九歳で幕府を支えるために命を削り尽くし、ばったり死んだのである。

次に大老として登場した井伊直弼《なおすけ》が安政《あんせい》の大獄を断行し、大久保一翁は左遷された。

勝は、井伊直弼の政治は徳川家内部の派閥争いの延長に過ぎず、幕府を疲弊させるだけだとおおっぴらに放言してやったものだ。

その井伊直弼が日米修好通商条約の調印を進め、遣米使節の建議が幕府で承認されると、勝はすぐさまアメリカ行きを希望した。

これは首尾良く認められた。とにかく外国に学ばねばならない。長崎にいる間、それを痛烈に感じ続けていたし、幕府内部の下らない争いごとには何の関心もなかった。問題は船だった。体が船に向かないくせに、軍艦操練所教授方頭取となった。外国に行く手段はそれしかないのだから仕方なかったが、操練所で海軍の技術指導をすることになるのだから、苦手な船にとことん寄り添う人生となった。

アメリカに向かう咸臨丸には、教授方頭取として乗った。軍艦奉行は木村喜毅《きむらよしたけ》で、その従者が福沢諭吉《ふくざわゆきち》だった。

この航海を通して、勝は木村や福沢との確執を土産とすることになる。

木村は、サンフランシスコに入港する際、船に自分の家紋を掲げようとする人間だった。これに勝は反対した。徳川将軍家ならびに日本という国を代表して来ている証《あかし》として、葵《あおい》の御旗《みはた》を掲げるべきだと主張したのである。

今でも当然のことを言ったと勝は思っているが、とにかく、勝と木村は馬が合わなかった。相手が奉行だろうが何だろうが勝に遠慮はなかったし、正直なところ、そんなことはどうでもよかった。アメリカという巨大な国で目にする全てに衝撃を受け、どう学んでいいかもわからないほどであったが、

——合衆国。

その言葉が、勝に、生涯続く信念を与えたのは確かである。

異なる法を持つ州が寄り集まり、憲法のもとで国家が形成されている。選挙によっ

て政府を司《つかさど》る者たちが定められる。

それまで漠然と想像していた民政のあり方を明白に示された。日本の将来は、これだ。星条旗に記された星印の意味を知って、そう思った。星々はそれぞれの州だという。その結束がアメリカという国を生んだ。

幕藩体制は解体されねばならない。諸藩は星にならねばならない。国家を築かねば、到底、諸外国に太刀打ちすることは無理だった。

——船に家紋を掲げてるようじゃ、やっぱり駄目だ。

木村がしでかそうとしたことは改めて愚行だと断じた。日本の旗を揚げるべきだった。その旗がまだないことが、最大の問題なのだ。

そうして大いに感銘を受けて帰国した勝だが、大変な啓蒙《けいもう》を得たという実感とは裏腹に、その後しばらく、腐らされた。

蕃書調所《ばんしよしらべしよ》頭取助となり、さらに講武所砲術師範となったのである。江戸の御城のなかでは順調に出世しているように見えて、実質は勝を海軍から離すための左遷人事であった。

井伊直弼が桜田門外の変で暗殺され、その後の政権を担った者達が、阿部正弘が登用した者達の芽を摘んで回ったのである。

勝は海軍や対外国に関する意見書をしこたま出したが、何一つ通らなかった。

政治的に無力化されるということを初めて経験した勝は、やってもやらなくても何も変わらないお務めをさっさと放り出し、自分のために時間を費やしはじめた。堂々と、交友と鍛錬に没頭したのである。あまりに公務を蔑《ないがし》ろにするので、老中達から睨《にら》まれる気かと同僚や部下から注意されたが、

「あんな連中がいつまでものさばっていられるご時世かよ」

ぺっと痰《たん》でも吐くように言い返してやったものだ。

事実、井伊直弼の後任連中はほどなくして失脚した。

その後、政権に影響を与えたのは、松平春嶽や一橋慶喜といった一橋派であり、その支援に回った薩摩藩の島津久光であった。

阿部正弘流の人事が復活し、勝もまた軍艦操練所頭取に戻った。さらに軍艦奉行並を命じられると、復帰した大久保一翁を通して、春嶽やその顧問の横井小楠《よこいしょうなん》とともに、ついに政治的な主体となりうる機会を得ることとなった。

春嶽らが主張する、公議政体論である。

幕府と諸藩が共同で政治を行い、真に才ある者を重用する。

勝がいる操練所も、幕府単独のものとせず、全国共用のものに変える。早くも日本国海軍の構想が、勝のなかで芽吹いていた。

勝のような人間にとっては、待望の政治体制である。

これに対し、咸臨丸でさんざん対立した木村が、このときもまた勝とぶつかった。木村の改革案は、誇大妄想といっていいしろものだった。三百七十隻の軍艦を造り、六万人の海兵を動員し、全国六カ所にて海防にあたるというものである。その費用は諸藩に出させる。幕府が軍事権を掌握する。

公議政体論などはなから無視した案であるし、そもそもそんな大軍構想は夢のまた夢である。今のこの国に存在する全ての金をかき集めたところで実現するわけがない。勝はその木村案を滅多打ちにして廃案にしてやった。そして、幕府と諸藩が協力し合い、広く人材を登用する体制を提案し、押し通した。

現実主義にして実力主義。それが政治的な対立や反動を招くことはわかっていたが、推し進めねばこの国に未来はないと確信していた。米国での見聞で得た衝撃は、良くも悪くも、勝に国内政争を過小評価させることとなった。

間もなく、大久保一翁がまたもや左遷された。のちに聞いたところによると、理由は、大久保が大政奉還を進言したせいだという。なんとまた過激な発言をしたものだと、勝は自分を棚に上げて呆れたものだ。

春嶽の顧問であった小楠も襲撃されるなど、桜田門外の変以来、世情は過激になる一方だったが、動じることなくとにかくやるべきことにひたすら邁進《まいしん》した。

将軍家茂に神戸《こうべ》の良港ぶりを語り、神戸港を日本海軍の中枢とする案を認めさせるとともに、神戸海軍操練所の設立を実現した。ついでに私塾の開設許可ももらい、ここに勝はあらゆる人材を集めた。これに応じた脱藩浪人が続々とやって来て、勝の日本海軍構想に賛同してくれた。

だが政治はどこまでも勝の足を引っ張った。重要な支持者が暗殺され、政治的確執によって春嶽が国元に引きこもってしまったうえに、その国元でも政変が起こるなど、問題がない日はなかったといっていい。

勝の日本海軍構想は、幕府や諸藩の保守派から敵視された。将軍家茂は朝廷から攘《じょう》夷《い》をしいられ、京都では政変が日常となり、そしてついに薩摩と会津が組んで、長州を主体とする攘夷派や急進派の公家を追放するという事態にまで発展した。

全国諸藩と幕府の一致団結どころではない。勝はこのときばかりは、何もかも無駄になるという、ぞっとするような空虚さに襲われたものだった。

だがむろん諦《あきら》めはしなかった。

春嶽を説得し、将軍家茂の上洛《じょうらく》を助け、海軍の改革と増強に尽くす一方、オランダ総領事とは、長州が外国船を攻撃したことへの報復を待つよう交渉した。

——そりゃあ蟷螂《とうろう》の斧《おの》だぜ。

夢のなかで勝は、当時の自分に同情し、慰めてやりたくなった。

公議政体論は慶喜が仕掛けた政争によって消滅し、勝の日本海軍構想は着々と潰《つぶ》されていった。

　――象山先生が殺されたのも、その頃だったっけか。

　具体的な日付けはさっぱり思い出せなかったが、その時期のはずだ。

　政変は動乱となり、京都で戦闘が行われるという禁門の変が勃発《ぼっぱつ》した。

　事態は長州征伐へと流れ、公議政体論など誰も顧みなくなり、勝が説く諸藩と幕府の一致団結など夢物語に過ぎなくなった。

　それでも勝は己の正しいと信じるところを訴え続けたが、幕府の返答は、勝を軍艦奉行から罷免することだった。勝が開いた神戸塾も、創設に尽力した海軍操練所も、ぱたんと戸を閉めるように、いともたやすく閉鎖された。

　――あんたと初めて会ったのは、そんなときだったんだよ、西郷さん。

　勝は夢のなかで、大きな男の影に呼びかけた。神戸港がいつまで経っても開かれないことを憂う薩摩側が、西郷を遣わしたのである。西郷は、幕府の動向をつかむとともに、迷走する幕閣を叱責するつもりで来ていた。

　その西郷に、勝は、幕府の現状と己の思想を惜しみなく語った。

　――あんたと話すのは楽しかったなぁ。

　だがその会談ののち、勝は幕府から追い出された。次に呼ばれるまで二年ほどかかった。その間、大いに読書し、交友したとはいえ、尽力した分の虚脱感は並大抵ではない。

やがて長州と幕府が決定的に対立すると、軍艦奉行に復帰させられたが、何をしても焼け石に水だった。薩摩と会津が対立を起こしているのを和解させねばならなかったが果たせず、不利な形勢に陥った第二次長州征伐の後始末のために長州と交渉しようと駆け回っていたが、そこへとどめが来た。

慶喜が得た停戦の勅によって勝の働きは無駄になった。しかも、まるで自分が囮《おとり》となって慶喜の策の片棒を担いだようなかっこうだった。下らない政争に利用された。その思いが、耐えるべきだという理性の声を全て吹っ飛ばした。

勝は初めて自分から御役御免を願い出ると、一目散に江戸に帰った。馬鹿げたことに辞職は却下された。軍艦奉行のまま、勝は適当に事務職だけをこなした。

そうしながら、これまた初めて、政争というものを真剣にとらえようとした。大政奉還から王政復古に至るまでの諸藩の動きも、胸くその悪いものという感情を排し、透徹に見据えねばならないと自分に言い聞かせた。

勝自身、あまりに世の激動が続くせいで、己の内面が転機を迎えていたことを悟るのにしばらくかかった。そうと悟ったのは、慶喜に対する怒りが不思議なほどあっさり消えていることに気づいたときだ。

——こいつが、もしかすると不動智ってやつかねえ。

そのときも、夢のなかを漂っている今も、そんな風に感じた。己自身が急にしっくりくるようになったといおうか。心が落ち着くべきところに落ち着き、世に蔓延《まんえん》する懊悩《おうのう》や怨嗟《えんさ》とは無縁の、融通無礙《むげ》の境地に足を踏み入れようとしている感覚があった。

諸藩と幕府の一致団結による外国勢力への対抗も、実力主義による人材登用と育成も、全国から人材を集めたうえでの日本海軍の創設も、現状は、夢のまた夢である。

――だが、正しい。

己が邁進してきたこと全て、将来においては必ずや正しいものとみなされる日が来る。そういう確信があった。同様の心持ちでいる者は、幕臣では大久保一翁か、福沢諭吉くらいのものだろう。だが福沢諭吉は、咸臨丸に同乗して以来、勝の悪口をあちこちで振りまいているし、何より自分の塾の設立しか念頭にない。刀などとっくに捨てた人間である。それもまた正しい態度であろう。だがそれは、今のこの難局を誰かが打破したらの話だ。

――やってやるさ。このおれがやってやる。

さんざん使い捨てにされ、疲弊させられ、政争において孤立と罵声《ばせい》を味わってなお、奮起の念が己のなかにあることを勝は改めて知った。

そのことを確かめるために、走馬灯じみた夢を見たのかもしれない。

気づけば、目覚めて天井を見ていた。

勝はむっくり起きて雨戸を開いた。明け方の風が吹き込んでくる。そのまま庭に出て、白んでゆく空を見上げた。空っ風が勝の周囲で吹いていた。

「我、百万の民を救わんと欲し、まずこれを殺す覚悟を抱かんと欲す」

我ながら、ただならぬ殺気を込めて呟いた。

門人が聞けば、勝が問答無用で江戸を焼く気だと思っただろう。むろんそうではない。殺す覚悟を持たねば救えない。これはそういう難局であり、江戸においてそれを引き受けねばならないのは、今このとき、自分一人だけであった。

「今日一日だ。この一日を、なんとかしのげよ」

己に与えられた使命を口にし、待望の相手と対面するのにふさわしい着衣を選びにかかった。もしかすると死装束になるかもしれない。上等な着物を並べ、入念に選んだ。

三

十三日、勝は高輪の薩摩藩邸に赴いた。

勝が連れて行ったのは、馬丁と門人数名、そして山岡鉄太郎だけである。

このうち会談に臨むのは、勝と山岡の二人だけだ。

本来であれば大久保一翁など徳川方の人間が揃って出向くべきところだが、彼らはみな、この一日で徳川家の総意をまとめるべく奔走している。勝と山岡の二人だけでは、はなから時間を稼ぎに来たとみなされるだろうが、仕方なかった。延々と時間を稼ぐ気はないことを告げ、ただ一日だけ待たせたうえで、官軍の総攻撃を未然に防がねばならなかった。

勝も山岡も、恬淡《てんたん》とした様子で、馬を引いて歩く馬丁のあとをついていっている。

――いかにして一日を稼ぐか。

そのことについて、山岡は何も勝に訊かない。相変わらず、いい度胸だった。交渉は全て勝に任せた気でいるのだ。己の役割は、慶喜を守るのと同じように、勝の生命を死守することだと態度で告げていた。周囲に気を配り、曲者《くせもの》が現れれば身をもって食い止めようという覚悟が、隣を歩く勝にも、ひしひしと伝わってくる。

路上の勝は、いかにも目立った。上等な羽織袴《はかま》姿のくせに、埃《ほこり》っぽい風に吹かれながら、先を行く馬丁のあとをてくてくついていく。

市中のあちこちに勝を知る町の顔役達がいなければ、勝の姿を見て、降伏の使者が官軍のもとに向かっていると騒ぎ出す者達がいたかもしれない。

官軍との交渉が決裂したとき、ただちに焦土戦術を実行する気でいることは、勝自身が説明して回ったこともあり、火消しや侠客、町の顔役達の間で知れ渡っている。

市中は、慌てて荷を運ぼうとする者達と、じっと状況を見守る者達とが、半々の様子であった。渋滞する道を避けて進んだのだが、町々に、いよいよ勝が交渉に赴くと知って見送る者達が立っていた。

彼らが、勝の身に異変が起きぬよう、若い衆に辺りを見張らせているのを察し、

「人望こそ鉄兜《かぶと》にも勝り、命を守るものですな」

山岡が、感心したように呟いた。

かと思うと、長々と息を吐いた。この男が珍しく感動しているのだということが息吹から伝わってきた。それほど、危急のときにも惑わず冷静に勝を見送る者達の佇《たたず》まいは、赴く勝に劣らず毅然として立派な様子だったのである。

「おれ達が、彼らを守る気でいるとわかっているからさ。しくじりゃ、彼らに袋だたきにされるよ」

勝はおどけてそう言ったが、やはり胸に熱いものを感じていた。江戸の民が混乱し、盗賊が横行することのないよう、治安維持の策として町の顔役達を味方に引き込んだのだが、彼らの一途さや肝の据わりっぷりが、今こうして勝に勇気を与えてくれていた。

高輪の薩摩藩邸に到着し、内外に蝟集《いしゅう》する官軍兵士達に、訪問の理由を告げ、邸内に案内された。勝と山岡が入り、他の者達は外で待たせた。

一室で、二人並んで座った。

勝と山岡が、同時に、ふうーっと息吹を行い、心身を整えた。

静かな邸で、ただ黙って待った。

誰も騒がないことが、兵士の統率ぶりを物語っている。

——見事だよ、西郷さん。

思わず心のなかで称《たた》えたとき、足音が響いた。

ふすまが開かれ、巨大な男が廊下に両膝をついて一礼した。

「西郷吉之助です。お久しぶりです、勝安房守様」

洋風の軍服である。勝は、よくその体軀《たいく》に合う服を仕立てたものだと感心した。

上にも横にも前後にも大きい男だった。腕も脚も丸太のように太い。顔も目も馬鹿でかいとしかいいようがない。彼の側近に逞《たくま》しい力士がいるが、その力士の上着ですら小さくて腕が入らなかったという逸話がある。隣にいる山岡が小さく見えるほど大きいのに、愚鈍な様子がない。何か深謀を巡らしているような、静かな面持ちをしている。

勝と山岡が礼をした。

「こちらこそ。ご無沙汰《ぶさた》してます、西郷さん」

相手が作法通り部屋に入り、座布団の上に正座した。その背後でふすまが閉められた。

勝と山岡が座布団に戻ると、男がまた一礼した。勝と山岡もその礼に応じて頭を下げた。

三者がゆったりと顔を上げた。

「本日は、ご足労感謝申し上げます」

黒ダイヤとも評された、大きな黒目がちの目を勝に向けて西郷が言った。堂々としているが、尊大なところはなく、礼を尽くした態度である。

勝が胸中に秘めた、

——江戸を焼く。

という覚悟を、はっきり悟っているだろうが、西郷に動じた様子はまったくない。

「こっちこそ、会見に応じて頂いたことは感謝してもしきれないと思っていますよ」

勝も勝で、敗色濃厚の軍事取扱とは思えぬほど、さばさばとした調子である。

西郷が小さくうなずき、山岡を見た。

「勝様のもとには、まことに宝というべき方がおりますな。またお会いできて嬉しいです、山岡先生」

山岡が頭を下げ、

「光栄です」

それだけを言った。

話を継ぐのは勝の役目であり、自分は勝の護衛だと、ここでも態度で告げていた。

西郷がうなずき、素晴らしい武士がいるものだと目で勝に告げた。

勝は微笑んだ。

「山岡さんには、急遽《きゅうきょ》、手紙を託すことになりましてね。本来なら、私が向かいたかったところです。だがとにかく、今の江戸は鎮撫《ちんぶ》するにも鎮撫しきれない。私がいないとなれば、誰がいつ暴発するかわからないという有様で、今日ここまでお会いできませんでした」

さらさら述べながら、さりげなく、言い訳を口にした。旧幕府の脱走兵が、すでにほうぼうで戦闘状態にあるのである。恭順と言いながら、これはなんだと咎めるのが普通だろう。だがそうした議論を、まず脇に置いてくれ、と言外に告げていた。

「徳川幕府の意図するところではないと、山岡先生も言っておりましたなあ」

西郷がのんびり呟くように言った。

「まことにその通り」

勝はしれっと返した。官軍牽制《けんせい》のため、兵を放ったことなどおくびにも出さない。

またそれを相手が知っていながら咎めないこともわかっていた。

「ならいいでしょう」

これぞ西郷ならではという応答だった。その一言で、諸兵の動きは交渉の妨げにはならないと、普通であれば百出する議論を、事前に一掃したのである。

ここまでは狙い通りだった。勝は、背筋を凛《りん》と伸ばし、次に己が吐くべき言葉と、それがもたらす緊迫に備えた。

「山岡先生にお預けしたものには、お目を通してもらえましたか？」

西郷が訊いた。

「むろん」

勝が言って、唇を一文字に引き結んだ。さも重要なことを告げるぞ、というような表情である。

「では、お返事を伺いましょう」

勝はうなずいた。そして十分な間を置いて、ふっと微笑み、

「それについちゃ、明日、返事をするよ、西郷さん」

しごくあっさりと言い放った。

果たして、西郷の顔から表情が消えた。その背後のふすまの向こうでも、壁を隔てた隣室からも、凄《すさ》まじい殺気のこもった吐息が幾つも聞こえた。

部屋に満ちる静寂は、今や耳鳴りがするほどであった。

勝は、部屋に通されて初めて、猛烈な吐き気を覚えた。

四

「お返事が明日とは、どういうおつもりでしょうか？」

西郷が、あくまで冷静な調子で聞き返した。

部屋の外からは、目に見えぬ殺気の波が伝わってくる。緊張のまっただなかにあって、勝も山岡も平然とした態度を保った。少しでもうろたえれば、かえってごまかしと受け取られて周囲の敵意に火をつけることになりかねない。

「言葉通りなんです、西郷さん」

勝はまったく悪びれずに言った。途端に吐き気がどこかへ消えた。

そして、静かな声音にもの凄い殺気を込めて続けた。

「戦か不戦か、返事は明日すると申し上げているんですよ」

これは西郷だけでなく、周囲の薩人達への意思表示だった。

こちらは決して弱気ではない。そちらが一方的に叩《たた》きにくるなら戦にしてやる。

西郷は泰然としていたが、部屋の外では果たして息を呑《の》む気配が幾つも起こった。

いざ戦となれば、江戸を焦土とする。官軍側も、背後に火を放って退路を断ってでも徳川幕府にとどめを刺す気でいる。

前も後ろも業火。かつて長州が洛中で挙兵した禁門の変で、西郷達薩人の多くがそういう戦いを経験している。薩人にとって京都は崇高な都だ。それが戦火に蹂躙《じゅうりん》され、おびただしい民家が焼かれた。最終的に大火のもととなった鷹司《たかつかさ》邸への放火を命じたのは徳川慶喜だと言われている。今周囲にいる薩人達は、その無惨なさまを思い出したことだろう。

勝はそこでまた、ふっと頰を緩めた。

「なんだか初めてお会いしたときのことを思い出しますねえ」

対面した相手が思わず拍子抜けするような、気楽な調子である。

薩人が殺到すればすぐさま迎え撃つ気でいる山岡が、思わず、という感じで、ちらりと勝に目を向けた。勝のやり取りの巧妙さに、山岡までもが引き込まれた様子だった。

相手が出たら押す、押したら引く、引いて相手の体を崩す。喧嘩は勝にとってお家芸のようなものだ。父親をはじめ親族郎党、こうした駆け引きは大得意だった。勝自身、きわめて上手《うま》くやってのけているという自信があった。

周囲の薩人はさておき、西郷はそうたやすく崩れない。表情を消したままである。

だが、

「まっこて、仰る通りでごわす」

郷里の訛《なま》りを出しながら、勝の押し引きに付き合おうという意思を示してくれた。

「あなたからの手紙をもらったときのことは、今でもよく覚えているよ」

勝がにっこりし、その文面を朗々と諳《そら》んじてみせた。

「弥《いよいよ》御安泰御座成られ、珍重に存じ奉り候。然《しか》らば、分《わけ》て御談合申し上げたき儀これあり、今朝下坂仕《つかまつ》り候。御都合に依《よ》り、何《いず》れの御旅亭へ参上仕り候て宜《よろ》しく候や。刻限何比《いつごろ》御手透の訳、何卒《なにとぞ》御面倒ながら御示諭成し下されたく願い奉り候。此《こ》の旨貴意を得奉り候――」

ただの面談打診を、さも面白い講談であるかのように口にしてみせた。今朝、着替えたあとで西郷に関する書類一式を読み直して頭に叩き込んでおいたのだ。

馬鹿にしているととらえられないよう、たっぷり親しみを込めて諳んじると、口をつぐんでやや間を空けた。気分はすっかり講談師である。

「島津斉彬公からあなたのことを聞いてなきゃ、すぐには会わなかったろうねえ」

おもむろに、しみじみと言った。

勝が蘭学に没頭していた時期、まだ世子であった斉彬から蘭書について幾つか依頼がきて、実際に面会もしていた。その後しばらくして、咸臨丸の操船訓練で鹿児島に赴いた際に斉彬と再会したのである。

そのとき、西郷という優れた家臣がいる、と斉彬が勝に告げたのだ。

斉彬はそのあとすぐ病没している。そのときの西郷の悲嘆を勝は伝え聞いていた。斉彬の名が、西郷にとっての急所の一つであることを勝は知っているのだ。

「感謝の言葉もあいもはん」

西郷が言った。沈痛な響きがあった。勝への感謝というより、自分を取り立ててくれた斉彬への思慕の念が込み上げてきているのだ。喧嘩の押し引きではたやすく崩れぬ西郷だが、同時に純情の人であることも勝はわかっている。

必然、かつて斉彬が将軍に擁立しようとしたのが慶喜であったという過去も思い出すだろう。

（おれも人が悪いや）

そうは思うが、なりふり構ってはいられない。ぐいぐい相手の胸中に入り込まねばならなかった。

「禁門の戦で起こった火を、私は神戸から見ましたよ。暮れ六つ頃でしたかねえ。京の方の空が真っ赤でした。その燃えるような空の下に、あなたはいたんですねえ」

「はい。本物の戦をば見もした」

西郷が応じる声は、早くも勝と同じく親しみのあるものになっている。

勝は悲しげに嘆息してみせた。

「長州はとにかく戦に邁進しがちですからなあ。つくづく、誰かが止めてやるべきだったと思いますよ」

それは今も変わらないし、そうできる人物が今自分の目の前にいる、というふくみを持たせての発言である。

「ただ、あの負けん気が、諸外国の技術を学ぼうっていう意気をも生んだわけで、長州のしてること全部が悪いってわけじゃない。確か、そんな話をしましたねえ」

「はい。あんときは越前《えちぜん》の松平茂昭《もちあき》殿から、勝先生にお会いして御持論を伺うという知恵を授かりもした」

「長州を征伐すると言っておきながら、幕府がなかなか腰を上げないもんだから、痺《しび》れを切らして、おれみたいな男のところにまでやって来たんでしょう」

勝は、ここぞとばかりに急に砕けた調子になって言った。

「なにぶん、幕府の道理も、京の道理も、さっぱい不明であいもしたゆえ」

西郷が素直にそう応じた。その顔に再び柔らかい表情が戻ってきていた。

勝はにこやかに思い出話を続けた。

「確か、尾張《おわり》の徳川慶勝《よしかつ》殿を総督とし、茂昭殿を副総督に据えて、長州を征伐するっていう段取りでしたかねえ。慶喜様はそんときゃもうずいぶん嫌われてましたから、総督にゃ立てにくいってことでしたか。だが茂昭殿はさておき、慶勝殿が渋ってどうにも話が進まない。長州が二度も禁裏を占拠しようとしたってのに、徳川幕府はなんでそうも暢気《のんき》なんだと、薩人のあんたには不思議でならなかったでしょう」

西郷の頰が緩んだ。

「勝先生は、茂昭殿からの手紙をお読みになって、こうおっしゃいもした。江戸は上下ともに私営小節にいそしみ、己の利を忘れて大義公論を立てられる者はなし。幕府そのものが根腐りして瓦解《がかい》寸前ゆえ、長州征伐などできる者はおいもはんと」

くくっと勝は笑った。つられて西郷もかすかに笑った。

山岡が目を丸くした。当時の勝は軍艦奉行で、幕府の軍事を担う立場である。その勝が薩人相手に、幕府をぼろくそにこき下ろしたのだ。その場にいた西郷達はもちろん、今初めてその話を聞く山岡も驚いた表情を隠せずにいた。

「おれも正直だねえ。そんなだから、しょっちゅう御役を失うんだ」

「ですが、勝先生の御言葉は、忘れられんものとないもした。大事なのは幕府でも諸藩でもなく、日本である。上下の身分もなか。我らみな日本人である。そういう分別を育てねばならんと。あれほど開明の気に富んだ言葉はほかに知いもはん。心の臓を突かれた思いがいたしもした」

「おれの考えじゃねえさ。外国から、仰天しながら学んだだけだよ」

「そんとき勝先生には、どうすればそいが実現できるかというお考えが、すでにあいもした。明賢の諸侯を集わせて御会盟を作り、ことを進めるべし。出自を問わず優れた者を集めて日本国軍を整備し、兵力を築いたうえで諸外国と談判、条約を結び直すべし。実に驚かされもした。まっこと、亡き殿が目指された雄藩連合のその先をゆくお考え。それこそ、おいのやるべきことと心胆に刻み込まされもした」

「はじめはあんたが幕府を叱りつけてでも長州を解体しようとしていたことを考えると、ずいぶん安心させられましたよ」

さらりと勝は言った。

西郷は純情の人だが、それでいて怜悧《れいり》なところもある。状況を見極め、より良い道があるとわかれば、それまでの主義主張をすぐさま撤回してのける。

ただし、慶喜のように言うことをころころ変えるせいで「二心様」などとあだ名されるようなことはない。どのような主義主張であれ、ひとたびこの男が口にしたときは、それに生命を懸ける覚悟があるのだと万人に伝わるからだ。

——いつ死んでもいい。

この男も、勝と同じく、そうした思いを身中の深い場所に刻み込んでいるのである。

そしてまた、

——運がない。

という点でも、よく似ていた。

勝は阿部正弘に、西郷は島津斉彬に見出《みいだ》されたが、どちらの主《あるじ》もあっさり死んだ。

二人とも、人望はあるが、政治的には常に不利なままだ。勝は左遷程度で済んできたが、西郷は島流しに遭ったうえに、改名を強いられたこともある。

勝は、西郷が藩政に絶望して入水したことがあるのを知っていた。

それほど、旧態依然とした藩政がこの男を追い詰めたのだ。とはいえ、その件について勝は決して口にすまいと決めている。西郷にそのときの絶望を思い出されでもしたら、交渉は行き詰まり、自分も一緒に絶望するしかなくなるからだ。

「御会盟に、長州も入れるべし。そう、おいに決めさせたとは勝先生でございもす」

「最初は、おれを叱ってやりこめる気だったんじゃないのかい?」

「滅相もなか」

西郷が微笑んだが、実際はその通りだったと大きなまなこが言っていた。その黒々とした双眸《そうぼう》が、いつしか明るく輝くようになっている。それを見て取った山岡が、勝と西郷の両者に感心したようにそっと息をついた。

「もはや幕府を頼るべきにあらず。そう思い切る御方が、幕府におらるっとは思いもよらず、ずいぶんと啓蒙されもした」

「だがまあ、当時の幕閣ときたら、すっかり拗《す》ねちまったようなもんだった。薩摩なし、会津なし、諸藩の協力なし、幕府だけでやってやるなどと言い出したもんさ」

言い出したのは、老中・阿部豊後守正外《ぶんごのかみまさと》である。勝はこの人物を評価していた。京に赴いて、攘夷はできないとはっきり告げたからだ。それまで幕府は朝廷に対し、攘夷をするという空約束を繰り返していた。

勝はうっかり、この阿部正外に、阿部正弘のような人品を期待してしまった。それで自分の構想やら何やらを話した。西郷らと会ったことも阿部正外には知られていた。

阿部正外は、勝に対して特にこれといった反応を示さなかった。

だが、西郷と初めて会った翌月、勝は急に江戸に呼ばれた。そして、軍艦奉行を罷免され、無役の旗本の身に戻されたのだった。

勝は、心血を注いでいた海軍構想と神戸の塾をこのとき失った。

旗本として、引き続き安房守を名乗ることはできたが、手当は没収、反幕激派の浪士と交流しているとして冷遇された。

「結局、ことは長州征伐へと進まねばならなかったねえ」

勝は、いかにも残念そうに言った。西郷が同感だというようにうなずいた。

「しかも、長州は一藩でアメリカ、イギリス、フランス、オランダ相手に一戦し、大負けしもした。長州の領土が諸外国に占領されっとではと戦慄《せんりつ》を覚えもした」

「おれもぞっとしたさ。結局、誰もかれもが走り回って講和にこぎ着けたが、長州はべらぼうな賠償金を背負った。そんでまあ、それをそっくり幕府に押しつけようとしたもんだから、幕閣も長州憎しになっちまった。あれはまったく……止められなかったねえ」

「まっこと……。おいは、大坂においもした」

徳川慶勝が、長州征伐の総督として兵を出すことをようやく決心し、大坂城にて軍議を開いたのだ。

「慶勝殿から、事態の収拾を任せたいと言われたとでございもす。勝先生から知恵を授けられておいもしたで、不戦講和でなんとか話を進めようとしもした」

長州降伏の条件についての交渉である。

毛利《もうり》家の三家老がただちに切腹となり、その首級を広島まで運び、慶勝が確かめた。また、都から長州に落ち延びた七卿《きょう》のうち、脱落した二卿を除く残り五卿の引き渡しが要求されたが、ここで難航した。彼らは奇《き》兵隊《へいたい》らに守られて長府《ちょうふ》に移り、抵抗せんとしたのである。

そこで筑前《ちくぜん》藩の黒田《くろだ》家が五卿を引き受けるということになり、西郷が危険を冒して談判し、五卿を黒田家領内の太宰府《だざいふ》に移動させたのである。

その際、五卿は、西郷を最も信頼すべき相手とみなすようになった。薩摩と手を組むべし、という新たな指針が生まれたのだ。

そこまで粛々と進められていた不戦講和であったが、しかし一挙に崩れた。

「あんたの努力はおれも知っているよ。だがまあ、萩《はぎ》藩新地《しんち》会所《かいしょ》が襲撃されて、長州の藩政そのものが覆っちまった。あれはまったく、諸外国のいう革命ってやつだな」

「長州のなかで戦が起こっちょっにもかかわらず、慶勝どのは山口と萩の検分を済ませて撤兵してしまいもした。おいは広島と小倉口《こくらぐち》を行ったり来たりすっばかいで埒《らち》もあかず、鹿児島に戻るほかあいもはんじゃした」

「おれは一足早く、江戸に引っ込まされていたがね。そんなときに、あんたからの手紙が届いたんだ。おれもとにかく、あんたと話したくて仕方なかったんですよ、西郷さん」

勝はそう言うと、これまた諳んじてみせた。

「春和罷《まか》り成り候処《ところ》、先以《まずもって》ご壮健御座成され、恐悦之《これ》御義存じ奉り候。従而《したがいて》私事別状無く罷り在り申し候間、憚《はばか》り乍《なが》ら御放慮成し下さる可《べ》く候。陳《のぶれ》ば当今《とうぎん》御晦障《かいしょう》之由、一同惜しみ奉り候訳に御座候。諸藩之形勢も御高論之通り、只《ただ》我が国々私するのみにて頼少なき姿に御座候。是てさえ大きに為《な》す処之れ有り候得ば、些《いささ》か面白き事も御座候はむか、小事に煩い如何《いかん》ともなすべからざる姿に御座候。御明策在らせられ候はば、何卒御教示仰ぎ奉り候」

そこで言葉を切った。本当はこのあと、村田《むらた》新八《しんぱち》という者に会ってくれという文章が続く。勝はこの男のことも大いに評価しているのだが、ここではあえて口にしなかった。

あくまで、西郷と自分の間には強い関係があるのだ、ここで話し合われたことは全て信頼に値するものなのだ、ということを周囲で聞いている者達に強調したかったからだ。

内容は、諸藩が私利にこだわるばかりで、大きく為すところなどないという、雄藩の御会盟の結成に苦労する西郷の不満である。

「恐縮でございもす。よう一言一句、お覚えで驚きいたしもす」

西郷が素直に感心したように言った。むろん、勝が村田新八に言及しなかった理由はわかっているはずだった。西郷もまた、勝の意図を汲《く》んでくれていた。

「それだけ思い入れが深くてねえ」

勝もしれっと返し、

「もしあんたがあのとき、将軍御親征のことを知っていたら、おれは同じ手紙でこっぴどく文句を言われていたろうさ。まったく、あのときのおれときたら不甲斐《ふがい》ないことこのうえないよ」

あえて、へりくだってそう言った。

「勝先生が悪いのではあいもはん」

当時の憤懣《ふんまん》を思い出したのか、西郷がほんの僅かに語気を荒らげた。

「一度目の征長でおいがこぎ着けた和議は、幕府にみんな覆されもした。なんとか再征の勅許はとどめようとしもしたが……」

「孝明天皇は結局、再征の勅を下された。そんなとき大坂に来たのがイギリスの艦隊だ。将軍家茂様がいるって知ってて来やがった。それでまあ、また面倒なのは幕閣の面々がイギリスの要求を受け入れるしかないってんで、勅許なしに動いたってことだね」

「アメリカのときは勅が下りもはんじゃしたで、そんせいでごわんそ」

「その通りさ。もともと在坂の閣老たちは、あんたら薩摩の活躍に拗ねて、幕府単独で何もかもやっちまおうって意地になってたからね」

それもまた阿部正外の決断だった。幕府単独で、兵庫の開港、大坂の開市を断行せんとして揉《も》めに揉めたのである。結果、朝廷から官位を剥奪《はくだつ》されたばかりか、将軍家茂が天皇に辞表を出すという事態に陥った。

勝はその頃、薩摩藩士の堀直太郎《ほりなおたろう》から、イギリスの艦隊について意見を請われ、

『諸大名と相談のうえでなければ勅許は難しいと丁寧に説明して、横浜に戻って待ってもらうしかない。なんならイギリス公使を京都に招いて、関白が接待するといい』

と返答している。

幕府独断での決定など百害あって一利なしだった。そんなことは暗殺された井伊直弼がやらかしたことではっきりしている。また、外国人嫌いの孝明天皇に、イギリス

人公使が謁見することで、攘夷一辺倒の朝廷も変わるのではという淡い期待もあった。

だがこの勝の意見が届く前に、事態は進行した。

「あんときも、動かれたとは慶喜殿でございもした」

将軍家茂の辞表提出に驚愕《きょうがく》した慶喜が、必死になって朝廷工作に邁進し、通商条約への勅許を得たことでイギリス艦隊を大坂から引き揚げさせたのである。

西郷も薩摩も、これに関しては何もできなかった。

「大久保一翁殿が大坂に呼ばれたと聞いて、勝先生も来られれば良かとにとずいぶん思っちょいもした」

「まったく、面目もない次第ですよ」

勝はいかにも悔しげにそう返したが、実のところ、大坂に行く大久保一翁に、

「今行ったところで無駄ですよ」

と告げたのは勝なのである。

幕府はもう行くところまで行くしかない。勝のなかでそんな思いがあった。

やがて再び征長が始まった。諸外国の艦隊に滅多打ちにされた長州が、今度は幕府の軍をなぎ倒していった。あっという間に敗色濃厚となるなか、薩摩は頑として出兵を拒み、これに会津が激怒した。

「おれが呼ばれたのは、薩摩と会津が険悪になってからでしてね。ひとを罷免してお

いて、またぞろ軍艦奉行に再任です。人を馬鹿にしてらあと思いもしましたが、将軍家茂様もいらっしゃるし、呼ばれたとあっちゃあ、ひと働きしないといけないと思いましてね」

勝にとって、幕府のなかで評価すべきは阿部正弘の他は、将軍家茂だった。征長には徹底的に反対した勝だが、家茂を支持する姿勢は変わらなかった。

勝に調停を依頼した幕閣は、成功の見込みなどないとはなから知っていた。勝は薩会の和解に奔走したが、途中で無駄であることを悟った。和解失敗の汚点を残して江戸へ戻るしかない。そう思った直後のことだった。

「でもまさか……そこで家茂様がお亡くなりになるとは、思いもしなかったですよ」

勝を見つめる西郷のまなこが、同情をたたえて光った。主君の不慮の死に衝撃を受けた者同士ならではの共感だった。

「おいは無邪気に、勝先生の手腕に期待しちょいもした……。将軍薨去《こうきょ》のことは秘されておいもしたので、心痛をお察しすることもできず……」

「おれの心痛なぞ、大して心配するほどのものではありませんよ」

勝はかぶりを振って言った。

そのとき秘されていたのは将軍薨去のことだけではない。

一方で薩長同盟が成ったことも秘され、そのことをついに幕府はつかめなかったのだ。

急遽、徳川宗家相続者が一橋慶喜と決まると、勝は慶喜から、長州との停戦交渉をせよという命令を受けた。

江戸に帰るつもりだった勝は、またぞろ奔走させられた。なんとか撤退する幕府軍を追撃しないという約束を取り付けたが、まったく無益だった。

「まあ、慶喜様が朝廷からもらった征長停戦の勅には、ちょっとばかりこたえましたがね」

勝はややおどけて言ったが、当時は罷免されるよりもひどいその仕打ちに、すっかり憤激していた。交渉相手からは嘲《あざけ》られ、幕府の閣老や慶喜からは厄介者扱いされながら、江戸に戻らされたのである。

以後、勝は引きこもって政争というものを見つめ直すこととなった。慶喜は大政奉還の失敗から鳥羽・伏見の戦いへ引きずり込まれて江戸へ遁走《とんそう》。西郷は干渉したがる諸外国の動向を睨みながら官軍に加わることとなった。

「ちょいと昔話が過ぎました。あんたのお顔を見たらついつい懐かしくなってしまって、すいませんね」

「おいもです」

西郷が気さくに応じるのへ、勝はするりと懐へ入り込むようにして言った。

「ところで天璋院様や和宮様のことですが、私も非常に心配していましてね」

口調も急に丁寧にしてみせた。西郷がゆったりとうなずいた。

「ごもっともです」

「西郷さんの所にもお使いがいらしてるんじゃないですか？」

「あいもした。じゃっどん、なんともお返事を申し上げることができもはん。勿体《もったい》なかこっでございもすが、そんままお帰り頂くほかなかです」

「確かに、仕方のないことでしょう」

勝は満足して微笑んだ。大奥の女性達の話題を出したのは、むろん、彼女らの交渉に応じないでいてくれていることを確認したかったからだ。

交渉で最も重要なのは、一本化することである。ばらばらと条件が異なる交渉が並行すれば、あっという間に混乱をきたす。勝も西郷も、そのことは骨身に染みている。

そうしながら、ここで一つ、一太刀浴びせておくことに決めた。

「それで、近頃のお公家さん達はいかがですか？　慶喜様から千両ばかり借金したって聞きましたが、その金で、菊の御紋やら錦《にしき》切れやらを雑兵相手に売りさばく商いでも始める気ですかね」

西郷が太い唇を引き結んだ。山岡がぎょっとしたように勝を見た。

それまで和やかだった場が、またぞろ緊迫した。部屋の外から殺気の波が押し寄せてくる。しかもそれまで無言だったのが、ざわめきまで響いてきた。

勝は知らん顔で続けた。

「新政府というが、下は維新といい、上は王政復古という。新しくしたいんだか、古きをよみがえらせたいんだか。どっちなんだかわかんないねえ。きっと、その場その場で都合の良い方をとっかえひっかえ使ってるんでしょうよ」

ざわめきが大きくなった。

左右の壁がみしりと軋《きし》んだ。薩摩藩士達が耳を当てながら憤激で身を押しつけたのだ。

山岡が膝に置いていた左手を畳につけた。瞬時に立てるようにするためである。

西郷は動かない。だがそのおもては厳しく引き締まっている。官軍を侮辱する勝への怒りのせいではない。西郷もまた京で公家たちの私利私欲を目の当たりにしているのだから。

戦は下々の者に押しつけ、自分達は生まれながらの特権を盾に生き延びる気でいる。いや、この動乱を最大限活用して栄華を勝ち得ようとしている。幾千の兵の屍《しかばね》など彼らの眼中にはない。もしまかり間違って勝の言うように、動乱を引き起こした側もまた賊ということになれば、その咎は官軍将兵に押しつける。そういう公家の本性を西郷も見たはずだ。

西郷は、大きく打てば大きく響く。馬鹿でかい鐘のような男だ。その身中から響き出すものがあることを勝は察した。それはこの交渉において、徳川有利に働く。そう見抜いた。

西郷の純情に全てを賭ける気持ちで勝は言った。

「大政奉還のあと、新政府なんてものを作ったはいい。御会盟の初めとしちゃ悪かないさ。でもね、結局は政府のていを成してないよ。諸外国だって認めようとはしないでしょう」

西郷の目つきがふいに変化した。

勝をまじまじと見つめてくる。それまで大きなまなこで悠然と眺めるようだったのが、凝視といっていい目つきになっていた。

――目ん玉のなかに飲み込まれそうだ。

さすがの勝が、西郷の意図を読めず、ひやりとした。何か読み違えたか。西郷がこちらに疑いを抱くような言動をしてしまったか。

そうではなかった。

西郷がすっとまばたきした。瞼を閉じる回数が極端に少ない男である。意識してそうしたのだと知れた。そして気づけば、ゆったりとした眼差《まなざ》しに戻っていた。

「新政府の樹立は、諸外国に布告しちょいもす。日本が国として認められず、どこぞの属国となることはあいもはん」

きっぱり反論された。

だが勝には違和感があった。

──今のはなんだ？

西郷は今、何かに蓋《ふた》をした。身中から響き出しそうになるものを隠した。

諸外国。その言葉に反応しかけたのだ。こちらが何か知っているのかと疑ってかかったのだろう。そう思ったが、それが何であるかわからない。

何かを伝えようとしているのか。あるいは隠そうとしているのか。

──外国との間で何かあったか？

ならば相手はおそらくイギリスであろう。官軍支援を約束しているはずだった。

わからない。

西郷は黙って勝を見ている。

──おれに伝えてくれた、のか？

諸外国と官軍。

その間で何があったか、大急ぎで調べさせねばならない。

勝はゆるゆると息をついて言った。

「失敬。いらぬことを申し上げた」

「とんでもなか。勝先生がまことにこん国の行く末を憂えちょっこっはよう存じておいもす」

「明日の話し合いのことを尋ねてもいいかね？　同じ刻でどうだろう」

「よしごわんそ。場所ですが、田町《たまち》のほうが、勝先生のお宅から近ち思いもんどん」

「お気遣い感謝しますよ。それでは田町の薩摩の御屋敷でお願いします」

あくまで西郷は低姿勢である。とても圧倒的優位の者とは思えない。自分自身が礼を尽くすことが、何より兵の暴発を防ぐうえで有用であると知っているのだ。

「お返事は明日でございもんそかい」

「必ず、そうさせて頂きます」

勝は会談の終わりに、深々と礼をした。それから、正直な感慨を込めて口にした。

「あんたは、まさに斉彬公の忘れ形見ですよ、西郷さん」

そうしてまた西郷の急所を突いたわけだが、このときは勝の方がそう言ってやりたくて仕方なくなっていた。

西郷は寂しげに微笑んだだけで、何も言わなかった。

第三章　降伏条件

一

ひたすら時間稼ぎに終始した会談だったが、西郷は怒りもせず、屋敷の外まで見送りに出てくれた。勝と山岡の姿を見た薩摩藩士達がざわめき、銃に手をかける者もいたが、西郷が後から出てくると、一斉に整列して誰一人暴れる者はいなかった。

——見事、見事。

脱走兵を追いかけてへとへとになるまで走り回った自分とは大違いだと自嘲《じちょう》した。

慇懃《いんぎん》に西郷へ礼を述べて退去し、馬丁や門人達と合流して御城へ向かった。

山岡がここぞとばかりに張り切って護衛してくれたが、襲撃されるようなこともなく、無事に御城に入った。

大久保達はまだ官軍への返答をまとめられていなかった。大久保の家臣から、待てと伝言されたので、城中で食事をとって待つことにした。

その間、勝は放てるだけの人間を放った。薩摩ら官軍と諸外国の間で何かあったか探らせるためだ。ほうぼうに配した間者達とも至急連絡を取る算段をつけた。

そんな勝を、山岡はひたすら黙って護衛し続けている。勝が何をしているのかと尋ねることすらない。勝の諜報《ちょうほう》や工作にはとことん無頓着《むとんちゃく》で、これもこれで見事な態度だ。

だいぶ経って、大久保がずしずしと爪先《つまさき》に力を込めた足取りでやって来た。自らその手に書状を携えている。

「待たせた」

そう言って勝と山岡の前に座った。他の徳川首脳陣の姿はない。

「返答はまとまりましたか？」

勝が書状に目を向けながら訊《き》いた。

「うむ」

大久保がうなずいた。書状を畳に置いたが、すぐには開かない。じっと勝を見た。

――おいおい、かんべんだぜ。

何かひどいものを押しつけられる気配がぷんぷんしていた。

そもそも大久保一人で来たということに、勝は厭《いや》な予感を覚えていたのである。勝を説得しうる人間はこの城中では大久保くらいのものだからだ。

果たして、大久保が書状を開いてみせた途端、勝は心のなかで呻《うめ》いた。

書状の内容は、交渉や受諾の文言ではなかった。嘆願であり主張であった。
先日、山岡が持ち帰った官軍側の降伏条件は七つである。

一つ、慶喜は備前藩へお預け。
一つ、江戸城は明け渡し。
一つ、軍艦は没収。
一つ、武器は没収。
一つ、城内居住の家臣は向島へ移住。
一つ、慶喜の妄挙を助けた家臣は厳罰。
一つ、暴挙に及ぶ者あれば官軍が鎮圧。

これらに対する徳川側の返答は次の通り。

一つ、慶喜は水戸で謹慎。
一つ、江戸城は田安家へ預ける。
一つ、軍艦は、処遇が決まれば石高相当分を手元に置く。
一つ、武器も軍艦に同じ。

一つ、城内居住の者は城外へ移す。

一つ、慶喜の妄挙を助けた家臣の寛典。

一つ、暴挙に及ぶ者が徳川の手に余った場合に、改めて官軍による鎮圧を請う。


勝はじっとそれらの文言を見つめた。読むのではない。何とかそれらを心に受け入れさせようとしていた。そうしながら耐え難いほどの吐き気を感じていた。

「何一つ受け入れぬということですか」

山岡がぼそっと呟《つぶや》いた。自分が条件を持ち帰ったのだから発言の権利があると考えているのだろう。

大久保がぎょろ目を四方へ動かしながら、かぶりを振った。なんとも忙しい動作である。

「上様もみなも、この全てが叶《かな》うとは思うておらん。どうにか少しでも実現してほしい」

「言うのは簡単ですがねえ」

勝はのんびりとした調子を作って言った。自分を抑えるためでもあった。ここで怒っても仕方がないし、徳川存続のために粉骨砕身するという勝の覚悟も変わらない。

「ただねえ。これを出した途端、私の首がどこかへ飛んでいきそうな気もしますねえ」

じろりと大久保を見やった。

「これが徳川だ」

大久保が言った。わざと論点をずらす言い方だった。

「家名のみ残され、上様は結局暗殺され、何も残らぬ、というのでは意味がない」

「私を人身御供《ひとみごくう》にする気ですか？」

大久保が何かを言いかけて口をつぐんだ。そうではないとか、お前を信じているとかいったことを反射的に言おうとしたのだろう。よく動く目をひたと勝に据えて、両手を畳につかんばかりにしてうなずいた。

「だがわしとて、ここが正念場だ」

そのために死ぬのであれば十分に意義がある。大久保もそう思い定めているのだろう。いざとなれば自分も死んでやると言外に告げているのだ。

それこそ、言うは易しだ、と勝は思った。いや、近頃の風潮を考えれば、死ぬは易しだ、というところか。

ふうーっと深く息吹を行った。禅を学んで本当に良かったとつくづく思った。ようやく七つの返答が心のなかに入ってきた。守るべきもの、主張し通すべきものとして心が受け入れた。どれほど頭では馬鹿馬鹿しい限りだと判断しても、いかなる手練手管を使ってでもこれを押し通せと己に命じることができた。

たっぷり間を空けて、覚悟が身中に満ちるのを待った。

やがて、条件を持ち帰った山岡、その返答をまとめあげた大久保、その両者を均等に視界に置きながら、へその下にありったけの気力を溜《た》めて言った。

「いいでしょう。明日、こいつをぶつけてやりますよ。通ればよし。通らぬときは、私の首を、あなた方どちらかの手で埋めてもらうことになります」

減らず口のつもりだったが、山岡が真に受け、ぐっと顎《あご》に力を込めた。清河八郎の首を弔った山岡である。

ついで大久保も居住まいを正した。こちらは勝の葬儀にでも立ち会っているかのような深沈とした眼差しになっている。

――まったく冗談じゃねえぜ。

そう思いながら、むしろ冗談の一つでも口にしてやりたかったが何も思いつかない。

また一つ息吹を行ってから、書状をたたみ、己の懐に入れた。

西郷がどこまで受け入れてくれるか、賭《か》けるしかない。その算段を脳裏で講じようとしたが、別の想念に襲われてなかなかできなかった。江戸が業火に蹂躙《じゅうりん》されるさまが、このうえなく鮮明に想像されるからだった。

重たい気分を振り払うようにして、あえて軽い足取りで御城を下がり、自邸へ戻った。

山岡は引き続き、勝の門人達とともに護衛に徹してくれている。

自邸では益満休之助が律儀に囚《とら》われたまま勝と山岡の帰りを待っており、山岡が益満に事の次第を聞かせた。

——そろそろ放たにゃあならんな。

薩人達を西郷のもとに帰さねばならない。彼らが自分と西郷をつなぐ生命線の一つとなってくれるかもしれないのだ。

——さて、どうする。

自室に一人閉じこもり、大久保が提示した書状を何度も見返した。嘆願書として出すしかないものである。降伏条件のうち、何をどの順番で受諾していくべきか、何を最も守るべきか、どの条項が取引に使えるか、といった無数の選択肢のなかから最善の道を見出そうとした。

その最中に、来客がたびたびあった。

勝が遣わした者達や、あちらこちらの間者から、さっそく情報が集まってきていたのである。

諸外国の動向は、勝があらかじめ知っていたのと似たり寄ったりだった。

フランスは相変わらず日本の内戦に干渉したがっていた。ロシアは日本の国土を狙っていた。オランダは自分達に有利な条件での貿易を日本に押しつけようとしていた。

イギリスだけが違った。公使ハリー・パークスは、駐日の列国外交団に対し影響力を持つ人物である。薩摩藩とは、軍艦や武器の売買を通して密接な関係に有る。鳥羽・伏見の戦いでは薩摩藩の要請に従ってイギリス人の医師を派遣し、負傷者の治療に当たらせていたことを勝は知っている。

パークスの部下であるアーネスト・サトウは、もっぱら江戸で情報収集に努めており、勝とも親しい。サトウがここ数日、自分に会いたがっていることを勝は知っていたが、火急の用件が立て込んでいるため会えないと言って断っていた。官軍との交渉において、イギリスに干渉されることを防ぐためである。

そのサトウのもとに、横浜にいるパークスに官軍の首脳が会いたがっているという情報が入ってきたという。誰が会いたがっているかもわかった。

東海道先鋒《せんぽう》総督府参謀の木梨精一郎《きなしせいいちろう》。

そして、大村《おおむら》藩の渡辺清《わたなべきよし》。こちらは箱根の関所に真っ先に向かった人物である。

二人を派遣したのは西郷のはずである。

何のためか。いざとなればパークスに助力を請うためだろう。だが何の助力か。

イギリスに対しては、勝がさんざん江戸を焼く覚悟だと啖呵《たんか》を切ったうえで、慶喜の亡命を頼んでいる。パークスは老獪《ろうかい》だが、彼らのいう国際法なるものにおいては公平な男だ。亡命を引き受けてくれることは確信していた。

まさか薩摩は、慶喜亡命の策を察知し、いざそうなったときは慶喜を引き渡してくれとイギリスに頼もうとしているのだろうか？

西郷は、慶喜を切腹させることで決着を早められるとしている節がある。そこは勝と真っ向から対立するところだ。

とはいえイギリスが応じるとは思えない。では何であれば応じるか。何も思いつかなかった。イギリスはまだ、京都の新政府をまともな政府とみなしていない。そのはずだった。

思考がどん詰まりになる感覚に、ぞっとした。

自分は無駄なことを考えているのではないか。ここで読み違えたら江戸は焦土と化す。混乱のなかで無惨に殺されるかもしれない。そうなれば自分は歴史に残る愚者であり賊であり大悪党となるだろう。

――考えろ。

萎《な》えそうになる己に活を入れた。

――あれは何だったんだ。

西郷のあの眼差し。何かを伝えようとしてくれたのは確かだった。いや、それさえ本当にそうなのか不安になってきた。

たまらない無力感が込み上げてきたとき、閃《ひらめ》きが訪れた。

――イギリスは何も応じない。

急場しのぎで作った、一部の私利私欲で成り立つ新政府など、危なっかしくてすぐには信用出来ない。さらにそのうえ、パークスは自らを国際法というもので縛る律儀な男だ。

薩摩はイギリスに何かを頼んでいる。だが色よい返答がもらえずにいる。どうもそんな感じがする。

何を頼んでいるかはどうでもいい。問題はイギリスの態度である。なぜ応じられないか。それは薩摩の戦いに荷担すべきではないと判断しているからだ。その根拠を、薩摩側に伝えたのかもしれない。あるいは今まさに、薩摩とイギリスの間で交渉事が行われている可能性もある。

そこで思考が中断した。ついで西郷のあの眼差しがはっきり思い出された。

――戦をすべきではない。

ふいにその言葉が浮かんだ。

薩摩はイギリスから、戦をするなと言われているのではないか。

焦土戦術が実行されるとなれば、イギリスをはじめ、どの国にとってもまったく得することのない内乱となる。

だからイギリスは薩摩を止めている。

だとすればそれは、官軍全体を抑止するものともなる。

そうかもしれない。

そうでないかもしれない。

心のなかの西郷の眼差しは、具体的な答えを告げてはくれない。

立ち上がって、己が抱えねばならなくなった嘆願の条文を見下ろした。

――押し通せるか。

初めて、その思いがわいた。

途端に、誰かの顔が脳裏をよぎった。

自分を取り立ててくれた阿部正弘。神戸に港を造ることを許可してくれた将軍家茂。師と仰いだ佐久間象山。門人となり薩長の和解に奔走した坂本龍馬。死んでいった志士達。

あとからあとから別の者の顔が浮かんだ。みな死人だった。自分を呼んでいるのかとも思ったが違った。彼らに報いねばならないという思いがわいていた。

「死んだ甲斐もないと思われちゃあ、それこそどうしようもねえよ。なァ」

どっかと座って書状を睨《にら》んだ。

たちまち殺気に満ちた剣呑《けんのん》な面相になった。

百万の民を生かすため、百万の民を殺す策を用意したのである。それと同じだった。

徳川を生かすため、徳川を滅しかねないこの書状をもって交渉に赴く。

「やってやる。このおれが、こいつを押し通してやる」

火を吐くような熱い息吹とともに、勝は脳裏に浮かぶ全ての者に誓った。

二

三月十四日、勝はまだ暗いうちから早々と床を出て身支度を整えた。

食事をしたが、客や使いの者がいないときは、一人である。妻や子が同席することは気づけばなくなっていた。産ませた子ごと妾《めかけ》を自邸に連れ込めば当然そうなるのだが、勝は恬淡《てんたん》としている。

勝が惚《ほ》れ込んだ学者・佐久間象山は、

――麒麟児《きりんじ》たる者、より多くの子孫を遺《のこ》すべし。

そんなようなことをしょっちゅう言っていた。その考えは正しいのではないかと改めて思った。佐久間象山も暗殺されたが、その子息は今も激動のこの世を生きている。子息がどのような貢献をするかはさておき、子孫が己の血脈を遺し伝えてくれることは、確かに決死の立場にある男にとってはゆいいつの救いに思えるのだ。

女は腹に命を宿せるが、こちらは江戸市民百万の死を肚《はら》の底に秘めたうえで、官軍との最後の交渉に赴かねばならない。そう考えると、あと二人か三人は子をなしておいても良かったかもしれないと思う。養育する費用と場所にそれだけの余裕があればの話だが。

――今日、おれは死ぬのかい。

てきぱき身繕いを済ませ、そう自分に尋ねた。女子どものことを考えるということは、そうなのかもしれない。

――死ぬは易し、だ。

昨夜、おびただしい死者の顔がよみがえってきたのを思い出した。自分はよく無事だったものだ。激派の連中をはじめ、徳川方にも、身分の上下を問わず、勝麟太郎を殺すべしと考える者は大勢いるのである。あまりに多くの人間からそう思われるので、いい加減、殺されてやってもいいのではと思うことさえあった。名だたる志士たちが死んでゆくのをよそに、生きながらえているのが申し訳ない気がしてくるのである。とはいえ、そう思わされながらも、心の底では大人しく死んでやる気など毛頭ない。

――生きて、腐って、えらくじたばたしながら、ここまで己の命の値をつり上げてきたわけだ。

一通の書状を前にして、そんなことを思った。

徳川方首脳陣による、官軍への返答である。もはや嘆願といっていい。官軍が突きつける要求を何一つ呑まないくせに、ひたすら生き延びたいという態度なのである。

そういう言語道断といっていい返答を携えて、これから薩摩藩邸に赴かねばならないのだ。問答無用で斬り殺される可能性だってあった。いや、相手が西郷でなければ、今日は朝から死ぬ準備をしていただろう。己の死をもって、せめて嘆願の内容の一つか二つは実現させようと考えていたはずである。何が実現するにせよ、それが、ここまで生き延びた己の命の値となるはずだった。

――幕府など腐りきっている、武士階級などいずれ滅んで消える。そう言い続けてきたおれが、こんな御役を頂戴《ちょうだい》するとはねえ。

徳川家存続のために一命をなげうって交渉にあたる。いや、一命どころか江戸市民百万を道連れにしかねない使命だった。

それを引き受けたのは、何が何でも徳川家を守らねばならないという武士らしい気概からではない。逆だった。上手《うま》くいけば幕府ごと武士層が解体され、新たな世が生まれるはずだったのに、それを妨げた薩長と公家どもに一矢報いるためだった。

慶喜の大政奉還。

あれは確かに妙手だった。勝は熟考の末にそう結論している。慶喜は正しいことをした。個人として、武士として、将軍として、徳川家の筆頭として、すべきことをしたのだ。

むろん、徳川方に有利にことを運ぼうという慶喜の意図はあるし、それを恐れた薩長陣営の気持ちもわかる。だが、大局的に見て、それは上下の身分を解体し、大名の家格を無に帰さしめ、真に平等で全国の連帯が可能な日本国を作れる見込みがあった。なのに薩長と公家どもによる王政復古が、その大政奉還を台無しにした。彼らがしたこと、しようとしていることは、現状維持のうえでの権力奪取だった。自分たちの身分、家、藩を、悪しき風習ごと存続させたうえで、徳川家を消滅させ、日本全国を自分たちの支配下に置こうとしか考えていない。

だったら、こちらも徳川家を遺す。

それを重しとし、多少なりとも薩長のその後の専横を防ぐ。

結局この国はまだその段階なのだ。全国の諸藩が一致団結して一国を築き、諸外国に対抗するということができない。

——願わくはおれが死ぬときは、それが日本国誕生の一助となってほしいもんだがな。

それが勝の願いである。簡単にはいかないことも知っている。

諦念《ていねん》とも達観ともつかぬ心境において、勝は熱い息吹を繰り返し、やがて頭も腹も落ち着いてきたところで書状を懐に入れ、生涯最後になるかもしれない朝飯を終えた。茶をすすっている間、何人かの訪問があった。全て報告である。

官軍の進軍報告。それによれば総攻撃は明日の十五日にも行われるであろうとのことであった。

さらには市井の状況。市民の様子や、江戸焼却の準備についてだ。勝が自ら算段をつけた焦土戦術の用意は、完全に整っていた。

また、急いで調べさせた薩摩とイギリスの件についても報告があった。符牒《ふちょう》を多用した書状が送られてくるのだが、核心に迫る情報はない。

だが、勝はますます確信が強まるのを感じていた。

――薩摩とイギリスの間で交渉ごとがあった。

それが何であるかは不明である。だが何であれ、イギリスが薩摩に応じて動きそうだという報告は一切ない。イギリスは動かないのだ。それが意味するところを深く考えれば、答えは絞られてくる。

――イギリスが薩摩の重荷となる。

いざ全面戦争となれば、薩摩はイギリスの助力を請うことになるはずだ。特に徳川家が所有する艦隊は、官軍にとって厄介きわまりない存在である。徳川艦隊に対抗するには、イギリスを通して、なるべく多くの諸外国の軍艦に支援してもらうしかない。

そのイギリスがただ動かないのではなく、彼らが江戸での戦闘に反対しているとしたら。勝が江戸での焦土戦術をちらつかせたことで、イギリスが不戦支持に傾いているとしたら。

もしそうなら、薩摩は動けない。果敢に江戸を攻めることでその後の外交が危ういことになるからだ。

——京都の新政府は諸外国に認知されていない。

勝のこれまでの読み通り、新政府を政府とみなしていないのであれば、諸外国が率先して徳川に味方することもあり得る。

それはそれで厄介だった。ここでまた徳川方の主戦派が盛り返し、日本の国土を担保にして戦費を借りようという流れになれば最悪だ。幕府内のフランス勢力は勝がせっせと追い出したものの、今もなおフランスはあの手この手で政府に介入し、国土をふんだくって植民地を作りたがっている。

勝のそうした危惧《きぐ》も、西郷であればわかっている。そのうえで、イギリスから不戦支持を告げられていたとしたら。

今日の会談で、こちらから強く押していける。

無茶な嘆願も、一つや二つは通せるだろう。

実際にそうかどうか、やってみることでしかわからない。

西郷の、あの大きな体とまなこと対峙《たいじ》しながら、全身全霊で推し量るのだ。

そう考えていると、山岡鉄太郎が挨拶《あいさつ》に来た。

「本日も、ご同行仕《つかまつ》ります」

礼儀正しいが、あくまで個人の意思で護衛するのだという態度である。慶喜は勝の護衛のため、さらに精鋭隊から人を遣わしているが、それとは関係なく働く気でいるのだ。

「連日ご苦労だね。まったくありがたいよ」

「いえ。今このとき、勝殿と西郷殿はこの世になくてはならない方々。やぶれかぶれの激派などにお命を損なわせはしませぬ。もし武運なく、万一不慮のことがあれば、共に死ぬ覚悟です」

その言は情熱的でさえあった。

勝は微笑んで聞いてやったが、内心ではちょっとばかり呆《あき》れていた。この男、すっかり西郷に魅せられたらしい。勝だけでなく、西郷の命を守ることにも熱気を燃やしている。

もし官軍と一戦交えるということになったら、どっち側につく気か。そう訊いてみたくなったが、やめた。不戦を成就させる自信がないのかと問い返される気がした。勝と西郷ならば、それができる。そう信じてついてきてくれているのである。

——立派な男を、からかうもんじゃねえな。

そう思いながらも、つい、にやにやしてしまった。

――この男に見届けてもらうとするかね。

危急存亡のときとはいえ、重苦しい気分で会談に赴かねばならないという法などない。俄然《がぜん》、やる気がわいてきた。徳川方の無茶な返答を引っ提げていってやる。一命を賭《と》してそれを押し通してみせる。

「山岡さん、飯は食ったかい？」

「蔵で、益満殿やそのお仲間と一緒に、いただきました」

「益満さん達もそろそろ薩摩に帰してやらんとなあ」

「はい」

「じゃ、そろそろ参ろうかね」

そう言って、ばしん、と己の胸を叩《たた》いた。そこに先日渡された書状があることを示したのである。

山岡が勝の胸元を見つめて無言でうなずき、すっくと立った。

勝も立った。

「今日は長丁場の大勝負になるぜ。しっかり見届けてくれよ、山岡さん」

「承知」

山岡が短く応じて障子を開いてくれた。

勝は大股《おおまた》で部屋を出た。山岡がその後を追う。門人と家人全員が集まってきた。みな黙々と二人についていった。

「行ってきます」

勝がみなに言って頭を下げた。死ぬかもしれないときほど礼儀正しくなる。みなも勝がそういう男だとわかっているから、大半が涙ぐんでいた。

妻の民子と目が合うと、珍しいことに神妙にうなずき返してくれた。頑張れと励ますようでもあり、さっさと死んでこいというようでもある。妾を連れてきてからというもの、冷淡そのものといった態度をされることが多かったのだから、どっちもあり得る。

何であれ、見送ってくれるのはありがたい限りだ。そう思って自然と笑みが浮かんだ。

民子も微笑んでくれた。

勝は体をめぐらし、颯爽《さっそう》と邸を出た。馬丁に馬を引かせ、山岡と護衛をつれて、約束の場所へ向かった。

三

田町は、もともと武蔵国《むさしのくに》の荏原《えばら》郡内にある高輪村の一地域である。

江戸幕府によって武蔵国ではなくなり、田畑が広がっていた地に、東海道に沿って縦長の町が作られたことから、田町の名称が生まれた。

寛文《かんぶん》二年(一六六二年)には江戸の町奉行の管轄となり、旗本屋敷が次々に建てられ、やがて諸藩の屋敷も並ぶ地となった。

山手である芝《しば》や三田のすぐ南にあり、江戸の正門というべき地で、東海道品川方面のみならず、海からも江戸に入ることができる。

薩摩藩蔵屋敷があるその田町こそ、池上本門寺を本陣とする官軍の諸隊にとって、まず真っ先に戦端を開くべき地であった。

血気に逸《はや》る薩摩勢などは、自藩の屋敷ともども周囲の家屋に火をつけ、その炎によって誰もが退転不能となるようにし、江戸城へ進軍せんと企てている。

それに、板橋《いたばし》方面などの諸隊が呼応すれば、徳川方は城を棄てて海へ逃れるしかなくなる。そしてそのときには、勝の焦土戦術が実行に移されているはずだ。江戸が火の海と化すさまを、沖にいる者たちだけが眺めることになるだろう。それは途方もない地獄絵図であったと後世まで語り継がれるであろうし、それを引き起こした者達は、敵も味方も国賊の愚物としてのみ名を残すことになる。

田町こそ、もし交渉決裂となり、会談が失敗に終われば、ただちに戦場となるであろう地であった。逆に、そこを死守することが江戸市民を戦火から守ることになる。

最後の会談にふさわしいその地に、勝の一行はみな力強い足取りで辿《たど》り着いていた。道中、勝は騎乗しなかった。狙撃を警戒したためでもあるが、それ以上に、礼を尽くしているということを態度で示すべきだったからだ。

徳川方の軍事の一切を任された勝が、殺される危険を冒して、ほぼ単身で相手方の藩邸に出向く。それだけの礼と覚悟をもって来た者であれば、受け入れざるを得ない。西郷がそう考えることが大事なのではない。西郷以外の官軍幹部らに、そう考えさせることが大事なのである。

西郷もまた、単身に等しい。勝との会談を快く思わぬ者もいるだろう。そういう者たちに、のちのち西郷を咎《とが》めうるような材料を残してはならなかった。

高輪や田町に場を設定したのも、西郷が官軍指揮官としての分を忘れて、単独で江戸の中心部に入っていって勝手に交渉を行ったと、味方から勘ぐられないためである。

もし勝以外の誰かが、江戸城に来てくれと西郷に頼んでいたら、その時点で交渉は失敗したも同然だったろう。西郷なら律儀に御城に来たかもしれないが、その場合、大軍を率いて苛烈《かれつ》な降伏勧告を行うことになる。交渉もくそもありはしない。

今の徳川首脳陣で、そうしたことがわかっているのは大久保一翁だけといっていい。

他の面々は、はなから勝の行動を理解していない。彼らは、なるべく自分の身を安全にしたうえで交渉を行おうとする連中だった。

勝からすれば、いったいそれでどんな成果が挙げられるつもりかと言ってやりたかった。西郷も同様だろう。官軍側には、交渉は一戦してのちで良いという者も多いはずだ。

――やっぱり、おれたちが体を張んなきゃ、どうしようもないみてえだねえ。そうしたところで損ばかりするってのに。いったい、どんな巡り合わせで二人ともこんな目に遭うのやら、不思議で仕方ないですよ。

勝は心のなかの西郷にそう言ってやった。西郷の大きな笑い声が頭のなかで聞こえた。

このあと、交渉の最中に実際その笑い声を聞くことができれば吉だ。

昨日の西郷はほとんど笑わなかった。今日も同じようなら凶。

交渉が始まる前に、真っ先に笑わせてやれたら、大いに吉。

そんなことを考えながら、薩摩藩蔵屋敷の門前にいる官軍の兵士達に、大声で告げた。

「徳川軍事取扱、勝安房守、西郷殿と会見すべく参上した」

兵士達が振り返った。見事なほど誰も口を開かない。代わりに一斉に銃を構えた。

西郷から、くれぐれも暴発はするなと厳命されているのだろう。勝も山岡も連れてきた他の者たちも、多数の銃口に囲まれたが、兵士達があくまで用心のためにそうしているというのがわかった。殺気のおびただしさは熱風を身に受けるようであったが、明白な殺意は感じられない。

勝も、その盾として立つ山岡も、刀に手をかけず、腕組みして兵士達を見つめ返した。

ひりひりとした沈黙が流れた。いささかも動じず佇《たたず》む勝達に感心したか、ほう、というような呟きが幾つか聞こえた。

感心しているのは勝も同じだった。

兵士達の統率という点では、つくづく天と地だ。旗本八万騎が今や騒がしいだけの烏《う》合《ごう》の衆と化していることを改めて思い知らされる。それほど、目の前の兵士達の様子は、厳格な命令系統と高い士気が両立していることを物語っていた。

ほどなくして隊長格の男が屋敷から出て来た。

「足をば引けえ！」

猛烈な声で男が命じると、兵士達が銃口を上にして、ざっと音を立てて一歩引いた。

なんともよく訓練された連中で、

――見せつけてらあ。

ちょっとばかり羨《うらや》ましささえ覚えた。神戸の塾と訓練所が閉鎖されなければ、いったいどんな日本国海軍が出来ていただろうと思うと、はかない気分にさせられる。

男が率先し、勝と山岡を屋敷内に案内した。

勝が連れてきた者たちは、昨日同様、邸の外で待たせる気だったが、彼らも別室に案内された。昨日とは異なり、薩摩側もしっかり礼を尽くそうという態度だ。これもおそらくは西郷の命令によるものだろう。

屋敷の端の方の部屋に通され、勝と山岡が並んで座ると、茶と菓子を出された。掛け軸のたぐいはないが、掃除の行き届いた清涼感があった。

西郷殿に到着を報《しら》せたいのだが、と言うと、すっと硯箱《すずり》と紙が差し出される。手紙を書けば、すぐさま届けてくれるという。

もったいぶった風雅な作法とは無縁の、徹底的に無駄のない機能的な対応に、勝と山岡が揃って感嘆の唸《うな》りをこぼした。

会談は、短い手紙のやり取りから始まった。

勝は早朝から西郷に宛てて、だいたいこのような時刻に向かう、そこで徳川方の返答を提示する、と告げる手紙を送っておいたのだ。

さらにここで、勝は到着を報せる手紙をしたため、薩人に渡した。

しばらくすると、返事が来た。

『尊翰拝誦仕候《そんかんはいしょう》』

という書き出しである。ただの到着の報せを『尊翰』とありがたがり、それを『拝誦』したと書く。

つくづく、圧倒的戦力を率いて攻め来たる者とは思えぬ低姿勢であった。

三月十四日の日付けと、西郷吉之助の署名がある。

『田町まで御来駕《らいが》下さったとのこと、早速こちらも罷《まか》り出るので、何卒《なにとぞ》お待ち下さい』

と急いでしたためた手紙である。

山岡がそれを見て、ぼそっと感想を漏らした。

「本心から恐縮しているような筆蹟《ひっせき》ですな」

勝も同感だった。

「朝、おれが手紙で報せた時刻より、ちょっとばかり早めに来たからな。もしかすると、あっちを慌てさせちまったかもしれん。悪いことしたかねえ」

そう言って、さも人が悪そうな笑みを浮かべてやった。

山岡が眉《まゆ》をひそめ、そういうことかと納得したように無言でうなずいた。

西郷が、礼を尽くさねばならないことにつけいったのである。西郷の礼は、兵の暴発を防ぎ、のちのち敵味方から非難されて立場を失わぬことを目的としたものだ。

あえてその礼を損なわせる、とまではいかずとも、居心地を悪くさせるために、西郷を遅刻させたのである。勝からすれば交渉の下ごしらえのようなものだ。西郷もそれがわかっているだろう。それでも礼をまっとうするには、下手に出ねばならない。

そもそも本陣が池上にあるのだから、あらかじめ田町に宿泊するわけにいかないのは当然だった。なのに勝は、

――事前に場所と時刻を約束したのだから、てっきりそこにいると思いました。これはこちらこそ失礼しました。

という態度でいる。

たとえその勝の内心が読めていたとしても、西郷は勝の意図通りに合わせねばならない。とことん信頼しておきながら、いきなり不意を突いて、西郷の動揺を誘うという真似をしたわけである。

だが果たしてどれほどの効果があるか。山岡が疑問に思っているのが顔つきでわかった。

「それでは、かえって西郷殿が強硬になりませんか」

山岡がぼそぼそと小声で訊いた。廊下や隣室で、大勢の薩人が聞き耳を立てていることは、とっくに気配で伝わってきている。

「そうかもねえ」

勝は暢気《のんき》に呟きながら、まあ見ていろ、というように口角を上げてやった。

山岡が懸念のあらわれとして眉間《みけん》に深い皺《しわ》を刻んだまま、小さくうなずいた。

「御算段がおありのことでしょうから」

自分は黙って護衛に徹する。そのせいで死ぬかもしれないのに、瞬時に割り切る。それが山岡だ。

物事の背景については詳しく尋ねるが、それは臨機応変に対処するためである。今はまさに機に臨んでいるところなのだから、余計な質問はせず、自分は自分の役目に集中する。そういう男だからこそ、勝も同行を頼んだのだ。

ゆるゆると茶を飲みながら待った。強い春風が吹いているが、快晴で、過ごしやすい気温だった。

室内も冷えてはおらず、むしろ肩衣を着込んでいる分、やや暖かく感じるほどだ。額を撫《な》でた。今はさらっとしているが、会談で熱がこもれば汗がにじむだろう。そう思って扇子を取り出し、顔を扇《あお》いだ。今日の会談の初手は、涼しい顔をしていなければならないからだ。

山岡がそれを見て、自分も扇子を出して顔を扇ぎ始めた。汗にも気を遣うのは、勝に算段がある証拠と判断したらしい。いつの間にか眉間の皺が消え、勝に合わせて涼しげな顔つきになっている。

いざとなれば息を止めて熱気を身中に起こし、汗みずくで嘆願してやる。勝は内心でそう考えてもいた。そのときはそのときで山岡も合わせてくれるだろう。この困難な交渉に臨んで、なんと頼もしい人物が傍らにいるものだと改めて思った。

二人並んで扇子を広げたのが薩人達にも伝わったらしい。じれたと思ったのだろう。隊長格の男が新しい茶を運ばせてくれた。

「間もなくお着きになるかと思います。どうか今しばしお待ち下さいますよう」

慇懃に頭を下げる相手へ、

「いえいえ、お気になさらず。西郷殿と会見できるなら、いつまででも待ちますよ」

鷹揚《おうよう》な態度で返したものである。

それからしばらくして、廊下ではなく庭の方から、複数の足音が聞こえてきた。

勝がぱちりと音を立てて扇子を閉じ、懐に入れた。

山岡も倣った。

縁側の向こうを見ていると、やがて木陰から、西郷の巨体が現れた。

昨日同様、洋風の軍服姿、戎服《じゅうふく》の装いである。下駄を履き、ずしずしと白砂利を踏みしめるようにして歩いてくる。昨日と異なるのは、従者を一人、隊長格の男を二人従えていることである。

「これは勝先生、遅刻しまして失礼」

西郷が言いながら、下駄を脱ぎ、ずん、と足音を響かせて縁側に乗った。

謝罪をしながらも態度は悠然としたもので、悪びれた様子など見せてはいない。

西郷と隊長格の男二人が礼を正して部屋に入った。従者は縁側で正座した。

勝も山岡も丁寧に頭を下げた。

西郷と二人が座り、勝達と向かい合った。

一応、礼は尽くしているが、昨日に比べて初手から勝達を圧迫せんとする様子である。

勝にわざと遅刻させられたことで、対応をがらりと変えたのだ。徳川方の最終回答をここで聞く。総攻撃を中止するのは至難の業だと無言で威《おど》しをかけてきていた。

もともと西郷の方は、交渉が難航する場合、武力で押し通せる立場なのである。そのことを忘れるなと言いたげな西郷の様子を見て、山岡がちらりと勝に目を向けた。

やはり西郷は強硬になった。ここからどうする気なのか。そういう山岡の疑念が波紋のように伝わってくるのを勝は無視した。

「お待ち申し上げておりました。ようやくお話ができますな」

勝はそう言って懐から書状を出し、自分の前に置いて、ぴりっと背筋を正した。とても助命嘆願しに来た者には見えない。むしろ挑むような態度である。こちらはこちらで、従順に相手を待っていたのだ。威されるいわれはない。戦か不戦か、いずれであっても構いはしないのだ、という気《き》魄《はく》を無言で放っている。

その勝の鼻息を、まずは抑えさせねばならない。これは互いに激昂《げっこう》する可能性もあると西郷は判断したのであろう。姿勢は礼儀正しく、態度はあくまでゆったりとしながら、その大きなまなこを見開き、強気そのものといった声でこう問うた。

「事がここに至って、勝先生はさぞお困いでごあんそ。さしもの先生も、やっぱい窘《きん》蹙《しゅく》しておらるっとではなかとでございもんそ?」

窘蹙とは、窘《たしな》められてすくみ上がることである。この場合は、怯《おび》えて縮こまっているせいで、かえって鼻息が荒くなっているのでしょう、と余裕の顔で指摘したのだ。揶揄《やゆ》すらふくんでいるといっていい。

勝は、にたっと笑った。

西郷ならびに左右の二人、そしてまた山岡までもが、その笑みに意表を突かれた。おかしな間が空いた。西郷らが放つ威圧の気をすっとかわしたうえで、勝はあえて肩の力をゆるめ、懐に入れた扇子を再び取り出し、それで己の首を撫でてみせながら言った。

「私が何と言っても伝わりますまい。いかがですか。試しに、今のあなたと私の立場をそっくり易《か》えてみるっていうのは?」

西郷の口がぽかんと半開きになった。左右の二人の口も遅れてそうなった。ついでに山岡までもが同じ顔になっていた。

勝の言は、ただ単に互いの立場を交換しようというのではない。変えるのではなく、易えるのである。

権力を譲る。一切合切を委《ゆだ》ねる。自分が所持するものは何であれ明け渡す。つまり全面降伏する、ということだ。

そうすることで、勝が背負ったものを、代わりに西郷が味わってみてくれ。そう告げていた。

「そうでもしなけりゃあ、私の本当の気持ちなどわからんでしょう。どうです？　私の方はすっかりそうしてやろうっていう気分ですよ」

勝はそこで扇子を開き、涼しげに扇いだ。自分の首が飛んでも、今と同じくらい涼しげでいられるだろう。自分にも相手にもそう信じさせていた。命も他の全ても失ったところで構わない。そういう、とっくに覚悟が極まっている者を、いくら威しても無駄である。

そもそも今この状況下で、これほどふてぶてしく降伏を告げる者など、自分くらいのものでしょう、と諧謔《かいぎゃく》を込めた態度でもあった。

西郷は、ますます啞然《あぜん》としている。

かと思うと、そのまなこに感心するような光が生じた。ついで、開いたままのその口から、部屋を揺るがすような大笑がいきなり迸《ほとばし》った。

左右の二人と山岡が呆気《あっけ》にとられて勝と西郷を見比べた。西郷は笑い続けている。その声があまりに朗々として晴れやかで、いつしか彼らもつられて相好を崩すほどであった。

勝は会心の笑みを浮かべた。

――大いに吉だ。

四

「勝先生にはかないません」

ひとしきり笑ってのち、西郷が言った。

あからさまな薩摩口調から、江戸弁に変わっている。昨日同様、無用に恫喝《どうかつ》はせず、勝に敬意を払った態度だった。

「私の正直な気持ちですよ」

勝はしれっと言った。

これで、西郷が強硬に出る場合、どんな風に出るかもわかった。全面降伏すると先んじて告げたことで、今後の威圧もある程度は封じられる。西郷だけでなく、左右の二人がこのやり取りを聞いているのも良かった。彼らは西郷の決断であれば、なんであれ支持するだろう。勝に敵意がないことや、西郷が勝を信頼していることも、この二人を通して多くの兵士達に伝わるはずである。

そういう勝の意図を汲《く》んだうえで、西郷は大笑いしてくれたのだ。

「これは参りました。さて、では御回答を承りたいと存じます」

西郷が、勝の前にある書状に目を向けた。

勝は書状を取った。

「これをお渡しする前に、改めてお話ししておかねばならぬことがあります」

西郷がうなずいた。左右の二人も勝を注視した。

隣の山岡が唇を引き結んだ。勝が交渉の前に、相手に遮られることなく一方的に喋《しゃべ》り倒せるような間合いをどうにかしてつかもうとしていたことが、ようやくわかったのだ。

そして勝は、ここぞとばかりに言葉を放った。

「徳川慶喜様が恭順されていることは、すでに皆様方もご承知のことと思います。また、そうでなければならぬでしょう。慶喜様が皆様方と争うことを避けて大坂城を引き払い、諸藩の藩主をつれて江戸に帰ったことでも、恭順の大意は達せられているのです。

確かに主命に逆らい、脱走する兵は後を絶ちません。彼らはもはや、慶喜様や我々のあずかり知らぬところ。私も必死で、彼らを鎮撫《ちんぶ》せんとしておりますが、これがなかなか難しいのです」

もちろん勝が放った幕軍もいる。自家撞着《どうちゃく》だと言われればそうだった。トカゲの尻《しっ》尾《ぽ》のように兵達を切り捨てる気かと言われればその通りだった。そのことについて、一切言い訳する気もない。暴走する兵をさんざん止めようとして何度も殺されかけ、多くの死者が出た。これが自分の、そしてまた今の徳川の限界だ。そう正直に告げていた。

「ですが我々は、慶喜様の命により、どこまでも恭順すべしということでやっています。これについては、願わくは箱根より西にそちらの諸隊をとどめてもらえませんか。そうしてもらわぬと、江戸の大勢の旗本や諸藩の士が、どのように沸き立つか知れぬのです。

もちろんその鎮撫に、この命をなげうつ覚悟で頑張っています。どこまでも恭順の意を貫かねばならぬと、徳川の諸有司も思い定めているのです」

そこでやっと、膝《ひざ》を進め、両手で書状を差し出した。

西郷が受け取ると、すぐには書状を開かせず、前へ出たまま勝が言葉を続けた。

「然《しか》るところ、私がひそかに聞くに、皆様方は明日にも江戸城を攻撃する気でおられるとのこと。ともかくも、それを見合わせて頂こうと、それを願って参った次第なのです。どうかどうか、お聞き願えないでしょうか」

一方的ではあるが、これまでの主張通りの理路整然とした勝の言葉に、左右の二人が互いに目を見交わした。

　西郷が書状を持つ手を下げ、読む前に尋ねた。

「恭順というのであれば、恭順の実を挙げてもらいたいものです」

「まことに仰《おっしゃ》る通りです。江戸市中においては、私と諸有司がひたすら身を粉にし、恭順の実を挙げるよう、今後も鎮撫して回る所存です」

「わかりました」

　西郷が言った。

　山岡の瞼《まぶた》がぴくっと動いた。

　勝と西郷の今のやり取りが、官軍側が徳川方に要求した七つの項目の一つに抵触するものであると気づいたのだ。

　一つ、暴挙に及ぶ者あれば官軍が鎮圧。

　西郷から示された書状にはそうあった。だが今、あまりに自然な形で、それを覆す言葉が交わされたのである。

　そのことを西郷はどう思っているのか。山岡が推し量ろうというように、しかしあくまで勝の邪魔をしないよう気配を殺して、西郷の表情を窺《うかが》った。

　西郷は泰然としている。演技をしようと思えばいくらでもできる男だった。いつでも前言撤回できる立場であるうえ、容易に本心を見せることはない。

「そちらが望む限り、慶喜様はどこでも、いつまでも、引きこもって謹慎なさるでしょう」

「慶喜殿の所在は、我が命令するところと?」

「そうです。むろん謹慎ということでは、命じられなくともしています」

「それであれば、ふさわしきところに謹慎していて下さい。上野でも、よそでも、慶喜殿の御勝手になさればいいでしょう」

「ありがたいことです」

勝が言った。

西郷の左右の二人が、また目を見交わした。さすがに慶喜については官軍全員が注目しているのだろう。何か変だと思ったようだが、具体的に何とはわからないようだった。この二人は降伏条件を詳しく知らないらしい。

勝と山岡にはわかっている。

一つ、慶喜は備前藩へお預け。

これが官軍側の要求である。

すでに山岡が西郷に対し、これだけは呑《の》めぬと告げて再考を願った項目だった。

それについても、勝は、さりげなく言質を取ったのだ。

いや、果たして言質と呼べるほどのものかはわからない。だが、ただちに慶喜の身柄が官軍の手によってどこかへ移されるということはないと信じてよさそうだった。

西郷が書状を持ち上げてみせた。

「では、拝見いたします」

勝は神妙な顔を作ってうなずいた。西郷というより左右の二人に、こちらの従順さを印象づけるためである。

「宜《よろ》しくお願いします」

そう言って勝は、ようやく西郷の前から下がり、元の位置に戻った。

西郷は書状を大きく広げず、覗《のぞ》き込むようにして一読し、すぐにたたんで手に持った。左右の二人もそれに不満はないようだった。重要な機密については見て見ぬふりか、そもそも目を向けないようにしているらしい。

「拝見いたしました」

今度は西郷の方が間を置いて言った。

勝は神妙な顔のまま無言。山岡が僅《わず》かに顎に力を込めた。

官軍側の全ての要求に対し、それは聞けぬ、あれも聞けぬと並べ立て、結局どれ一つとして受け入れていない、この時点で交渉が決裂してもおかしくない返答なのである。

だがそんなものは目にしなかったとでも言わんばかりに、西郷が尋ねた。

「然らば、江戸城を我々が受け取ることについて、すぐに明け渡しますか？」

勝は即答した。

「すぐにお渡し申そう」

山岡が宙を見つめた。振り向いて勝を見つめたり、瞠目《どうもく》したりしてしまわないようにである。

西郷がうなずき、さらに尋ねた。

「そちらの武器弾薬を、我々が受け取ることについて、いかがですか？」

勝の返答はまったく淀《よど》みなかった。

「それもお渡し申そう」

山岡の顎にさらに力が入った。

徳川方の最終回答を、勝が独断で無視したと思ったのだろう。ことここに至っては、それもまたやむなし。勝と自分が腹を切ることになったとしても、不戦を成就できるならば、命は惜しくない。

山岡が音を立てず、深く息吹をするのが勝に伝わってくる。それで、死を決する覚悟をただちに抱いてくれたのがわかった。

――隣にいるのが、あんたでよかったよ、山岡さん。じっと大人しく我慢してくれて、ありがとうよ。

勝は心のなかで感謝しつつも、実際のところ、心境は真逆といってよかった。

――だが、違うんだよ。あんたが思ってるのとは違って、ここが正念場なんだよ。

勝は肚に気を込め、その機を待っていた。どの項目をどうかわすか。そのために、どれが最も重要な項目であるか。昨夜、熟慮に熟慮を重ねたのだ。

――ひっくり返すのは、あれについて尋ねられてからだぜ。

果たして、西郷がその問いを発した。

「軍艦はいかがですか？」

来た。

勝は、手にしたままの扇子を、また懐にしまった。

それから、折り入って、というように両手を膝の上に置いて言った。

「それなんですがね、西郷さん。陸の兵のことならば、私の方で、なるべく穏当に明け渡そうと思っているんです。そうすることができると思いますしね。しかし、軍艦となってくると、どうにも私の思うままにならないんです」

西郷が口をつぐんで勝を見つめた。

唯々諾々と答えてきた勝が、急に反論したことで、左右の二人も不審に思う顔つきになった。

山岡がゆっくりと勝に目を向けた。そして自分が思い違いをしていたらしいと気づいた様子で、すーっと目立たぬよう息吹を行った。

このあとの緊張に備えてのことである。

西郷が、おもむろに繰り返した。

「軍艦はいかがですか？」

今しがたの勝の言い訳など耳に入っていないというようである。

勝はぐっと奥歯を噛《か》みしめ、さも口惜《くや》しいという顔を作りながら、こう言った。

「到底、私は請け合われませぬ」

場が緊迫した。西郷の左右の二人のみならず、部屋の外に群れ集っている薩人達の殺気のこもった吐息が一斉に聞こえてきた。

勝の脳裏で、江戸が焼き払われる光景がふいに迫った。

第四章　強硬談判

一

「それは、いかなる事情があってのことでしょう？」

西郷はあくまで冷静に尋ねている。

みたび、軍艦はどうなのかと訊《き》くこともできたろう。だが、勝が会談の最初に降伏すると告げているのだから、強硬に出る意味がなかった。むしろ指揮官が無抵抗の者に無理難題を強いては、それが全軍の今後の態度となりかねない。

それではのちのち西郷が味方から咎《とが》められるかもしれなかった。公家どもや長州勢のなかには――もっと言えば薩摩勢のなかにも――なんのかんのと理由をつけて西郷を引きずり下ろしたがっている人間がいるのである。

そして勝は、そんな西郷の事情を知ったうえで、遠慮なくつけ込んだ。

「というのもですね、軍艦を実際に指揮しているのは、私じゃなく、榎本和泉守《いずみのかみ》なんです。釜次郎《かまじろう》と呼ばれてますがね。こいつは、必ずしも我々に同意しているとは限らない男で、説得に骨を折っているところでして。しかしなんとか、今ここで官軍に対して粗暴な挙に出るということはありません。そこは誓ってお約束いたします」

「榎本和泉守ですか」

西郷が記憶を探るように言った。旧幕府の主要幹部の名は全て頭に叩《たた》き込んでいるのだ。

「ええ。ご存じですか？」

「確か……軍艦頭で、オランダに留学しちょったと聞いちょいもす」

急に薩摩弁が出てきた。

こちらの言い分を拒否するためか、ついそうしただけか、西郷の泰然とした面持ちからは読めなかった。

だが少なくとも、本来なら余計なはずの話題に乗ってきてくれている。勝は、そうです、そうですとうなずいて言った。

「徒目付《かちめつけ》の次男坊として生まれましてね。昌平坂学問所で学んだ秀才ですよ」

実際のところ当時の榎本釜次郎こと武揚《たけあき》の成績は最低だったが、そのことは言わずにおいた。

「そのあとジョン万次郎《まんじろう》さんのところで英語を学んだりしてね。私は英語はからっきし覚える余裕がなかったんですが、彼は大したもんですよ。それで、幕府が蒸気船を発注したんでアメリカに行くはずだったんですが、アメリカの方で戦が起こったとかで断られましてね。それでオランダに変更になったんです。そこで、まあ、ずいぶん色々と学んで帰ってきましてね。行きは病気やら暴風雨やらで苦心惨憺《さんたん》したとか。いっときは無人島に漂着したんだそうですが、それでも外国船に乗って西洋に渡った。しぶとい剛の者です」

とにかく重要人物であるという印象を作る。そのために勝はいちいち榎本を評価しているということを言葉だけでなく表情でも示した。

榎本は確かに有能だが、この交渉で有用かといえば大いに疑問だった。

今年一月、榎本は幕府艦隊を率いて大坂湾を封鎖し、薩摩の船を攻撃している。そのときの大義名分が、

「江戸の薩摩藩邸を焼き討ちしてより、薩摩とは戦闘状態にあると認識すべきである」

というもので、薩摩勢と一戦交えて勝利もしていた。

鳥羽・伏見の戦いで慶喜が逃げたため、自らも江戸に引き揚げたが、その際、大坂城の宝物や刀剣のたぐいはごっそり運び出させている。転んでもただでは起きないのが榎本の性分でもあった。

榎本はしらを切っているが、そのとき大坂城にあった二十万両近い金も、艦に積み込んだはずだ。

その後、江戸で慶喜から海軍副総裁に任ぜられたが、海軍総裁の矢田堀景蔵《やたぼりけいぞう》が恭順の命に従う一方で、榎本は今もなお抗戦派から信頼を得ている。

そういうことを勝は、丁寧に、時間をかけて説明した。

「容易に恭順の命を受け入れる男ではないんです」

そしてだからこそ、勝は、この交渉の前にもその存在を利用したのだ。

こちらには多数の軍艦があり、それを用いて、官軍の侵攻を徹底的に妨げることだってできるのだと書状で威《おど》したのである。そのときは、あたかも勝が艦隊を自由に動かせるような調子で書いた。徹底抗戦となれば榎本も従うだろうから、あながち嘘とは言えない。

だがここでは、あたかも榎本が独断で官軍を攻めかねないとして話を進めるべきだった。

山岡は、いったい勝の話はどこに向かっているのだろうかと不思議に思っているに違いない。だからといって山岡が話の腰を折ることはなく、勝はいかに軍艦の引き渡しが困難か、そうしたくても出来ないかを説明し続けた。

「なるほど。勝先生の仰《おつしや》ることは、ようわかいもした」

西郷がそう言って遮らねば、延々と喋《しやべ》り倒していただろう。

勝は心のなかで、よし、と膝《ひざ》を叩いた。

こちらの言を遮るためであれ、わかったと口にしたのである。左右の二人が、ではどうするのかというように西郷を見た。

「おわかり下されますか」

勝はさも心苦しげな調子で続けた。

「もとより江戸城も明け渡さねばならず、弾薬も残らず差し出さねばなりませんが、よくよく我々の心底をお察し願いたいのです。旗本八万騎ともいいますが、これに伴う兵の数ときたら実に莫大《ばくだい》です。また、幕兵に準ずる諸藩の兵もそれぞれおります。今のこの江戸の混雑というのは、実に容易ならぬものなのです。かくいう私も、何度となく殺されかけました。朝廷のために尽くすのであれば身命など少しも惜しくはありません。ですが今ここで死しては、徳川家はどうなってしまうのかと思うのです。私も大久保越中守《えっちゅうのかみ》も、諸有司はみな同様の考えなのです」

左右の二人が、今度はあからさまに怪訝《けげん》な顔つきで勝を見た。

先ほど、明け渡すと言った城と弾薬についても、軍艦と同じ論法で言い訳し始めたのだから当然だろう。

西郷も、黙って聞いてはくれたが、

「ご苦衷、察し申し上げもす。じゃっどん、ぜひとも明け渡してもらわねばないもはん」

どっしりと声に重みを込めて言い返した。

「明け渡しますとも」

勝は全身に力を込め、息をこらえこらえ話していた。満面、汗まみれである。いかにも気力を尽くし、誠心誠意、話しているという様子だ。

隣の山岡が眉間《みけん》に皺《しわ》を寄せて目を閉じた。勝を哀れに思っているような様子だが、珍しく演技に付き合ってくれたのだろう。内心では勝の必死の手練手管に感心しているのかもしれなかった。

「このように申し上げると、もしかすると皆様方よりお疑いを受けるかもしれません。そうしたお疑いと、我が重役達との間で、私も板挟みなのです。またさらに慶喜様も、その板挟みを受けながらも、誠意を尽くそうとしておられます。この私ではなく、たとえ慶喜様であっても、号令を発すればただちにその通りになるということにできないのが、今日の情勢なのです」

ではこの会談は何のためか、と問われそうなものだが、勝は話の流れを止めず、その問いを封じ込めにかかった。

「然《しか》るに、明日にも兵を動かし、江戸城を攻撃するならば、江戸市中の至る所で事変が起きましょう。慶喜様の願いも謹慎も水泡に帰するのみならず、江戸を始まりとして、天下の大騒乱となることは明白です。西郷殿には、かねて申し上げてきたことがありますから、たいていのことは御諒察《ごりょうさつ》下さっていることと思います。とにかく、明日の戦争を止めてもらわねばならぬのです」

かねて――とは、かつて勝が西郷と初めて会見したときに告げたことがらに、昨今の情勢に対する勝の見解をふくんだ、全ての主張のことを言っていた。

日本国樹立、日本海軍創設、共和的な政治体制。それら国家の大目標を果たせなければ、諸外国に対抗することはできない。そしてそれらをなすためには、武士階級も諸藩の体制も何もかも、解体せねばならない。

本来、自分たちはそのために戦うべきではないのか。慶喜はすでに大政奉還をもって、それらの大目標の一助とした。なのに官軍とは何ごとか。薩長をはじめとして、幕藩体制を引きずったまま、ただ権力を奪取するための戦いを起こすとは何ごとか。それで誰が得をするか。諸外国である。自分達の国土を狙う者達だけが喜ぶ。それでいいのか。

そういう思いに関しては、演技も算段も必要なかった。相手が西郷一人だからだ。だが官軍全体を止めるには、ひたすら恭順を盾に、停戦を申し立てるしかない。理路整然と、天下動乱の回避を訴えるのである。この会談は、そのためのものであるという空気を、問答無用で作り上げる。

そのために、降伏勧告に対しては、あっさり全面降伏を告げた。

七つの降伏条件については、すでに慶喜の処遇、江戸の治安の二つの項目について、うやむやにすることに半ば成功している。

さらに軍艦を梃子《てこ》にし、城と武器の二つの項目を、実行困難として即時の対応を回避しにかかった。明け渡しを拒否するためではない。約束しつつも、無期限の猶予を勝ち取ることが目的である。

そうすれば、残り二つの項目も、猶予を得ることが出来るだろう。

一つ、城内居住の家臣は向島へ移住。

一つ、慶喜の妄挙を助けた家臣は厳罰。

これらについての寛典こそ、動乱回避に有用なのだと訴えるのである。

それも、ただ嘆願するのではない。

――官軍に、あの艦隊は攻められはしない。

勝にはその確信があった。

それほど強力な艦隊なのだ。明け渡さないなら撃沈してやると言えるしろものではない。官軍もできれば相手にしたくないはずだった。

もっと言えば、戦場が海なら江戸に被害はない。敵も味方も多数の兵が海の藻屑《もくず》になるだろうが、その隙に大勢を江戸から脱出させられる。

今このとき、榎本とその艦隊が、最大の盾になる。そう読んでの算段だった。そうして軍艦について西郷が言及するまで、ひたすら待ったのだ。

「同感でごわす。じゃっどん、明け渡しはして頂かねばないもはん」

果たして西郷も、そう押すしかなくなっていた。

威圧的に問いを繰り返し、無理にでも呑ませるというのではない。どこまでなら引き受けられるのか。そういう問い方になっている。

「重々、承知しております。ただ今の情勢で、諸士を承知させねばなりません。何と言っても、彼らには諸外国に目を向けさせ、日本人同士で争っている場合ではないということを一からわからせねばならないのですから」

勝はあえて話をずらした。

諸外国という言葉に、西郷達がどう反応するか見たかったからだ。

西郷は無反応。左右の二人が代わりに表情を硬くした。

勝は抜け目なくその様子を見て取った。

――やはりイギリスか。

どういう事情かは知らない。勝の想像を超えたことがらかもしれなかった。だが少なくとも、軍艦と同じように、これはこの会談で徳川方の回答を押し通すための梃子になってくれる。その確信が改めてわいていた。

「あなた方も、そうお思いではないですか。江戸で戦なんて起こさないで下さい。起こせば諸外国だってそっぽを向きますよ。貿易のための港を焼かれたら、もうこの国とは付き合えない、自分達で占領して作り直してやろうと思うでしょう」

左右の二人がまじまじと勝を見つめた。どこまで知っているのか。そういう目だった。

勝は何も知らなかったが、何かがあるというのはもう十分わかっていた。

二

長州藩士に、木梨精一郎という男がいた。

こたびの東征で、東海道先鋒《せんぽう》総督参謀を務めており、この人物が西郷の命を受け、横浜にいるイギリス公使ハリー・パークスのもとへ交渉に赴いたのである。

理由は、江戸城を攻撃する際、負傷者の手当を頼むためだ。というのも、江戸でそうした施設を設けようにも、なかなか難しい。そういう施設はのちのちも攻撃の的にされるし、そもそも医師が足らない。

それで、イギリスのパークスを通して、横浜に病院を設けて負傷者の受け入れを行ってもらいたい、というのが交渉の趣旨である。

もちろん、ただ病院を設けるのではなく、優れた医師や、良質な医薬品等も手配してもらわねばならない。

これには前例がある。西郷は鳥羽・伏見の戦いの折、イギリス人の医師を招いて負傷者の治療を頼んでいた。おかげで死なずに済んだ者が多数いたことから、今度はしっかりとした病院をあらかじめ用意し、戦ののちも傷で苦しむ者達を救済する場所にしたいと考えたのである。

この交渉役である木梨に、他藩の隊長も付き合い、兵には江戸に向かうよう命じたうえで、自分達だけで横浜に向かった。

通訳を頼み、パークスに面会を請うたところ、ちょうど大坂から横浜に戻ってきたとかで、すぐに会うことができた。

「――このような次第で、江戸城を攻撃するにつき、病院が必要なのです。大総督よりの依頼でありまして、貴君に病院を世話してもらいたい次第」

木梨の言葉を、通訳がパークスに伝えてくれた。

するとパークスの表情が変わった。何か急《せ》き込んでまくし立ててくる。言葉の意味はわからずとも、語気が鋭いのは伝わってきた。

呆気《あっけ》に取られる木梨らに、通訳が言った。

「これは意外なことを頼まれる。我々の聞くところでは、徳川慶喜は恭順しているという。大人しく降伏している相手に戦争を仕掛けるというのは、どういうことですか

――と、公使は仰っています」

木梨は絶句した。

確かにそうなのである。いや、反論したいところは色々あるが、すでに慶喜は諸外国の公使に、自分が謹慎していること、ただし貿易その他の案件については引き続き相談に乗り、新政府が樹立したときは斡旋《あっせん》することなどを通達している。

いわば慶喜に先回りされた形だった。京都の新政府が、いかに諸外国との付き合いに慣れていないか、あるいは諸外国を重要視していないかが、あらわとなった。

木梨は困惑しながらも、なんとか説得しようとした。

「それは、貴君の関わるところではないでしょう。我々はどこまでも戦うようにと命令されて来ているのです。ともかく、病院を用意して頂けませんか」

パークスの反応は、先ほどにも増して苛烈《かれつ》なものとなった。ほとんど怒鳴り散らしているに等しい。通訳が何か言う前から、木梨らは暗澹《あんたん》たる気分になった。

「何を馬鹿なことを。どのような国でも、降参を告げている者と、あくまで戦争せねばならないなどという道理はないはず。だいたい、あなた方は誰から命令されて来たのか?」

烈火のごとく怒るパークスに、木梨はしどろもどろになって説明した。

だが幾ら説明しても、ただパークスの怒りの火に油を注ぐこととなった。

「大総督？　それは何者か。その大総督は誰から命令されたのか。朝廷？　それは何者か。なんという法律で形成された組織か」

勝や西郷ならまだしも、こんな質問に答えられる日本人などまずいない。

呆然《ぼうぜん》となるばかりの木梨らに、パークスがついにこう断言した。

「今の貴国に、まともな政府はないと私は考える」

さすがに木梨が慌てた。いや、新政府というものがある。それはこの国の新しい政府である。そう主張しても、パークスは聞き入れない。

「考えてもみなさい。居留地の外国人というものがどういうものか、ご承知でしょう。そもそも居留地というものがどういうものかも、ご存じでしょう。もし戦争をするのであれば、居留地の人々を統括する領事に、政府から通達がなければおかしい。なのに今日まで、何の連絡もないままである。またもし通達するのであれば、同時に、居留地を戦争から守るための警備兵を遣わすべきである。そうした手続きがあったうえで、戦争を始めるなり、病院のことを我々に頼むなりするのが道理でしょう。それが政府というものです。然るに、あなたがたはそうしたことを何一つとしてしていない。まさに無政府の国である」

木梨らはこれは駄目だと、いったん引こうとした。

だが、今度はパークスが木梨らを帰さず、とうとうと高説を垂れた。

「我々がなんとか入手した情報によれば、あなた方は江戸に向かって今まさに兵を進めているとか。あっちの兵、こっちの兵と、色々聞くが、どこに属している兵なのか一向にわからない。そのくせ、どんどん兵を江戸に送り込んでいる。こちらとしても、居留地いつ何があるか知れたものではないではないか。だから我が海兵を上陸させ、居留地を守らせているのだ。それもこれも貴国による警護が皆無だからである。このような乱暴な国が、どこにあるものか」

最後は罵倒《ばとう》に等しい言葉をたっぷり浴びることとなり、木梨らはぐったりする思いでいったんパークスの邸を出た。

とはいえ命令は命令なので大人しく帰るわけにはいかない。繰り返し説得してみたが、非はこちら側にあるということを厳しく指摘されるばかりで、まったく埒があかない。

せめて負傷者に治療だけでも施してくれはしないかと頼んだが、パークスはやがて会話する気が失《う》せたらしく、木梨らを閉め出してしまった。

これで江戸城を攻めようものなら、本格的にイギリスとの関係がこじれかねない。

木梨は何とかパークスを説得するため残留し、一緒についてきた隊長が馬に乗って、急いで西郷に一件の顚末《てんまつ》を報せることになった。

「――なるほど」

話を聞いた西郷も、そう呟《つぶや》くしかなかった。

東征大総督より各国領事に通達させるとしても、江戸総攻撃は中止せねばならない。新政府の意向は、慶喜らに寛典の処置を施したとしても、江戸城ならびに徳川勢を壊滅させることで遺恨を断つべしというものである。まずこの新政府の面々を説得せねばならないだろう。

そして西郷は、報せを届けた隊長に、こう告げた。

「君《おはん》、そん話は秘しておけ。勝安房守に聞かすっと、おいが困っことになっど」

三

「――諸外国のことは大事じゃっどん、今はこちらのこっをお話しいたしもす」

西郷が手にしたままの書状を持ち上げ、それを膝の上に置いて手で押さえた。

誰にも見られるわけにはいかないと思っているのだろう。新政府が突きつけた全ての要求から逃げようとする徳川方の対案など、火種にしかならないのだから当然である。

勝は、諸外国についてもっと突っつきたかったが、具体的にどういう話かわからないので、話題を膨らませることはできない。

「城と武器をいかように明け渡すおつもりですか?」

西郷が尋ねた。

「ときが来れば必ず」

「それはいつですか?」

「ご寛典を受けたならば、諸士も納得し、城も武器も軍艦も、すぐにもお渡しするでしょう」

あえて条件を入れ子にした。降伏条件のあっちの項目とこっちの項目、どれかを実行条件とすることで、他の項目に猶予をもたらす。

さすがに左右の二人が目を剝くようになった。疲れてもいるのだろう。

会談は午前中に始まったが、気づけば夕暮れが迫ってきていた。

勝ですら、これほど長々と粘れるとは思っていなかった。

話をごちゃごちゃにかき回していることは承知である。いつ相手が憤激して殺されるかわからない。山岡ですら額に汗がにじむほど、勝の交渉は強引かつ非常識なものになっていった。

言語道断。そう言われてもおかしくない態度を、あえてやった。そうしなければ、徳川方の対案など一つも通せない。何より、

――通せる。

段々と、その思いが強くなっていた。

頭が疲れ切って、勝手にそう信じ込んでいるだけかもしれない。

だが、粘れば粘るほど、なぜこちらの粘りを向こうが許すのか、という疑問がわく。

答えは今のところ、二つしかない。

――こちらの軍艦とイギリス。

西郷があえて話題を変えたところを見ると、イギリスの方が比重は重そうだった。

「こういうのはどうですか。いったん徳川の方で武器その他を預かっておきます。徳川に寛典の処置があり、石高なりなんなりが決まりましたら、それに見合うだけのものを手元に置いておき、残りを全て差し出します」

薄暗くなりつつある部屋で、勝は言った。

これまでの交渉の内容を考えれば、何をひっくり返しているのかと自分でも思う。

――通せ。

だがここまで話を通せたのなら、とことん通し切れると信じるしかなかった。

自分の読みが根本的に間違っていたら。そう思うと、ぞっとする。だが今さら引けるものでもない。恐怖も何もかも飲み込んで、定かならぬ推測に命を懸けるしかなかった。自分と、江戸市民の命を。

「そういう新しい算段については、改めてお話しせねばなりません」

やがて西郷が言った。

その場で最も平然とした様子であった。西郷以外は、おそろしく長時間にわたる会談に同席したため、みな疲労で顔が青かった。部屋の外で聞き耳を立てている連中も、さぞ疲れていることだろう。

「改めて、と仰ると――」

勝が思わずぐっと身を乗り出して促した。改めて、などという言葉が通用する会談では本来ないはずである。その一言だけでも、ここまで頑張り抜いた意味があった。

果たして西郷は、勝が望みに望んだ言葉を告げた。

「先鋒隊は、私の預かるところですから、明日の攻撃だけは中止しましょう」

どっと疲労に襲われ、一瞬、気が遠くなりかけた。

――馬鹿野郎、まだだ。

自分を叱咤《しった》し、居住まいを正して聞き返した。

「本当に中止して下さるんですね」

「はい。勝先生も、城や武器につき、こちらの注文通りにして下さるのですね」

「ええ、ええ。絶対にやります」

「諸隊に中止を伝えます。勝先生はこれに対し、どのようにされますか？」

「ただちに慶喜様にお伝えし、その号令をもって江戸の諸士を抑えます。あなた方に対し、決して害をなさぬよう、厳に達するつもりです」

「城と武器は、必ず明け渡して下さい」

「むろんです。ただ、いましばらく待って下さい。いま、ただちにそうすれば、主戦派の者たちは慶喜様を拐《かどわ》かしたうえで蜂起《ほうき》するでしょう。私や徳川の諸有司も命を取られます。この命は惜しくはありません。しかしそうなれば徳川三百年の功も無に帰し、天地に対しても申し訳なく、朝廷に対しても大罪をこうむるわけですから、ただいまは我々に鎮撫《ちんぶ》せよと命じるにとどめて下さい。あとのことは、いかようにもしますから」

ここに及んで、まさに嘆願の調子となった。これで駄目ならいっそこの首を刎《は》ねてくれ。そう言いたいほどこの会談に全霊を注ぎ込んでいた。

「わかりました。勝先生の仰るように、慶喜殿も降《くだ》ればよろしいと思います。こちらは、どれくらい恭順ができるかを見ましょう」

それから、勝をじっと見つめ、

「ゆえに、明日の攻撃はやめます」

そう言って、深々と礼をした。

左右の二人が倣った。勝も頭を下げた。山岡もそうした。

勝は、なんともいえない疲労と達成感が込み上げ、そのまま笑いながらぶっ倒れて気を失ってしまいたい気分だった。
だが本当に大変なのは、これからだということもわかっていた。

第五章　御役御免

一

「いろいろむつかしいこともありましょうが、私が一身にかけてお引き受けします」

西郷が言った。この男だからこそ口にできる言葉だということを勝はよく知っていた。他の者では絶対に出てこない言葉、たとえ出したくとも出せない言葉だ。

「お頼みします」

勝は深く頭を下げた。畳ではなく地べたであっても額をすりつけて感謝したいほどだった。

攻撃を中止し、徳川方の対案をどうか受け入れてほしい。そうしてくれねば江戸は焦土と化す。日本が諸外国の餌食《えじき》となる。だからやめてくれ。

焦土戦術を用意したうえでの必死の涕訴《ていそ》を西郷は汲《く》んでくれた。

慶喜や幕府側についた諸大名を処刑せず、御城も武器弾薬も軍艦も、徳川方は持ったままだ。石高が削られれば、その分を差し出す——そういう結論に、強引に持っていった。

官軍側からすれば、言語道断である。

「では明日、総攻撃となりますが、それでよろしいか」

というのが、本来、西郷がここで言うべきことだ。

だが言わない。言わずにいてくれた。そのせいで西郷が新政府から睨《にら》まれるのは火を見るより明らかだ。西郷もわかっている。覚悟がある。だから「一身」という言葉が出た。

もちろん勝が示した案をそのまま受け入れるわけではなく、

「私が、大総督府に持ち帰りましょう」

というのが西郷の返答だった。そこで新政府と掛け合う。紛糾することは確実だが、西郷なりに押し切れると判断するところがあるのだろう。おそらくイギリスが絡んでいるのだろうが、その点については勝もまだ漠としかつかんではいない。

少なくとも、明日の攻撃は止められた。

西郷が止めると決めてくれた。

「隊長たちも、よろしいか？」

左右の男に、西郷が訊《き》いた。

二人とも粛然と同意した。西郷が決断し、その責任を負うというなら、一切反対しない。そういう信頼の念がひしひしと感じられた。

勝は、彼ら二人にも感謝を示すため、それぞれに頭を下げた。

ふーっと山岡が静かに息をついた。安堵《あんど》したのではない。この男らしいことに、疲労で意識が散漫にならぬよう、改めて気を溜《た》めようとしているのだ。何しろ勝と西郷の二人を護《まも》ると心のなかで誓っているのである。こうして攻撃中止が決しようとしている今こそ、心身を尽くして護衛に徹するべきときだった。

「至急、駿府へ帰ります。必要とあらば京へも上り、私から攻撃中止のこと、降伏案のことをお話しします。くれぐれも、幕軍の暴発が起こらぬようお願いします、勝先生」

「重々承知しています。我が身命を賭《と》して、そのような事態にならぬよう処して参ります」

交渉は終わった。

廊下や隣室から、深々とした吐息が聞こえてきたが、こちらは山岡と違い、総攻撃に備えて昂《たか》ぶっていた血気を抑えるためだろう。

勝と山岡は席を立ち、西郷が二人を門まで見送ってくれた。

門の外には多数の兵がおり、勝と山岡が門を出るなり一斉に近づいてきて取り囲んだ。山岡が僅《わず》かに身構えたが、勝も山岡も、彼らが狼藉《ろうぜき》を働こうというのではないことが所作からわかっていた。

おびただしい兵がただちに整然と列をなし、西郷に対して、うやうやしく捧《ささ》げ銃《つつ》の敬礼を行ったのである。

ここでしっかり、官軍の威勢を勝と山岡に見せつけようという西郷の意図を感じた。勝の意を汲んでくれたとはいえ、あくまで敵味方の立場なのである。いざとなれば攻めるという態度を崩すべきではなかった。

もちろん目的は勝を威嚇することではない。味方に対し西郷の戦意を示すことである。

もし弱腰とみなされれば、西郷は味方の信頼を失い、今の立場から外されてしまう。重要なのは、勝という強敵に対抗できるのは西郷だけだという印象を、官軍が失わないようにすることだった。それが勝と西郷を結ぶ、生命線なのである。

だから、勝もまたここで強気を見せねばならなかった。

長い交渉による疲労を押し殺し、そっくり返って己の胸を指さしながら、整列する兵たちへ堂々と言い放った。

「戦か非戦か、今日明日には決着するだろう。決定次第では、お前たちの銃先にかかって死ぬこともあろうから、よくよくこの胸を見覚えておかれよ」

この期に及んで「戦」の選択もあるとあえて明言してやった。

兵たちがぎらぎらした目を勝に向けた。いかにも素直な反応だ。彼らは勝が必死に嘆願していたことを知らない。

聞き耳を立てていた連中も西郷とともに門のところにまで来ていたが、彼らも勝が意外に強気なのを見て、ぐっと顎《あご》に力を入れている。勝も勝で、嘆願はすれども哀れで弱気な態度に見えないよう、気を張ってきたのだ。

勝はくるりと西郷に向き直り、

「では、これにて失礼致します」

慇懃《いんぎん》に告げた。そこで、西郷の姿を見て、息を呑《の》んだ。勝に対し、しっかり敬意を表して礼をしてみせたのである。

間違っても威光を振りかざすことはしない。指揮官として礼を保つ。それが兵たちの統率につながる。これから西郷は徳川方の対案を持って大総督宮のもとに戻らねばならない。残された兵たちが血気に逸《はや》らぬよう、こうして歯止めをきかせておいてくれているのだ。

勝は改めて胸が熱くなった。

しつこくならない程度にまた西郷に礼を言い、連れの者たちと合流して立ち去った。

馬を先頭に、歩いて御城へ向かった。

薄暮の頃である。寒くもなく暑くもない。気づけば桜の花があちこちに見られる。

相変わらずときおり空っ風が吹いたが、気候はすっかり穏やかになっていた。江戸市中も気のせいか来るときより落ち着いた雰囲気になっているようだ。己の手で業火を放とうとしていたことを忘れそうなほど、長閑《のどか》な夕暮れだった。

勝ばかりか連れの者たちまで、どこか弛緩《しかん》したような風だった。そこへ突如、ひゅーっと弾丸が空を裂く音が響いた。

いささかも気を緩めていなかった山岡が、さっと音の方を振り返った。しっかり勝の盾となってくれている。騎乗していないので、目の前の馬も盾になってくれていた。

官軍か幕軍か。あるいは正気を失った激派か。なんであれ勝を銃弾で狙撃したかったのだろうが、風が強く、人も建物も密集している江戸で、遠くから標的を撃ち抜くのは困難をきわめる。

「今日も外してくれたなあ」

勝がのんびり言った。馬丁は慣れた様子ですくめていた首を元に戻し、再び馬を引いた。

二

三月十五日、西郷は江戸を出発し、駿府へ向かった。

その前に、勝は自邸に置いていた益満休之助とその仲間を解放し、西郷のもとに返している。

「大変お世話になりました。この大難のとき、正義のために働けたことが嬉《うれ》しくてなりません」

というのが、激派として策動させられていた益満の、実に率直な感謝の言葉であった。

「なあに。もうしばらく働いてもらうことになるだろうよ。くれぐれも西郷さんによろしく伝えてくんな」

勝はそう言って益満たちを送り出した。実際、彼らが今後、勝と西郷をつなぐ強固な連絡役になってくれることを期待していた。

駿府では、降伏条件変更については何ら決定できなかったらしい。西郷が大総督宮熾仁親王の命をうけて京に向かった、という情報が数日のうちに勝のもとに届いた。

西郷が京から戻ってくるまでの間、勝は緊迫する江戸の情勢を鎮めるために、まさに粉骨砕身して働き続けた。

西郷不在のなか、官軍諸隊は思った通り血気に逸り、隊長が懸命に部下を抑えるということが続いた。

官軍は、城攻めを延期しているうちに徳川が籠城《ろうじょう》してしまう気なのではないかと疑念を募らせているようだった。ひそかに城内に土塁を築き、埋火を仕掛けているのであろう、といった流言が飛び交うこととしきりだという。しかも困ったことに、実際、その通りのことをしている幕臣もいたのである。

勝は官軍諸隊の隊長らへ、懇々と述べた。

「確かに幕府諸臣は、数百年ものあいだ承継してきた城地を引き渡すのを望んではいない。主命に従わず、夜になれば小さな壕《ごう》を掘り、また小規模な土塁を築いてもいる。しかしそれは主意によるものではない。疑われるならば、ひそかに城外に来て偵察されよ。私や徳川重臣が、そのような抵抗を指揮している姿は一切見られないはずである」

そして一方では、せっせと籠城の準備を整えようとする幕臣らをつかまえ、

「慶喜様のご下命は、総員恭順せよとのことだ。主命に逆らうか」

ひたすら叱責《しっせき》して追い散らすものの、すぐにまた集まってきて何かを準備するということの繰り返しだった。

一方、三月十八日には、新宿《しんじゅく》に駐屯していた土佐藩の兵が、尾張藩の上屋敷に入って陣を敷いた。もともと尾張は徹底恭順の姿勢を示し、官軍に率先して協力していた。その徳川御三家の一つたる尾張の態度に、幕臣たちが怒りをたぎらせ、尾張上屋敷を攻撃しかねないというので、そこでも勝が説得して回った。

江戸市中では、戦闘回避の報《しら》せが広まっていたが、両軍がそこらじゅうで陣を敷いては睨み合う様子に怯《おび》え、これまで以上に家財を抱えて逃げ出す者が増えた。牛車、大八車が市中を縦横無尽に駆け回るため、市内には土煙がたちこめ、あたかも火事場のような騒ぎとなった。奉行や徳川方諸藩が鎮めようとしても、騒ぎはますます広まるばかりであった。

旗本が国に勝手に帰ったり、脱走してしまったりするので、市内の警備の手が不足し、勝が恐れていた犯罪沙汰《ざた》が急増した。強盗が横行し、むやみに略奪に走り、婦女を犯そうとする。それだけでも大いに悲憤慷慨《こうがい》させられる有様だった。

そんなとき、勝の邸を訪れる者があった。

イギリス公使パークスの遣いのアーネスト・サトウだった。パークスの情報担当官で、日本語も達者だ。世情に明るく、重要人物を見抜くことに長けている。

勝はしばらくそのサトウを遠ざけていたのだが、改めて自分のもとへ派遣されたのを、丁寧に応接してやった。

ひとえに、イギリスと官軍、ないし薩摩とのあいだで何があったか知るためである。

果たして、勝はサトウの口からその一部始終を聞いた。

「朝廷という組織が有する軍隊が、我々に戦傷者を収容する病院を用意してほしいと打診してきましたが、ミスター・パークスが断りました。政府としての手続きもなく、降伏する徳川を攻撃することは、万国の法が許さないからです」

「まことにその通りです。貴国の遵法精神にはかねがね感銘を受けております」

勝は大いに誉めそやした。

あの暗中模索の交渉において、自分の推測が大正解であったことを知ったのである。

とはいえ、問題は官軍の主張がそうした万国の法とやらに適《かな》ったときのことである。

イギリスが官軍側について徳川方を威圧したり、攻撃したりしないようにする必要があった。

「徳川は今後とも恭順の意を示し続けます。貴国とのいろいろな契約については、新政府へ委《ゆだ》ねるべきですので、一度、パークス公使とお話ししたいと思います」

勝が言うと、サトウはすぐに手配すると言ってくれた。

――横浜までひとっ走りだな。

日に日に疲労が重なっていたが、なんとかしのがねばならない。そう自分に鞭《むち》打っていると、今度は妙な相手が現れた。

横浜から来たという。島団右衛門《しまだんえもん》という男で、官軍だ。横浜に官軍の軍艦を着船させた、大原俊実《おおはらとしざね》という官軍海軍先鋒《せんぽう》の命令で派遣されたというのだが、意図がわからない。

勝はきな臭いものを感じ、

「私に何の用でしょうか？」

あえて屹然《きつぜん》と尋ねた。

島という男も、もったいぶると勝の反感を買うと判断したのか、

「幕府軍艦を、我らに献じなされ」

なんとも直截《ちょくせつ》に言ったものだった。

「ほう。献じろと」

「そのうえで、速やかに朝臣《あそん》になられるがいいでしょう。朝廷は今、大いに海軍を興隆させんとしております。それゆえ貴君を採用したがっているのです。悪い話ではありますまい。ぜひ、貴君の手で朝廷の海軍を率いられよ」

――完全に行き違いだな。

西郷と自分の交渉について何も聞いていないに違いなかった。聞いていないのに勝手にこのような真似をする。蠢動《しゅんどう》といっていい。頭にきて怒鳴りつけてやりたかったが、遣いの者にそうしたところで、どのように話がこじれるかわかったものではない。

――大原俊実。

怒鳴りつけるべき相手の名を頭に刻みつつ、

「近々、横浜に出向きますので、そこで直接、大原殿へ現状を述べ、我が主君たる徳川慶喜の意中を言上したいと思います」

このように、丁寧に返してやった。

島は、勝の慇懃さに満足したようで、

「くれぐれもこのことは外国人などにも内密に願います」

などと言い残し、邸を出て行った。

――おととい来やがれ、すっとこどっこいの腰巾着《こしぎんちゃく》野郎め。

あくまで心のなかで、そう罵《ののし》った。

三月二十五日の明け方、勝はふと思い立って覚え書きを記すことにした。慶喜からの命令や、自分自身の考え、そしてまた城中での話し合いのことなどである。

のこのこ横浜へ行けば、そこで官軍に殺されるかもしれない。あるいは味方であるはずの誰かに、狙撃されるか刺殺されるかすることもあろう。これまでの己の胸中も粉骨砕身の努力も、世に伝わらぬまま消え去るのは、なんとも切ない。そう思って、いろいろとしたためた。回想録や遺書というほどのものでもないが、自分の言葉をこうして遺《のこ》しておくというのは、日常的に死を意識している我が心身をいたく宥《なだ》めてくれるのである。

そうして翌日の二十六日、横浜に赴いた。

船で、である。徳川の艦である蟠龍丸《ばんりゅうまる》に乗せてもらったのだ。

艦内の者たちは、完全に臨戦態勢にあった。どの銃砲も装塡《そうてん》済みで、いつ戦闘が始まっても即座に対応できる。攻めるためではなく、艦を一方的な接収から守るためである。

陸にいる幕軍よりも格段に統率が取れており、船乗りの常として忍耐を知っていた。それら水夫連中を指揮するのは、勝がさんざん交渉に使わせてもらった、榎本武揚である。

まず、大原俊実という海軍先鋒が宿泊する旅館を訪れた。

旅館を守る官軍の兵たちも、これまた臨戦態勢にあった。その上、殺気立っている。勝がやって来るのを見て、一斉に銃口を向けた。西郷指揮下の兵と異なり、いかにも暴発しそうな様子だった。

「御免仕《つかまつ》る。我が輩は勝安房守という者である。島殿により招かれ、大原殿へ拝謁を請う」

勝は、堂々とそう告げ、大原と会うと、

「自分などを採用して頂けるというご厚意には感謝しております」

あくまで丁寧に切り出した。

「では――」

軍艦を引き渡して徳川を裏切るか、と早合点する大原に、勝は現状を述べることから始めた。西郷とこの大原との間に、どれほどの情報の格差があるか知るためである。

今、天下は行方を見失っている。このような有様では、いつ王政が定まるかわからない。国内で小競り合いを繰り返しているうちに、外国の侵略を招くことになるかもしれない。我が主君たる慶喜が恐れているのは、まさにその点なのである——。

そうしたことを、剣戟《けんげき》を浴びせるかのような気魄《きはく》を込めて述べてやった。

大原は絶句して一言もない。

勝は言った。

「願い奉るは、朝廷のご処置が正大であらせられることです。もしご不正の行動に出られたときは、天下の人心はどうすればいいかわからなくなります」

朝廷が後ろ盾についているからといって何をしてもいいわけではない。たとえ朝臣として兵を率いていようとも、不正は不正、咎《とが》を負うべきだと断じてやった。

勝得意の論法である。王政復古は所詮《しょせん》、私利私欲に過ぎないという勝の断定がその根底にある。たいていの者はこれに閉口する。腹が立とうとも反論は難しい。理屈としては勝が正しいからだ。腹を立てればむしろ非を認める形になる。

果たして大原が何も言い返せぬのをいいことに、敢然と続けた。

「罪を憎んで人を憎まず。国民が相争い、海外のあざけりを招いて、何の功がありましょうか。今自分は朝廷の譴責《けんせき》をこうむっていますが、主人慶喜の意を体現し、あえて皇国の不利を思わず、主家の存亡をも思っておりません。慶喜の意中を明察していただけるならば、我が身は死んでも構わないのです。いわんや、主家の転覆するを見捨て、朝廷に仕え奉るは、最も不義の賊であります」

お前たちの無思慮で無分別な策略など、唾棄《だき》してくれる。そういう思いを込めて告げた。

唖然《あぜん》としていた大原が、ようやく我に返ったように言った。

「……お主は、どうやら大任を帯び、気を昂ぶらせているようだ。落ち着いてことを進めるためにも、まずは酒杯をかわそうではないか」

呆《あき》れたことに、何拍も遅れて懐柔しにきた。

お話にならない。あるいは懐柔するとみせかけて殺しにくるかもしれない。そういう短絡的なところが垣間見《かいまみ》えた。

「ご厚意には大いに感謝します。ですが、ご麾下《きか》の兵は殺気立っており、私は門を出るとき、撃ち殺されるかもしれません」

酒杯を拒まれた大原が、目を丸くした。勝を油断させて殺そうとおもっていたかどうかはわからない。会ってから決めようという悠長な考えだった可能性もある。なんであれ、少なくともこれでその手は使いづらくなった。

勝はいよいよ声に気魄を込めて言った。

「殺される前に言うべきことを申し上げましょう。あなたの部下は臆病《おくびょう》です。私は誰も伴わず、ただ一人で来ているのに、隊伍を整えて私を睨みつける。何をさように恐れているのでしょうか」

大原はすっかり白旗を揚げた。面倒きわまりない男を招いてしまったと後悔したかもしれない。勝に護衛をつけ、さっさと蟠龍丸に帰してくれた。

これで大原の方は片がついた。

次は、イギリス公使パークスである。こちらは会うのに手間取った。日曜日だということもあってか、まず通訳のイギリス人が出てきてこう告げた。

「公使が面会するのは閣老のみである。あなたは軍艦奉行ではないか」

勝はここでも相手を一喝した。

「何を言っている。老中も若年寄も今や出仕せず、邸に閉じ籠《こ》もっている。私は軍事取扱として万事を総裁している者だ。なんで国家の大事を相談できないわけがあろうか」

だが通訳の男はろくに話もせず引っ込んでしまった。

――何の冗談だ？

徳川方を門前払いにする理由はないはずである。もしあるなら、ここでそれを見極めねばならない。

こういうとき単身は楽である。いちいち相談せずとも自分の行動を決定できる。ここは退《ひ》くべきではないと決め、勝は玄関に座り込み、そのままじっと待つことにした。

そうしながら、相手を最も動揺させる言葉を脳内で練った。

やがて通訳がまた現れて尋ねた。

「いったい何の用だ」

勝は用意していた言葉を放ってやった。

「貴国の海軍教師との契約を解除する話が残っている。その決着をつけるために私はここに来ている」

通訳が慌ててきびすを返した。パークスに報告するためだろう。イギリス軍人との契約を捨てるということは、他の国に依頼し直すということを意味する。なんなら、勝自身がいったん追い出したフランス軍人を、再び招いてやるぞ。そういう脅しだった。

すぐにパークスが現れた。

「長時間待たせてしまったことをお詫《わ》びする。通訳があなたの名前を告げなかったのでわからなかったのだ」

どうやらただの手違いらしいが、本当かどうかはわからない。勝が何者で、どのような働きをしてきたか、パークスは把握しているはずである。

今まさに官軍側の誰かと何かを話していて、それを勝に見られないようにしたのかもしれない。なんであれ勝は深くは追及せず、さらに用意していた言葉を口にした。

「海軍教師の件は、灯台の建築とともに新政府が引き継ぐでしょう。向こうとよく話し合って下さい。それと、横浜天主堂《てんしゅどう》に出入りしていた日本人のキリスト教徒は、当方で解放済みですのでご心配なさらず」

どれもイギリス側が懸念していたであろうことがらである。

「ありがとう、安房。ありがとう。自分たちが大変なときに、我々にも気を配ってくれるとはありがたい限りだ。さ、ここで少し休んでいってはいかがか」

「それこそ、まことにありがたいことですが、これから各国の公使を訪れ、今しがた貴兄に申し上げたことをお伝えせねばなりませんので」

パークスがかぶりを振った。

「そんなことは当方で連絡します。あなたは大変疲れているようだ。ぜひここで休息をとっていかれよ」

あくまでイギリスこそが、各国と日本の仲介役を担っているのだという体裁を守りたいのだろう。勝はその魂胆を見抜きながら、パークスの思い通りに任せることにした。

何しろ、他ならぬこの男が、官軍に不戦の選択を突きつけたのである。

西郷も、ただ勝に説得されたというのではなく、イギリスからの強い要求があったということを大いに活用し、新政府を説得するはずだった。

それに、勝にはここで一つ、重要な点をイギリス側に確認しておかねばならなかった。

その点について勝がほのめかすと、パークスが即承諾した。

「今、我が国の軍艦アイアン・デュークが入港しているので、艦長と話し合いをされてはいかがですか。艦長を呼びますので、ともに夕食をとりましょう」

勝は礼を言ってその通りにした。

艦長はケッペルという名で、一艦の指揮官ではなく、イギリス極東艦隊の司令長官という立場の男であった。

パークスとこのケッペルとともに夕食をとりながら、

「イギリスの艦をあと一ヶ月、横浜に滞在させて下さい」

と言って、これを勝は二人に約束させた。

ケッペルは快く承諾してくれた。パークスも異存はない様子である。

これは、新政府があくまで徳川を滅ぼす、と決定したときのための措置だ。

慶喜が処刑されるということになったならば、すぐさまケッペルの艦に慶喜を乗せ、遠くイギリスへ亡命させる。それが勝の考えだった。城中では他に、大久保や田安侯がこのことを勝から聞かされ、危急のときはやむを得ざる措置と認めていた。

こうして横浜での仕事が終わると、勝は人を遣わして、房総《ぼうそう》の漁船を借り上げる段取りを整えさせた。その支度金として百両ほど費やした。

戦火の際に人民の避難に用いる船である。まだ焦土戦術の構えを解いたわけではない。無事に全てが決着するまでは、いつでも火を放てる態勢を維持すべきだった。

二十九日、島団右衛門が人を連れて、再び勝の自邸を訪れた。

「大原様より勝殿へ、勤王すべし、との言葉を預かっております」

徳川方を裏切り、新政府と天皇に忠誠を誓え、というのだ。勝は淡々と聞いていたが、

——今になっても、まだそんなことを言ってんのかい。

内心ではつくづく呆れていた。

それでも丁寧に説諭してやった。下手に動かれ、江戸市中の暴発の引き金になられても困るからだ。

「いいかい。勤王、勤王と言うが、天下に一定の見解はないんだ。そもそも己の主人に尽くすのが勤王じゃないか。どのみちほかに道があるかい。諸侯方はしきりに勤王と言うが、いったいそれは何のためなんだね。まことに国家のためか。それともご自分のためであろうか。納得のゆかぬこった」

島とその連れが困惑するのを、勝は冷淡な気持ちで眺めた。こう明白に「私利私欲

で勤王を唱えている」と言われて、激昂《げっこう》しないだけましだった。もちろん彼らの言う勤王とは、新政府に仕えよという意味なのだが、勝は、すでに慶喜のもとで勤王しているから自分の都合で王を替えたりしないと言い返したのである。

そうやってただ追い返すのも勿体ないので、勝は彼らをそれなりに歓待してやった。そうしながら、西郷の動向をさりげなく訊いた。

「あの方は昨日、神奈川に到着されています。大原様は、西郷様がイギリス公使と面談するのだと言っておりました」

貴重な情報である。官軍の内部にいる人間の言葉だから疑う必要もない。

――意外に役に立つじゃねえか。

島たちには、そんな勝の内心がわからないらしい。激しく反論したかと思うと、急に歓待してくれる。彼らからすれば、摩訶《まか》不思議でつかみどころがないこと甚だしいのだろう。

「一つ率直にお尋ねしたい。勝殿は、やはり慶喜公を主人と思われているようだが、徳川を立ててあくまで守りたいのか、それとも潰《つぶ》したいのか、どちらなのでござるか？」

島が訊いた。心底疑問に思っているようだった。

勝もまた本心から答えた。

「おれの主人はね、日本国民なんだ。おれたちがいたずらに騒ぐしかないなか、じっと我慢して、このあとの国を担ってくれるはずの、全ての日本人さ。だから、まあ、こんなざまになっても働き続けていられるってわけだね」

島たちは、ほう、と勝の視野の広さを称《たた》えるような呟《つぶや》きを漏らしたが、

「で……その日本人というのは、具体的に、どの藩とどの藩の者のことをおっしゃるのですか？」

そう尋ね返すところが、彼らの思考の限界を如実に示していた。

勝は、黙って微笑み返した。勝手に想像してくれと態度で答えていた。

それで終わりだった。勝は、結果的に情報をもたらしてくれた島たちを、友好的な雰囲気のなかで丁重に帰した。

翌三十日、さっそくサトウがイギリス軍人とともに勝を訪れ、こう教えてくれた。

「西郷殿は今、江戸の池上にいます」

池上の官軍本営である。重要なのは、どのような決定を携えて戻ったかだった。

西郷がパークスに、その決定内容を告げたことはわかっている。イギリスの反感を買わぬよう、西郷の口から、パークスの言う万国の法に適った道筋が語られたはずだった。

「それで、西郷さんはなんと――」

勝が緊迫を隠して訊《たず》ねるのへ、

「京で、徳川の処分を寛大にすることが決定されたと。ミスター・パークスからは、納得のゆく決定であったと聞いています」

サトウが実にあっさりと答えた。

思わず膝《ひざ》を叩《たた》いて快哉《かいさい》を叫びたくなった。

寛大。

本当にそうかどうかはまだわからない。だが他ならぬ西郷とパークスがともに寛大であると納得したのだ。大いに期待していい内容のはずだった。

――どうにか報われたか。

その夜、勝は山岡と杯を交わした。

「ご苦労様です」

山岡が言った。鉄魂の男の端的なねぎらいが、勝にはひどく嬉しかった。

「これからまだお互い、ひと苦労、ふた苦労はあるだろうよ。でもまあ、主君の首を救ったんだ。おれもあんたも、悪かない働きをしたじゃないか」

勝はそう言って杯を干した。美味《うま》かった。いっとき死んだ者たちの顔がよぎったが、久方ぶりに吐き気は起こらなかった。彼らとも杯を交わしている気分だった。

よくやった。死者がそう言ってくれている気がした。それは、この危急の時代において最高の賜りものだ。つくづくそう思った。

三

ますます大勢の官軍が江戸市中に入り込んでくるなか、京での決定を西郷が持ち帰り、大総督府および先鋒総督府において、通達の段取りが整えられた。

芝増上寺《ぞうじょうじ》に入った東海道鎮撫総督の橋本実梁が勅使と定められ、江戸城に入って勅《ちょく》諚《じょう》を告げる役目を負うこととなった。

四月四日が入城日と定まり、二日に布告した。勅使の道行きに万一のことがないよう、武家屋敷の門を閉じさせ、静謐《せいひつ》なるよう徳川方に指示し、街の辻々《つじつじ》に官軍の兵を配して警護にあたらせた。

橋本に従うのは参謀以下、三十名ほどである。きわめて少人数といえた。たやすく捕虜にされ、あるいは殺される人数である。彼らの決死の覚悟が表情からも装いからも窺《うかが》え、かえって幕臣たちも一切手が出せないような緊迫ぶりであった。

そうさせたのは西郷である。このとき城外警視に徹していた勝は、あとで山岡や大久保らから勅使入城の様子を聞き、

「まったくさすがとしか言いようがないねえ」

西郷の判断と実行力を、心から頼もしく思ったものだった。

さらに、勅使の随員として入城した西郷が、いっとき、作法にならうべきか逡巡《しゅんじゅん》をみせたという。

腰に差した刀をどうするか。腰に差した刀を外して預けるのが作法である。殿中で刀を所持できるのは大名だけだった。

西郷は腰から刀を外したが、それを人に預けて丸腰になるのも不穏当である。迷った末に、刀を手で引っ提げるのではなく、胸に抱いて入っていったという。

勝者の驕《おご》りをいささかも見せない。むしろ滑稽《こっけい》に思われることを厭《いと》わず、敵地の中心に、礼を尽くして歩み入ったのである。

ことここに至っては、勝は、西郷ら勅使と交渉することも、対面することもない。軍事を司《つかさど》る者は退き、あとは御城の面々に任せるのみだった。

勅使を迎えたのは、慶喜を除く、徳川方の首脳陣である。田安殿こと田安慶頼《よしより》を筆頭とし、大久保らその他重臣と、一橋茂栄らも列座した。

勅使がもたらした京都新政府からの回答の内容は、

「これは決定であり、今後、嘆願哀訴等は一切聞き入れない」

というものであった。

まず第一条において、慶喜の処遇が決められた。

天朝を欺き、兵力をもって皇都を犯したため、追討の官軍を差し向けたところ、恭順、謹慎の意をあらわしたこと、徳川家には治国の功績があること、ことに水戸大納言（斉昭《なりあき》）は勤王の志が厚いことなどから、次の条件を実行する限り、

「死罪一等宥めらるるのあいだ、水戸表へ退き謹慎まかりあるべきの事」

とされた。

以降の条文は、次の通りである。

第二条、江戸城は、尾張藩へ明け渡すこと。

第三条、軍艦、鉄砲は引き渡し、徳川の石高が決まれば相当分を返す。

第四条、城内居住の家臣は、城外へ退き、謹慎。

第五条、慶喜の謀叛《むほん》を助けた諸侯は、重罪につき処刑すべきだが、寛典をもって死一等を宥められる。ただし万石以上の大名は、朝裁をもって処置が決する。

勝にとって、報われたと言っていい結果である。

期限は四月十一日。

田安は勅諚を受けた。むろんのこと、反論も抵抗もない。勅使は無事に城を出て、

それぞれの陣へ戻っていった。

田安は、慶喜に勅諚の内容を告げ、受諾の意向を確かめた。

それから、七日に勅諚を奉ずるとする文書を作成し、先鋒総督府に届けさせた。

降伏条件を全て受諾する、と返事したのである。

慶喜が水戸へ退くのは十日と決まった。すぐさま供が選別され、出発の段取りが整えられた。

城内外の各部局は、もっぱら田安邸へ移されることとなった。

受諾の七日には、慶喜に荷担したとされる諸侯の蟄居《ちっきょ》や閉門などの決定が下された。

勝の仕事は終わった。

そのはずだった。

だが八日、大久保一翁から手紙が来た。寛永寺に呼ばれ、慶喜より直々に、勝を連れて先鋒総督府の参謀と交渉してこい、との命を受けたので一緒に来い、という。

「軍艦、武器弾薬、城のことにつき、難題があり、これを解決せよ」

とのことである。

――やっぱり、もうひと苦労あったか。

ふーっと禅の息吹を行いながら、勝は抱きかけた達成感を体外へ追い払った。

受諾しておきながら、その裏で交渉を再開させるというのが、なんとも慶喜らしい。

だが実のところ、新政府側も実行を迫ってはいるものの、決定していない点が幾つもあるのである。

第一に、徳川の石高だ。どこを拠点とすべきかも明示していない。

慶喜と徳川首脳陣の狙うところは、江戸城を変わらず拠点としながら、天領四百万石の半分である二百万石を維持することだ。

新政府側は、おそらく内々ですでに処遇を決している。それが勝の読みである。だがそのまま発表すれば、猛反発を受けて戦火が勃発《ぼっぱつ》するかもしれない。だから事態の推移を見定め、徳川方が抵抗できない流れのなかで石高を告げる。そういう段取りだろう。

慶喜もそう読んでいるはずだった。まだ交渉の余地がある。新政府がまごついている間に、徳川に有利な条件変更を実現しろ。それが大久保と勝への命令だった。

一方で新政府側が示した、尾張に城を預けるというくだりが慶喜の危機感を煽《あお》ったのだろう。慶喜を隠居させたあと、徳川宗家の相続を、尾張の幼主に決定する気かもしれない、と思ったのだ。

もしそうなれば徳川家の内紛につながる。官軍に真っ先に降《くだ》った尾張への幕臣たちの怒りはいまだ燃え盛っており、危険な事態に発展する可能性については、勝も承知するところだった。

第二に、諸侯の処罰である。これも棚上げされている。おそらく会津と桑名を寛典に処することに、抵抗する者たちがいたのだろう。新政府の決定を待てということだが、一歩間違えれば、すぐさま戦が勃発しかねない。

難題ばかりだが、今の勝が差配しうるのは、軍艦と武器弾薬に関してである。それらが戦に用いられれば、これまでの勝の交渉が無に帰す。

さりとて全て官軍に渡せばいいというものでもない。西郷との交渉ではっきりしたように、軍艦はとにかく梃子《てこ》入れに用いることができる、徳川方の切り札である。この軍艦の扱いを中心に据えながら、城と武器弾薬について再交渉をはかることになる。

大久保一翁からは、海軍と陸軍からの要望がまとまったので、書面になって届くということが伝えられた。それを検討し、それから池上へ赴いて、西郷や他の参謀たちに会おうというのが大久保の考えだった。

果たして、翌九日にそれが届いた。

届けてくれたのは陸軍副総裁の白戸《しらと》石介《せきすけ》という、空白だった陸軍首脳に勝が据えて働かせている男だ。

要望は下記の通りであった。

城を尾張に預けることに反対する。

軍艦と武器弾薬をいったん全て取り上げられることに反対する。

徳川宗家を尾張の幼主に相続させることに反対する。


とにかく全て反対だった。

——どっかで見たようなのが来たな。

西郷が山岡に渡した条件に対する、徳川方の返答にそっくりだった。何も認めない。なんとか押し通せ。その上で、くれぐれも戦にはするな。

無茶苦茶だった。だが無茶をするしかない。西郷との交渉で勝が大いに押し通したことで、慶喜や軍の連中に期待を抱かせているのだろう。

——交渉に成功すればするほど己の首を絞めることになるか。

まだ押せる、勝に任せれば押し通せる。あまりそう思われては厄介だった。官軍の方がそれで強硬になるかもしれない。押し通しても強硬にはならないという確証をつかむ必要があった。

——イギリスはどう判断している？

西郷が直接パークスのもとへ赴いたからには、今後、徳川方と戦をしても諸外国との軋轢《あつれき》にならないようはかったに違いない。イギリスが反対しているのだから官軍は攻めないはずだと信じるのは危うい。

——人質は使えるか。

大奥の女性陣のことは大いに官軍の重荷になっているはずである。さらに大総督ら重鎮が江戸に集まってきている。戦になったときの人的損失は計り知れない。少なくともそういう印象を与えることはできる。

——江戸市中の鎮撫《ちんぶ》。

ふとその点に思い当たった。西郷との交渉では官軍が江戸を鎮撫するということだったが、今のところなし崩し的に徳川方や幕臣が江戸鎮撫の任に就いている。ここを突破口にできないか。勝は脳裏でその算段を幾通りも思案してみた。存外、いけそうだと思った。

ほどなくして大久保が来た。

「難儀であることを盾にするほかあるまい。無理を押せば、兵の暴発は免れぬ」

という大久保の意見に、勝は同意した。

「向こうも難儀であることは承知でしょうからね。彼らは、江戸のような馬鹿でかい街を統治したことがないんですから。どうすればいいか、こっちから教えてやりましょう」

勝が算段を話すと、今度は大久保が同意した。

「ではそれでやってみよう」

これまで勝に任せっきりだった分、大久保も大いにやる気だった。

勝は大久保とともに池上に赴き、官軍参謀の二人と話した。西郷は欠席である。あまり勝に近いと思われては官軍内部で立場が悪くなるからだろう。代わりに応対したのは、東海道先鋒総督府参謀の海江田信義《のぶよし》と木梨精一郎である。

海江田は、かつて水戸藩に出入りして勤王思想を学んだ男だ。西郷を補佐し、江戸城明け渡しに関しても影響力を持っている。

まず、慶喜が懸念を抱く尾張について探ると、

「徳川を尾張に相続させることはないでしょう。少なくとも私は聞いておりません」

海江田はあっさり言った。

勝と大久保からすれば、肩すかしもいいところである。慶喜や徳川首脳陣ならびに海陸軍の面々の疑心暗鬼に過ぎなかったのだから、交渉の必要すらなかった。

「城を尾張に預けるというのがそれほど緊迫を招くのでしたら、そちらも変更を考慮しましょう」

海江田の方から、そう言ってくれたものである。

問題は軍艦と武器弾薬だった。

勝と大久保は、これらについて、要望を押すというより、こうしてはどうかという提案のかたちで切り込んでいった。

「軍艦についてですが、まずお渡しするのは軍艦だけで、輸送船のたぐいについては据え置いて頂くというのは、いかがでしょうか」

そうすれば海軍の抵抗もそれなりに緩和されるだろう、と大久保が言った。実際はそんなはずもないのだが、とにかく認めてもらえれば、そののち、どれが軍艦で、どれが輸送船か、という点で再度の交渉が見込めるという算段だった。

海江田と木梨は、この提案を受け入れてくれた。

次は武器弾薬である。勝は機を見て、

「武器などは、数もわからないほどあります。さしあたって不要の分は、各屯所に集めさせますので、お渡ししたいと思います。ただ、歩兵は洋式をもって組織した者たちが多数おり、彼らは実のところ農兵です。およそ八、九千はおりましょうか。彼らから武器を取り上げるのはよいとして、その後、給与もなく解散させたところで、自ら郷里に帰る者はおりません。たちまち押し込み強盗など賊となり、市中で狼藉の限りを尽くすでしょう。我々は恭順し、慶喜は禄地《ろくち》を朝廷へ奉還しておりますので、給与を支払えません。武器をお渡しする際に、兵もともに引き取って下さい」

海江田も木梨も、勝の淡々として現実味に満ちた言い分に、黙然とした。

武器を取り上げれば、一万近い賊徒のような連中を自分たちの手で放つことになる。言われてみればそうだ、と思わされている様子だった。徳川が彼らを養えないというのも道理である。

海江田が難しそうに唸《うな》りながら言った。

「言われる通りですな。貴公ならばいかに処置されるか、お聞かせ下さい」

勝の目論見《もくろみ》通りの言葉が来た。大久保がぎょろりと目を勝に向けた。勝は内心の笑みを隠して、涼しい顔で告げた。

「武器を持った兵が屯所のどこに何人いるか、役人にとりまとめさせます。数が明らかでないところは、この大久保が田安邸にいる役人を指揮して整頓《せいとん》します。貴公らはその書類を確かめ、問いただせばよろしいのです。上官たちを入城させて、引き渡しの式もしましょう。そうすれば人々は安堵します」

海江田がうなずいた。多数の武器弾薬と数千人の引き渡しを書類上で済ませるというのが、彼らにとってもきわめて現実的な算段であると思ったのだ。何より全てが書類化されているという、江戸の巨大な官僚機構に圧倒されている様子だった。武器と兵をそっくりそのまま渡されれば、彼らの方こそ大混乱をきたす。大都市での政治経験がないという、彼らの弱点を正確についた勝の算段は、上首尾の結果となった。

結果、ここでも徳川方は事実上、何も官軍に引き渡さないという状態を保持した。

勝と大久保は、ついでにもう一つ、押し込むことにした。

「また、城の明け渡しについてですが、兵を引き連れて現れないで下さい。少人数であれば、接収ではなく検分という風に見えますので、こちらの兵の暴発を防げます」

勝のその提案も、海江田と木梨は速やかに受け入れてくれた。

「総督府で相談し、そのうえでお答え申し上げます」

海江田はそう言ったが、反対する気配はまったくなかった。

結局、勝と大久保の要求は、全ていったん受け入れられる見込みとなった。

——おれも、まあ、なんて働き者なんだか。

ここでも自分を誉めてやりたくなった。だがその勝の思いを粉砕する者がいた。他ならぬ徳川慶喜その人であった。

四

勝は池上を出て、寛永寺へ赴いた。慶喜に報告するためである。

大久保は、ただちに兵を引き渡すための書類を用意しなければならない。代わりに勝が報告の役を担った。内心では、今年に入ってからの戦争回避の働きに自信があり、主君である慶喜から労《ねぎら》いの言葉の一つもほしいという、ある意味で非常に武士らしい気持ちがあった。

だが慶喜は感謝をしなかった。

勝の働きを誉めなかった。

慶喜は六畳の小部屋に謹慎し、正月以降、ろくに身の手入れもせず、食も細るばかりだという。青白い頬をこけさせ、如実に睡眠不足を語る腫《は》れぼったい目を勝に向けた。

そして、勝が池上での交渉の内容と結果を告げると、たちまち不機嫌になり、

「なんということをしてくれたのか」

と言った。

勝は口をつぐんだ。さあっと体が冷えるのを感じた。怒りか嘆きかわからないが、慶喜の一言で血の気が引くのを覚えていた。

「そんな手はずで進めたら、たちどころに我が足下で災禍が起こるだろう」

慶喜はいかにも恨みがましい調子で、勝を責め咎める言葉をくどくどと口にした。

「その方の処置は、はなはだ粗暴である。果断に過ぎる。その方は談判をまったく、少しも、順序正しく行っていないではないか。予の心に従わぬままに死ぬつもりか」

涙を流しながら延々と批判を続ける慶喜を、勝は虚脱する思いで眺めていた。

改めて、この人はこういう人であったと勝は思い知った。

慶喜にとって、全世界はその怜悧《れいり》な頭脳のなかにしかない。きっとその脳裏では、自分であればこのように見事な論理で解決したという自賛に満ちた想念があるのだろ

ない。それにそぐわない現実はいささかも認めない。自分が悪いなどとはまったく思わない。

確かに粗暴かもしれない。江戸に火をつける用意をした上で交渉に赴いたのだから、慶喜からすれば粗暴きわまりないだろう。

では鳥羽・伏見の戦いは粗暴ではなかったか。あれが引き起こされたとき、逃げ帰るしかなかったあなたは何なのだ。

もう少しでそう言い返しそうになり、口をつぐんでいろと自分に命じた。だが駄目だった。殺されても知ったことかという激情が噴出した。

「我が君よ」

勝はその言葉を、切々とした憤激という矛盾した思いを込めて口にした。

慶喜がぎょっとなり、涙で濡《ぬ》れた目をみはって勝を凝視した。

「そのお言葉は誤っておられます。二月に恭順をご決心された際、大事を任す人はなく、私は微力であるために、大命をお受けしませんでした」

己の目にも涙がにじんでいたかどうかはわからない。そんなことは構わず言い放った。

「しかるに強いて命ぜられ、今日に及んでおります。そのとき私は申し上げました。今日よりのち、大事に及ぶとも、決してご指令をお受けいたしませぬと。我が君は、もとよりそのつもりであると仰せられました。今、言上するのは、我が君のご胸中を恐察し、黙止できないためです」

こちらは無理やり尻《しり》ぬぐいをさせられたのだ。しかも、委細を任すという言質もとっている。それでも本日こうして報告に来たのは、あなたの心のうちを察してのことであり、お叱りや批判を受けるためではない。

そう面と向かって告げたのである。

慶喜は何も言わない。唖然として勝を見つめるばかりである。その眼差《まなざ》しには臣下の怒りを理解する様子はなかった。まるで、勝が急に見当違いのことを叫びだしたため、言うべきことが見当たらないというようであった。

勝は言った。

「江戸城府下、百万の民、生死の分かれ目の一日が眼前に迫っています。今日に至って、あえて恐懼《きょうく》して我が行いを悔いることがありましょうか」

今このとき、お前になど遠慮していられるか。

長い徳川家の歴史のなかで、主君にこれほどの啖呵《たんか》を切った家臣は、勝をおいてほかにいないだろう。

しかも勝は言いきるなり腰を上げ、呆然《ぼうぜん》とする慶喜に背を向け、ずんずん足音を立てて退室してしまった。

自邸へ戻る間も、はらわたが煮えくりかえるようだった。こういうときにもし誰かが斬りかかってきたら、うっかり殺傷してしまいかねない。そう考え、馬丁に刀を預けた。もう撃たれても構わないという気持ちで騎乗していた。

だが何ごともなく帰宅し、自室で大の字になるや、

——終わった。

なんとも複雑な思いが込み上げてきた。悲しくもあり腹立たしくもあった。

明日の城明け渡しの警護を終えたら、御役御免だ。そう思った。慶喜とて、あれほど言われては、二度と勝を使おうとは考えないだろう。

「せいせいしたよ」

呟くと、苦笑が零《こぼ》れた。

家臣のことなどなんとも思っていない主君。

主君のことなどなんとも思っていない家臣。

考えてみれば、それはそれで歯車が嚙《か》み合っていたのかもしれない。

だがそれも、ここまでだった。

勝は寝っ転がったまま禅の息吹を繰り返し、心に起こる様々な思いを味わい、やがて本当に清々《すがすが》しい気分に満たされた。

五

——おれも律儀だねえ。

勝は我ながら馬鹿馬鹿しい気分で馬に乗り、夜の城外を巡視していた。

自邸でふて寝していてもよかったが、城の明け渡しが目前とあって気が昂ぶり、結局、こうして働いている自分がなんだかおかしかった。自分に一存があるうちは、自分の好きにさせてもらおう。自分のことなのに、他人のようにそう思った。

そしてそんな自分を、暁闇《ぎょうあん》のなか、巨大な江戸城は、ひどく無関心に眺めているように思われた。

その江戸城に向かって、

「あんたもこれで、御役御免かもしれねえな」

そう言ってやった。

今頃は、慶喜が水戸への出発の準備を整えているだろう。

つくづく、あの殿様とは喧嘩《けんか》別れの運命にあるようだ。長州征伐のときから何も変わらない。

そんな物思いにふけっていると、いきなり兵に出くわした。新橋《しんばし》の辺りである。一見して官軍とわかった。芝の増上寺から出て来て、続々と江戸城へ向かっていくところだった。

約束が違う。官兵が近づいてくるのを見て勝は内心で舌打ちした。

「何者だ。みだりに通行する者は見逃さぬぞ」

官兵が、勝の馬のくつわをつかんで言った。

「軍事取扱の勝安房守という者だ。総督府と談判し、本日のお城明け渡しに備え、城外巡視を行っている」

官兵は、勝が単独であるのを訝《いぶか》しんだようだった。するとそこに、官軍の小隊長らしき者が来た。どこかで勝の顔を見知っていたのだろう。こちらを一瞥《いちべつ》して言った。

「貴公の巡視のことは了解した。すぐにここを通られよ」

勝は馬上からその小隊長らしき者へ尋ねた。

「これはどういうことですか。御城の明け渡しには官兵を入れないと、海江田参謀ならびに木梨参謀より言質を頂いているのです」

「そういうことは、我々には伝わっておりません」

相手はそう言い、他の兵たちと一緒に御城へ向かっていった。

勝はすぐさま馬を駆けさせた。向かう先は海軍所である。

そもそも勝と大久保のはかった段取りで、海軍も陸軍も大人しくなるはずがなかった。榎本武揚のもとに海陸軍の抵抗派が集い、城の明け渡しの前後、慶喜が江戸を去ってのち必ずや一戦すべしと誓っていたのだ。

榎本は必ずしも蜂起を奨励してはいなかったが、過激な抵抗派を放置しておくことも不穏な事態を招くとして、手元に置いていた。

その様子を、白戸石介が慶喜に報告したのだ。慶喜は激怒し、御城の明け渡しが済むまでは水戸には行かないと言い張ったのである。挙兵は慶喜が去ることを前提としていたので、抵抗派もこれで動けなくなった。

そういういきさつを勝も知っている。官兵が約束を反故《ほご》にしたからには、いきり立つ抵抗派がどのような挙に出るかわからない。

――おれの知ったことじゃない。おれはもう御役御免なんだ。

そう自分に言い聞かせたが、馬を駆ることをやめようとはしない。いったい自分はどこまで馬鹿なんだ。そう思ったが、仕方なかった。この身が勝手にそうすべきと自分を決心させてしまっている。ならばそれに従うしかないだろう。そう思い、またぞろ苦笑が零れた。

海軍所に着くと、果たして士官がことごとく列をなし、爆発寸前の状態であった。

榎本もおり、勝の姿を見るなり、

「止めに来たのですか」

と言った。

――脱走する気か。

官軍と一戦するため、徳川艦隊を率いて沖に出ようというのだろう。勝がその制止を命じられてきたと勘違いしたらしい。

「こっちは徹夜で御城の警備をしていたんだ。おれも馬も疲れ切ってる。粥《かゆ》を一杯ちょうだいして休ませてもらえないかと思って来たんだよ」

このような状況で、しれっと言い返せるのが勝だった。艦隊が出ていこうが知ったことじゃない。むしろ良い判断だと思った。暴れ出しそうな連中も、海に連れていってしまえば榎本が指揮しない限り何もできなくなるのだ。

「風が強いな」

勝が明け行く空を見て言った。榎本もつられてそうした。

「艦の引き渡しには不向きな風だ。やむまでどこかへ艦を移動させた方がいいかもな」

あえて艦隊を沖に出させようと仕向けていることに気付いたらしく、榎本が笑みを浮かべた。勝は榎本と一緒に声を抑えて笑った。勝は慶喜と幕閣、榎本は抵抗派。それぞれ重荷を抱えながら、最善の道を求めてきわどい日々を送っているのだ。

榎本が自分の部屋に勝を案内し、粥と茶を振る舞ってくれた。

「兵は抑えられそうかい」

勝が訊いた。

「どうにも危うい状況ですな。官軍から何の申し開きもないのが大変よろしくない」

「御城の引き渡しであっちは大忙しなんだろう。今すぐ軍艦を寄越せとは言ってこやしないよ。とにかく落ち着こう」

そこへ、一人の男が海軍所に駆け込んできたという報せがあった。

「薩人です」

というので勝と榎本が急いで行くと、そこに見知った男がいた。

勝がとらえ、交渉の最初期に山岡とともに駿府へ向かってくれた益満休之助であった。

益満の周囲には幕兵が集まっていたが、

「やあ、益満さん」

勝が榎本とともに出ていって益満に声をかけると、人の群れがさあっと引いた。

益満は汗みずくの顔で丁寧に頭を下げた。

「西郷様より命を受け、勝先生を捜して江戸中を訪ね歩き、時を逸してしまいました。西郷様より言づかり、先生に申し上げますには、西郷様は兵を引き連れて城に向かわず、上官五、六人で引き渡しの式を行うつもりだったということです。しかし昨今の江戸の人心は激烈で殺気をふくんでおります。ひとたび引き渡しに過ちがあれば、ことは破れ、再び復旧いたしません。そのため兵を率い入城いたしました。このことによって不測の変あらば、西郷様が自らその責めを負い、徳川氏には災いを及ぼしませぬ」

幕兵はしーんと静まり返っている。大軍を率いて有無を言わせず占拠するつもりはなかった、とわざわざ官軍から詫びてきたのである。しかもその責任は官軍側がとると言う。西郷という官軍の将の気遣いに、はからずも胸を打たれた様子であった。

「この儀を確かに勝殿に告げよとの申しつけでありましたが、先生の居所がわからず、お知らせ申し上げるのが遅くなりました。願わくは諒察《りょうさつ》してたもんせ」

最後のところで急に薩摩弁になった。そうしてひととおり述べ終えると、すぐさま勝に暇乞《いとまご》いをし、去っていった。

その後ろ姿を見ながら、榎本が兵たちに聞こえる声で言った。

「義あり、信あり。我が及ばざること遠し」

兵一同、まったく同感だというような顔でいる。

勝は益満を見送ると、海軍所の一角に腰かけ、御城を眺めやった。

実に、一滴の血も流れず、開城となった。

どっと疲れが襲ってくるのを感じ、思わず深々と溜息をついていた。

——これで、御役御免だな。

心のなかで、自分と御城の両方に、そう言ってやった。

第六章　戦火勃発

一

慶喜一行は水戸へ去った。

御城の引き渡しは、西郷が軍を率いてこれを完遂させた。

かくして無血開城が果たされた。

が、事態は今なお終結を迎えてはいなかった。

江戸城が明け渡された十一日の夜、榎本率いる艦隊が一斉に館山《たてやま》へ脱走した。それまでは、風の強さを理由に引き渡しを延期していたのである。

その前後から、陸兵が小部隊に分かれ、続々と脱走していった。

二千人もの大部隊が下総国府台《しもうさこうのだい》に集結し、日光《にっこう》を目指して北上。別部隊が房総や常陸《ひたち》へと展開していった。

ちょうど東山道先鋒《とうさんどうせんぽう》総督府が、会津を睨《にら》むべく宇都宮《うつのみや》城の確保に向かっていたところへ、旧幕府の兵士が北上し、戦火が起こった。官軍が敗退する局面もあったらしい。

脱走艦隊の方は、官軍の海軍にはどうすることもできず、東海道先鋒総督府の扱いとなり、大総督府もこの対処に加わった。

大総督府は、大総督宮熾仁親王の江戸城入りを控えており、早急な解決を必要としていたのだが、その頃、勝は自邸でごろごろしていた。

大久保らに自ら謹慎を告げ、昨年末同様、引っ込んでいたのである。

大総督府は脱走艦隊について、勝の協力を求めているが、謹慎中と聞いて遠慮している――と大久保が手紙で教えてくれた。

別の手紙で、

「釜次郎とは榎本のせがれであろうか。榎本はどうしているか知らないか」

と大久保が尋ねてきたのには、思わず笑ってしまった。

いま榎本は、和泉守という官名を捨て、釜次郎という通称を使っていたのだ。榎本と親しくない大久保が、息子と勘違いしたわけである。

どうやらこの分だと、近いうちに引っ張り出されそうだった。

――御役御免、御役御免。

心のなかで唱えたが、そうはいきそうもないことを感じていた。

果たして、勝を呼び出すための正式な通達が来た。

慶喜からではない。

東海道先鋒総督府から、田安慶頼に、脱走艦隊の取扱を大久保と勝に委任するとのお達しがあったのだった。

官軍が、旧幕府の家臣に直々に委任したのである。まさに非常事態だった。それほど彼らには手だてがないのだ。官軍はともかく西郷が困っているのを放置しておくわけにもいかず、勝は重い腰を上げた。

十六日のことである。

なんと五日足らずの謹慎だった。これでは謹慎とも呼べない。

勝は海軍所に行くと、榎本あての手紙を書いて、脱走した艦まで運ばせた。

――老朽艦をくれてやれ。官軍はそれでひとまず満足するだろう。

それが勝の算段だった。大久保も承知している。

田安や徳川首脳陣からは、軍艦を新政府に献上しようと考えているのだが、どうだろうと意見を求められた。勝はこれに反対した。榎本は断じて認めないだろう。

榎本の真意は、官軍に一矢報いることではない。海上から睨みを利かせ、徳川有利に交渉が進むようはかってくれているのである。そしてまた、榎本からは手紙で別の計画を伝えられていた。

――蝦夷《えぞ》地開拓。

それが榎本の考えだった。そのために早くも艦の一つを蝦夷地に派遣し、検分を行わせている。目的は、徳川の石高維持だ。削られた分だけ、蝦夷地を開拓することで石高を復活させる。新政府から通達された条文の第三条に「軍艦、鉄砲は引き渡し、徳川の石高が決まれば相当分を返す」とある。石高がなくなった分だけ官軍に渡せというのなら、石高がある分だけ保有してよいということになる。

蝦夷地開拓にどれほど実現可能性があるか、まだ勝も判断がついていない。だが悪い手ではないと思っていた。禄地《ろくち》が失われれば、その分、何千何万という人間が食い扶持《ぶち》を失う。そうした者たちに食い扶持を保証しうる土地があれば、何よりの救済になる。

とはいえ、榎本も今すぐ北方に去ろうというわけではない。

慶喜がどこに安堵《あんど》されるか。徳川の石高がどれほどのものになるか。そうしたことを見届けるのが先のつもりなのだろう。

勝は船に乗って榎本に会いに行った。翌日、品川沖に、脱走艦隊が戻ってきた。八隻。それらが沖に整然と並んで現れるさまに、官軍からどよめきが起こった。

西郷の信義に榎本たちが感嘆したように、今度は、官軍の方が勝の手腕に驚く番で、「どのような手だてを用いたというのだ。あれは人間業ではない」

などと、あまりに驚かせすぎて、かえって脅威の人物とみなされるほどであった。

総督府への艦の引き渡しは、二十八日に実行された。

渡したのは四隻。輸送船もふくまれており、大した戦力ではなかった。榎本は引き続き、強力な艦で構成された艦隊を率いた。勝にとってはいろいろと思い出や因縁のある咸臨丸も、そのなかにふくまれている。

引き渡しの際、勝を通して榎本から要望があり、官軍側はこれを受け入れて念書を出した。

接収した艦を用いて、脱走した旧幕府の兵を攻撃しない、というものである。

気持ちはわかるがそれは約束できない、と普通は返されるところを、勝と大久保が押し込んだのだ。

相手は、二十一日に熾仁親王を江戸城に入れている。その身辺に何かあってはならぬ、江戸が無事に鎮撫《ちんぶ》されているところを示さねばならぬ、という理屈を盾にしてのごり押しだった。

——おれはいったい、なんでまだ働いているんだ？

自分に呆《あき》れたものだが、これでもうあとは知ったことではなかった。艦隊のことは面倒を見た。そもそも艦隊を引き渡す際の艦数には何の根拠もない。いまだ徳川の石高が示されていないからだ。

——このままいけば二百万石以上もあり得るか。

脱走兵が江戸から去り、そこらじゅうで戦闘にひた走っているが、現時点でこれは徳川方の責任ではない。何しろ書類上、すでに武器と兵を一緒くたにして官軍に引き渡したことになっているのである。彼らを統率できない官軍に非がある、ということになる。

新政府側としては、徳川の石高を発表する機会を窺《うかが》っているのだろうが、一向にその好機を得られずにいるかたちだ。それがこのまま続けば、徳川が現状に近い形で存続する可能性がきわめて高くなる。

——おれも両面宿儺《すくな》だね。

これは二つの顔を持った鬼神のことである。自分が鬼神に等しいと言っているのではない。顔を二つも持っていながら、一人の人間としてよく成り立っているものだと我がことながら感心しているのである。

かたや武士階級などいずれ消え失《う》せ、幕府も諸藩も解体されるべきだと考えている己がいた。かたや徳川家存続に尽力し、主君からの称賛を心の底で欲する武士の己がいた。

一方では、将来の日本国民が諸外国と対等に渡り合えるようになるには、幕府も諸藩も解体されねばならないという思いがあった。他方では、現実問題として人々の食い扶持を維持してやるためには禄地がなければならないという思いがあり、これには己と家族のこともふくまれている。

——まあ、それにしたって、あとは成り行きに任せるさ。

勝は再び自邸に引っ込んだ。

二十九日、西郷は軍艦接収が一段落したことを受け、また京へ戻った。

勝や大久保がこれまでごり押しで進めてきたことを西郷がほぼ独断で受け入れてきたのだが、いよいよ官軍内部から疑念が噴出し始めていたのである。

それでも西郷なら大丈夫だろう。勝はそう楽観していた。

海陸軍の脱走も、城の明け渡しも、慶喜の水戸謹慎も、ひとまず落ち着くところに落ち着こうとしている。これで江戸市中に戦火が起これば事態は容易なものではなくなるだろうが、今のところ戦火の回避に成功している。綱渡りの連続だったが、なんとかここまで辿《たど》り着けたのだ。

そういう緩みが隙を生んだのだろうか。

西郷が江戸から去った翌日、勝は死にかけた。

日暮れ時である。官軍が江戸城に入って、厳重に警備を敷いているため、人通りはほとんどなかった。勝はそのとき半蔵《はんぞう》門の外を馬に乗って通り過ぎるところだった。大総督宮やその側近とあれこれ話した帰りだが、気が抜けていたので会話の内容はろくすっぽ覚えていない。

ふと気づくと、背後から官兵と思《おぼ》しき数人が走り寄ってきて、いきなり小銃を構えて引き金を引いた。

至近距離である。

――死んだ。

そう思った。一瞬後には暗闇が襲いかかってきた。体が浮遊する感覚があり、ぷっつり意識が途絶えた。

はっと気づいたときには真っ暗な夜道にひっくり返っていた。慌てて身を探ったが傷一つない。見ると、馬も無傷で、のんびりと雑草のうえで小便をしていた。

あれをかけられなくて幸いだった。最初に考えたのはそれだった。

辺りを見回したが誰もいない。なんとか銃撃されたことを思い出した。そして頭の後ろが猛烈に痛いことに気づいた。触れると瘤《こぶ》ができている。

おそらく銃声に馬が驚いて竿立《さおだ》ちになったのだろう。それで放り出され、仰向《あおむ》けに石畳に落ちて頭を打ち、昏倒《こんとう》したのである。

刺客どもは、勝が死んだとみて逃走したに違いない。いったいなぜここで自分を暗殺しにかかったのか。首謀者は誰か。いろいろ考えようとしたが、億劫《おっくう》になってやめた。

なにしろ、自分を殺したい者たちは大勢いるのである。

――どうせなら、とどめを刺していきやがれってんだ。

勝は、生き残ったことを喜ぶよりも、なぜか相手の詰めの甘さに腹を立てた。

馬に乗り、痛む後頭部をさすりつつ、自邸に戻った。

そしてその晩、体ががっくり来た。ちょっと休もうと思ったらそのまま熱を出して寝込んでしまった。

慌てて奮起せねばならない状況ではない。勝はこれ幸いと熱を出すだけ出すことにした。後頭部の瘤が引っ込むまで寝ていても罰は当たるまい。あるいは、このままくたばってもいいだろうという思いだった。だが、頑健な体はすぐさま回復基調となり、数日でもとの元気を取り戻していた。

その間、大総督府から呼び出しがあったが、大久保一翁が代わりに対応してくれた。

閏《うるう》月のある年であるので、四月が終わったと思ったら、閏四月が来た。辞めたと思ったらまた働いている自分のようだ。勝はそう思いながら、閏四月二日付けで、大久保が大総督府から受け取ったという二つの書状を読んだ。

一つは感謝状だった。これまでの格別の尽力に深感おぼしめす、というものだった。慶喜からもらえなかったものを、官軍がくれたわけである。なんとも皮肉だった。

そしてまた一つは委任状だった。江戸鎮撫を任せるので精勤せよ、というのである。

勝は、病床でそれら二つを眺め、

――ひっくり返ってらあ。

熱で頭が朦朧《もうろう》とするのと相まって、よくわからない気分にさせられたものだ。

「勤王せよ」と迫る大原や島に対し、朝廷に仕えることなどあり得ないと断言しておきながら、慶喜が去った今、江戸を占拠する官軍から一方的に感謝され、頼られ、働けと言われているのである。

背後に西郷のはからいがあることも感じていた。西郷も西郷で、勝を頼っている。それがわかるから、働かねばならない気にさせられる。

――おれたちが、どうにかしなきゃならねえってことか、西郷さん。

そして実際、どうにかなっている。

この国の危うい舵《かじ》取りを、ここまで無事に成し遂げられたのだ。自分も西郷も、このまま無事に、それぞれの思いを達成できるだろう。あれも守り、これも守るという矛盾した自己を引きずりながら、それでもこの国の未来を正しく引き寄せることができる。

このときの勝の、そうした思いは、しかし、はかなくも裏切られることとなった。

三つの戦火が、そうさせた。

その一つ。

彰義隊《しょうぎたい》の闘争が勃発《ぼっぱつ》したのは、それより僅《わず》かひと月のちのことであった。

上野戦争、あるいは彰義隊の闘争は、勝からすれば、「戦」の一語に値せぬ暴発であり、そしてまた新政府の一部の者たちが仕組んだ、政略の産物に過ぎなかった。

閏四月、官軍側から江戸治安を委任された勝は、ほどなくして新政府がいまなお公表していない、徳川の石高についての情報を得ていた。

「三十万石」

それが、新政府の内意であるという。主導しているのは、新たに関東監察使として派遣された三条実美《さんじょうさねとみ》、そしてその背後には木戸孝允《きどたかよし》がいた。

三条実美は、安政の大獄で処分された父親の思想を継ぐ、尊皇攘夷《じょうい》激派の公家――勝はそう認識している。幕府に攘夷を強要し、文久三年（一八六三年）八月十八日の政変で朝廷を追われたものの、王政復古で復帰し、新政府で議定《ぎじょう》となった人物だった。

木戸孝允は、吉田松陰《よしだしょういん》門下の長州志士であり、政策の立案や制度の設計に優れた男と聞いている。

西郷の江戸城攻撃中止によって新政府内部で紛糾があり、徳川家の処置についてなかなか意見が一致しなかった。それで結果的に、

「駿府七十万石が妥当。尾張六十二万石より僅かに多い程度でよいのではなかろうか」

という木戸孝允の意見が、一度は現実的とみなされたのであろう。

そして、西郷に代わって決定権を持たされて江戸に派遣された三条は、さらにその半分以下の石高にしてやろうと目論《もくろ》んでいたのかもしれない。

その内心はどうあれ、徳川は三十万石だ、などと決定すれば、徳川家臣ならびに幕臣みな飢民と化すしかなくなる。その絶望感から、諸士が一斉蜂起《ほうき》するかもしれなかった。そうならないよう、江戸の状況をしっかり見極め、徳川の石高を削り込めるような流れを作ってから決定する。

――徳川外し。

勝は、三条の、あるいは新政府にいる木戸の狙いを、正確にそう読んでいた。

木戸の目標は、現制度の解体ののち、限られた藩のみを優遇して構成される新体制の確立である。薩摩、長州、土佐、肥前《ひぜん》。この四藩に権力を集中させる。王政復古の総仕上げというところだろう。

――私利私欲そのまんまじゃねえか。

勝からすれば、そうなる。新政府はそれを隠すために、徳川を朝敵に仕立て上げたがっている。自分たちが正義であることを主張するために。

冗談ではなかった。

これを阻止するのに最も効果的なすべは、徳川存続と、その石高維持だ。やがてきたる幕藩体制の解体と再構築に、徳川と旧佐幕の諸藩を組み込ませることである。そうでなければ日本国統一などとはいえない。

——また両面宿儺だ。

勝の大願は旧制度解体と新国家の誕生である。諸外国に匹敵する国。人材を平等に扱うことができる国。それを子孫に残せるなら、せめてその道筋が作れるなら、死んでも構わない。そう思っている。

だがそのために旧制度の一部を残す必要があるというのは、いかにも皮肉だった。

しかも今回は、誰からも頼まれていなかった。慶喜はもう江戸にいない。形としては徳川代表ということになっているが、喧嘩《けんか》別れした慶喜が、勝に何かを命じることはもうないだろう。

自分でやると決めて、また苦闘の日々に戻ろうとしている。

このまま新政府の目論見を、はいはい、と聞いていれば安泰だろうに。どうして自分は、徳川存続という火中の栗を拾おうとするのか。

——しょうがねえよなあ。

脳裏に西郷の顔が浮かんだ。無血開城を成し遂げるにあたって身を張って協力してくれた山岡や益満の顔も。頼むと告げる大久保の顔も。みな、死んでいった者たちの魂魄《こんぱく》を背負って日々生きてきた。そういう自分たちが、どうにかするしかないのだ。

——やってやるさ。

そして勝は、新政府の面々のみならず、慶喜や旧幕臣の面々をも驚かせる意見書を、西郷吉之助宛に、つまりは新政府を相手に、提出した。

『慶喜を江戸城に戻すべし』

そしてまた、

『徳川四百万石を維持すべし』

という意見書である。

江戸の騒擾《そうじょう》はもはや、自分の手には負えない。官軍すら手をこまねくほどである。治安を任された身として、最も良い方法は、慶喜を江戸城に戻すことであると断言する。それ以外に旧幕臣の心を宥《なだ》めるすべはない——。

そう主張するとともに、慶喜と四百万石を一体的に保持しろと訴えた。それが新政府のためになるのだと。

なぜなら、徳川旧幕府の天領などたかがしれているからだ。たった四百万石しかない。それを全部没収したところで、新政府をまともに運営する資金源たりえない。

だが、もし徳川家に四百万石を残せば、慶喜は必然、恭順の意を示すべく、朝廷に幾ばくかの領地を献上するだろう。そして徳川がそうすれば、諸藩も倣わざるを得ない。全国から領地が献上され、これが新政府の資金源となるはずである。

そもそも、王政維新の名分は正しいとは言えないではないか。領国を減ぜられてのち、家臣たちはどのようにして生きていくのか。これらがみな怨《うら》みに満ちた飢民や賊徒となれば、その咎《とが》は新政府にあるのだ、と——。

民衆の生活保障という、倒幕後の新政府にとって、最も頭が痛い点を存分に突いてやった。

閏四月二十八日に、勝は、この意見書を西郷宛に出した。

さっそく、異変が翌日に起きた。

すでに、西郷や大総督たる熾仁親王は、新政府の政権から外されつつあったが、その二人に同調する、大総督府参謀のなかでも徳川に寛大だった林玖十郎《はやしくじゅうろう》という人物が罷免された。

西郷を切れば諸士が大反発するので、代わりに林を見せしめに切ったという感じだ。

さらに江戸治安の維持という務めは官軍の管轄となり、徳川は露骨に締め出された。

勝への委任も取り消された。

三条を筆頭とする、徳川の石高を可能な限り削ることを望む新政府一派の、過敏な反応といえるだろう。徳川の石高を七十万石以下にするという自分たちの心づもりが、なぜか勝に読まれていると悟り、慌てたのかもしれない。

そして、軍防事務局判事という肩書きの大村益次郎《おおむらますじろう》という長州人が、臨時の大総督府参謀の任を帯びて江戸に来ていたのだが、この男が、三条と結びついた。

結びつかせたのが、彰義隊である。

それは、もとは一橋家の有志による、慶喜の護衛隊である。

謹慎する慶喜を守り、江戸の治安維持にもあたる。初期は確かにそのように貢献し、勝も頼りになる集団とみていた。

だがやがて、諸士の参加を募り、血判を交わし、尊王恭順有志会と称するようになる頃には、様相が変貌《へんぼう》してきた。

慶喜の恥辱を雪《そそ》ぎ、薩摩を打倒し、万民を安堵せしめ、神祖家康《いえやす》に報い奉る——。

そんな誓約を交わし合い、同調する志士を多数、引き入れるようになったのである。

まったく皮肉なことに、慶喜にとって最も身辺にいてほしくないたぐいの集団と化したわけだ。

その本拠地が、東叡山《とうえいざん》寛永寺となったのは、慶喜謹慎の地であったということもあるが、それ以上に、覚王院義観《かくおういんぎかん》という人物がいたことによる。

この覚王院は、静寛院宮や天璋院のように、勝が危惧《きぐ》した「ばらばらの交渉」を行った者の一人である。西郷が京から朝裁を得て戻ってくるのを勝が待ちわびていた時期、輪王寺宮（入道親王）を奉り、その付き添いとして、徳川の助命嘆願のため京へ向かったのだが、駿府で止められたという。

結局、京には行けず、江戸に戻らざるを得なかったのだが、ただ諦《あきら》めて帰ってくればいいものを、そこで、勝を激怒させた余計な手紙を持ち帰ったのである。

慶喜が単騎で官軍の軍門に降《くだ》る。さもなければ寛典の処置はない。ただし、慶喜にこれができないときは、田安殿が名代で来てもいい。これが大総督の御内命である――云々《うんぬん》。

これこそまさに勝が恐れていた、「慶喜の首さえ差し出せば許される」という最悪の筋書きである。実際、そんなわけがないのだ。旧幕府の将軍を自ら差し出しておいて、その後、どんな大義名分が成り立つというのか。その時点で徳川も幕臣も道を失う。新政府に参加するどころではない。ただ瓦解《がかい》あるのみ、あるいは暴発あるのみだ。

これでは下手をすれば、勝が心身を振り絞って攻撃中止と降伏条件の延期を実現させたことが、水の泡になってしまう。

勝は、あらゆる手を尽くして、覚王院が持ち帰ったというその降伏条件の実効性を無に帰してやった。西郷との暗黙の了解で、静寛院宮や天璋院の勝手な嘆願をなかったことにしたのと同じである。

覚王院は、寛永寺に戻ってのち、自分の交渉が実現しなかったことを知り、面目を潰《つぶ》されたと思い込んだのだろう。あるいは駿府で立ち往生させられたのがかんに障ったのかもしれない。なんであれ、今度は、打倒官軍を説いて回り、激派を集め始めたのだった。

そして、集団名を有志会から彰義隊へと変えた旧幕臣の志士たちが、この覚王院に取り込まれたのだ。

当初、慶喜護衛のために一団を率いていた元一橋家臣らは、過激化する仲間を止めようとしたが、かえって暗殺されそうになり、逃げ出さざるを得なくなった。

残ったのは、ただただ官軍と一戦交えるという目的に凝り固まった、激派の徒党である。

勝と徳川首脳陣は、たびたびこの彰義隊の解散を目論んだ。

西郷も同様に努めた。

だが彰義隊はいつしか二、三千人規模にまで膨れ上がり、夜な夜な、官軍の兵が少数で出回っているところを狙っては、集団で暴行し、殺傷する、ということを繰り返した。

寛永寺の輪王寺宮を総大将のように担ぎ上げ、覚王院によって煽動《せんどう》される激派を、どうにかして鎮撫しなければならない。それが、勝ら旧幕臣と、西郷ら官軍の、共通課題となった。

この彰義隊に、徳川を朝敵に仕立て上げたがっている大村と三条が目をつけるのは当然であったろう。

「現有戦力で、彰義隊を殲滅《せんめつ》すべし」

大村の主張が、官軍の中で日に日に強まっていった。

もし実際にそうなれば、その後に続くのは徳川の石高の大削減である。

それが勝には読めていた。西郷にもわかっていた。西郷もまた新政府の私利私欲を知り、それを阻みたいという点では同様で、実のところ、徳川存続を支持したかっただろう。

だが西郷の方は、江戸城攻撃中止を独断で決め、徳川に対する大幅な譲歩を主張したせいで、新政府中枢から外されようとしていた。いや、実質的にはすでに権限を奪われていたといっていい。イギリスから戦争を止められたという言い分にも限界はある。江戸城が無血開城してのち、激派が市中にはびこっているのであれば、イギリスが彰義隊殲滅を止める理由はない。

何としてでも彰義隊を解散させねば、徳川は終わる。新政府の構成員は、徳川抜きで制度化される。徳川の家臣団や旧幕臣はそろって食い扶持を失い、飢民と化す。

そして、閏四月二十九日。

勝が、意見書を提出してのち、三条側から露骨な反応が示されたその日。

田安慶頼が、江戸城に呼ばれ、徳川宗家は田安亀之助《かめのすけ》に相続――という決定が通告された。

この時点では、まだ、石高は告げられていない。どこが城地となるかもである。だがいよいよ徳川の力を消滅しにかかったのは明白だった。

そしてまた、明らかな挑発であった。

旧旗本たちはその挑発にまんまと乗った。覚王院と彰義隊の煽動に飲み込まれ、蜂起の気勢を上げた。

勝はもとより、官軍側の多くも、彰義隊との激突など望んではいなかった。官軍はみな遠征隊である。援軍や兵站《へいたん》のあてがないまま、しかも軍費がとっくに底をついた状態で、どう戦えというのか。そう思っている将兵の方が多かったのである。

勝も、官軍側も、たびたび、覚王院に対し融和と彰義隊解散の交渉を行ったが、覚王院と彰義隊の主張は、常軌を逸するほど強硬だった。

「我らは輪王寺宮の令旨を賜り、宮の思し召しに従っているまで。何が官軍か。何が朝廷か。薩長の賊徒どもめが。東叡山に住するは皇族ぞ。もし京の朝廷に変事の起りしときは、ここ輪王寺宮のおわします寛永寺こそ朝廷となるのだと心得よ」

そうわめき立て、勝手に作った錦旗《きんき》を掲げるのである。

「どうしようもねえ愚物だ」

勝は猛烈に腹を立て、自分が覚王院に会って話をすることを望んだが、田安慶頼らに止められた。彰義隊からすれば、勝は江戸城を官軍に引き渡した徳川の中の賊である。門に辿り着く前に射殺されかねなかった。

結局、田安慶頼らの意見で、こたびの使者も、以前と同じ者に託すことになった。

山岡鉄太郎である。

彼と益満の二人に書状を託したときと同じ気持ちで、勝は、山岡に覚王院説得のことを頼んだ。

山岡もまた、そのときと同じ態度で、一つ一つすべきことを確かめ、それから淡々と息吹を行い、

「承りました」

そう言って、寛永寺に赴いた。

山岡が覚王院を説き伏せている間、勝は徳川首脳陣とともに協議し、あるいは四方を駆け回って暴発阻止に努めた。イギリス公使パークスにも仲裁を頼んだ。打てる手は全て打たねばならなかった。

むろん、ここで焦土戦術を盾にする気はない。

彰義隊などという一激派の暴発にすぎない連中のために、江戸を犠牲にする価値などなかった。また、そうしたところで得られるものは何もないのだ。

慶喜はすでに水戸で謹慎しており、あとはただ、石高交渉を延々と辛抱強く行い、

新政府の枠組み作りにじわじわ入り込むという政治的な交渉に終始すべきときだった。

やがて、山岡が帰ってくると、勝は徳川の面々とともにその成果を聞いた。

「彼らは、輪王寺宮を頼み、徳川家を顧みることなし。彰義隊はもはや前将軍たる慶喜様を護《まも》るものではなく、宮を護るものなりと言い切りました。ゆえに解散の命は受けぬと」

その場にいる者たちとともに、勝までもが落胆の吐息をつきかけた。

「どう押し込んだ？」

そこで諦める山岡ではないはずだ。そう信じて勝は問うた。

「ならば戦をしなされと申し上げました」

果たして山岡が涼しい顔で告げた。

他の面々がぎょっとしたが、勝はにやりとした。

「それで？」

「そう申し上げたところ、かの僧はたいそう慌てた様子で、戦争は望まぬ、この御山を戦場にしてはならぬと、そう仰《おつしや》いました」

勝を除く面々が、今度は呆れたような吐息をついた。

覚王院と対面し、最も呆れ果てたであろう山岡が、淡々と続けた。

「それがしは、今さら何を申されるか、断固として戦いなされと申し上げました。官軍を自称しておられるのですから、官軍が官軍と戦ったところで、徳川にも前将軍にも何ら遺恨を及ぼさぬはず。そう申して席を立とうとしたところ、かの僧は、このような条件であれば山から退去すると仰いました」

俄然《がぜん》、みなが身を乗り出した。

「どんな条件だ？」

勝はここが正念場だと思いながら真顔になって訊《き》いた。

「二万両。それだけ大総督府より恩賜されるならば、日光山に退去し、そこで輪王寺宮とともに東照宮《とうしょうぐう》を警護いたしますと」

沈黙の中、ぎりぎりと歯がみする音がしきりに起こった。

勝はそれとは逆に、顎《あご》の力をとき、息吹でもって己を鎮めた。山岡も終始そうしていた。

覚王院もそれなりに情勢を見て取ることができる人物なのだろう。徳川にとって得になる形で、現在の彰義隊を温存する。日光から江戸を睨めば、官軍への抑止にもなる。東北諸藩も呼応する可能性が高い。

その代わり、金を寄越《よこ》せ。軍資金をこちらへ渡せ。交渉の目標としては悪くないものだといえるだろう。だが何しろ甘い。輪王寺宮の権威と、自分の口先だけでどうにかなると思っているせいか、読みが妙なところで致命的にずれている。

そもそも、官軍の懐がそれだけの軍費をほいほい出せるほど潤沢ならば、実のところ、とっくに彰義隊など叩《たた》き潰されているはずである。

官軍の戦費不足が、かろうじて勝たちに猶予を与えているに過ぎないともいえた。

「何であれ、覚王院から退去の言葉が出たのは事実だ。あの阿呆《あほう》な僧なりの譲歩ってやつさ。至急、大総督府に伝えんとな」

「それがしが承りましょう」

山岡が言って、すぐさま大総督府に覚王院の言葉を伝えに向かった。

同じ頃、官軍側もまた、覚王院との交渉に注力していた。

交渉役を担ったのは、西郷吉之助である。

勝は、その結果を人伝《づ》てに知った。

「紛々擾々たる烏合《うごう》の衆でごわした」

というのが、西郷の所感であり、結論であった。

「条理をもって説諭できもはん」

西郷ですら交渉を断念せねばならぬほど、覚王院が激烈な極論をとうとうと並べ立てたことは想像に難くなかった。

もしかすると、二万両どころか、法外な金額を要求した可能性もあった。西郷は巨大な鐘のような男だが、ねじくれた心がぶつかってきても何の響きも返しはしない。

覚王院という闇雲な過激派に対し、語る言葉を持たないのだ。

――まずい。

烏合の衆。当然、西郷ならばすぐにそう見抜く。追い散らそうと思えばできる集団。ならば、いっそのこと武力で一掃した方がよいかもしれない。そう思うのは必然だ。

何より官軍にとって問題なのは、輪王寺宮の存在だった。覚王院が勝手に官軍であると主張することだった。大総督府にとっては見過ごすことのできない事態なのである。

しかも、山岡が言うように、官軍と官軍が戦うという構図なら、徳川に非はない。だがまさか大総督府もそんな馬鹿げた構図を許しはしないだろう。あくまで徳川、あるいは旧幕府の賊兵として、彰義隊を討つはずである。

その大義名分、戦費、兵数さえ調えば、彰義隊の壊滅はたやすい。

西郷がそう考えるのならまだいい。問題は大村やその同調者がそう判断することである。いや、もうそのように考え始めているかもしれない。

――まだどうにかなる。

官軍は貧乏のどん底だ。そもそも新政府に裕福な藩は一つも参加していない。どこも経営は火の車だった。借金を重ね、軍費に予算を費やし、返済をごまかし続けている。徳川四百万石を奪えば運営資金になると考えるほど、資金難に喘《あえ》いでいるはずだった。

彰義隊を討つのに幾らかかるか。官軍はどう試算しているか。

勝は、持ち前の諜報網《ちょうほう》によって、大村の作戦概要をまんまと入手していた。

その額、五十万両。

――そうそう用意できるかよ。

勝は、戦費に焦点を絞り、大村の作戦を妨害する策を講じた。イギリスを通して諸外国に戦費を貸さないよう嘆願した。

他にも、官軍が戦費を得られるすべをとにかく潰して回ろうと試みた。

だが、新政府の方が、うわてだった。

大村は、新政府の木戸や大隈重信《おおくましげのぶ》の協力のもと、なんと五十万両をかき集めたのである。

皮肉なことに、ここでもまた軍艦が、事態を決する鍵《かぎ》となった。

幕府がかねてアメリカより注文していた、軍艦ストーン・ウォール号の購入費用二十五万両。

それに目をつけた大村は、購入費用を官軍の予算として奪い取り、戦費に充てることを新政府に許可させたのである。

また、江戸城内の宝物をかき集め、諸外国大使を通して売却した。勝も、戦費の貸し付けをやめるよう諸外国に対し嘆願することはできても、売買を止めることはできなかった。

さらにそうして戦費を獲得する一方、大村は戦術的にも先回りしていった。

武器弾薬と兵は、勝と大久保一翁の策で、書類上でのみ引き渡し済みとされている。その書類を全て精査し、実際の武器弾薬の接収を実行したのである。特に、目黒《めぐろ》の火薬庫を危険視し、徳川勢に奪い返されぬよう船に積んで伏見に送らせていた。それはまた同時に、大村が矢継ぎ早に手配させた、後方支援部隊への補給にもなりえた。

そうした現実が、やがて勝のもとに諜報網を通して報《しら》された。

慶喜から無茶な降伏交渉を命じられて以来、初めて、勝は万策が尽きたのを悟った。

かつて——。

勝が、まだ慶喜と決裂する前に、このような対話をしたことがあった。

「徳川側に勝つすべはあるか?」

慶喜の問いに、勝はこう答えた。

「無理です。軍艦や鉄砲の数の論ではありません。今の徳川幕府に、いったいどれほど有能な人材がいますか? 身分を問わず、実力で登用した者が、どれほどいますか? 新政府軍と戦えば、一度や二度の戦闘では勝てるでしょうが、そのあと必ず負けます。もうすでに、人の力という点で負けているのです」

だいたい自分の日本国海軍の構想も、神戸の塾で人材を集めて育てるという展望も、身分制度を守りたいがためだけに幕府が潰したではないか。そんなざまでもし戦になれば負けるに決まっている。

そして今、その通りのことが起ころうとしていた。

——止められねえのかよ。

勝や田安慶頼たちがいかに奮起しても、いかに西郷と気心を重ね合わせても、新政府が擁する人材の分厚さに勝てはしなかった。

勝とともに尽力する有能な人々もいた。だが数が圧倒的に足らなかった。むしろ覚王院のような、結局は何もかもぶち壊しにする愚物の方が、断然、多数派だった。

——止められねえのかよ、ちくしょう。

地団駄を踏んで泣きわめきたかった。

だがそんなことをしても何の解決にもならない。ひたすら悲壮の息吹を繰り返し、打ち折られそうになる心を保って、大総督府に攻撃の猶予を陳情し続けた。

もはや裏工作も何もなかった。ただ、必死に頼むしかない。

彰義隊に対し、いかに闘争が無謀かを説く手紙を出した。

輪王寺宮に宛てて建白書も出した。どうか彰義隊と同調しないでくれと頼んだ。

静寛院宮にすら頼んだ。輪王寺宮を説得してくれと。

だが足らなかった。

人の力が足らなかった。

己の力だけでは止められなかった。

五月十四日、大総督府から、彰義隊討伐の引き延ばしはもうできないと通告された。

翌日。

彰義隊は壊滅した。

三

無惨であり、無意味であり、呆気《あっけ》ないにもほどがあった。

たった一日。それで彰義隊は敗北した。

江戸内外の諸勢力が呼応せんと蠢動《しゅんどう》していたが、彼らが軒並み諦めて逃走しなければならなかったほど、あっという間に粉砕されたのである。

四千人ほどもいたとされる隊士は、百数十人の死者を置き捨てて散り散りに逃走した。

輪王寺宮と覚王院は、戦闘が始まるや否や、どこかへ逃げた。

荘厳な大伽藍《がらん》は焼けた。東叡山寛永寺は、全山焼き尽くされた。あとには僅かな塔《たつ》頭《ちゅう》が、渺々《びょうびょう》たる焼け山に残されるばかりとなった。

むろん、たやすい戦闘ではなかった。

当日は、雨季まっただなかの、土砂降りの中での戦闘となった。

寺の門前は、まさに死地といっていい激戦地となり、そこを任されたのは、西郷率いる薩摩の一隊であった。

ある種の懲罰的人事なのかどうかは、わからない。

徳川に寛容であったせいで、彰義隊による騒擾を許したという咎を、大村一派が、西郷に押しつけたのかもしれなかった。

なんであれ、薩摩隊は、多数の死傷者を出しながら、必死に戦った。

勝が救い出し、西郷との交渉で働いてくれた、益満休之助も、そこで負傷した。

そして、その傷がもとで、死んだ。

勝はその報せに絶句し、いっとき言葉が出なくなった。

それからしばらくの間、勝は、益満の名を、口にすることも、書に記すことも、できなくなった。

再び益満のことを話せるようになったのは、三ヶ月後のことである。

八月下旬。

勝は、山岡とともに戦地となった忍岡《しのぶがおか》に赴いた。

秋の、夕暮れであった。焼けたまま放置された東叡山が、茜《あかね》色に染まっている。静かな光景だった。なのに、深い傷を負った大きな何かが、今なお痛みに苦しみ、もがいている気がした。

「惜しい人をなくしました」

山岡が、深沈と呟《つぶや》いた。彰義隊との戦いで大勢が死んだ。その中でも特に、益満のことを言っているのだと勝は承知していた。

山岡も、益満の死については、それまで一言も口にしていない。

「大した人だった。あんたと益満さんのおかげで、江戸は焼けずに済んだんだ」

はっきりその名を口にした。今そうしないと、この先ずっと、悲嘆に負けて冥福《めいふく》を祈ることすらできなくなりそうだった。

しばらく二人とも、益満のために黙し、感謝の念を献《ささ》げた。やっとそうすることができたという安堵の念もあった。どれだけ人が死んでも動じないのでは、ただ感覚が麻痺《まひ》しているに過ぎない。死の衝撃にうろたえる人間らしい心を保ちながらも、穏やかにその衝撃を受け入れるようでなくてはならなかった。

「弔いはまだまだ続くよ。きっと、もうしばらくして、やることがなくなったら、お互い弔い合うことが仕事になるだろうねえ」

勝は今しばらく悲嘆を味わい、それからそれを、そっと押しのけるために告げた。

幸か不幸か――いや、不幸にも、まだやらねばならないことがあった。

「榎本殿は、いよいよ蝦夷地に向かうようですね」

山岡が言った。

勝は返事をせず、ただ、ゆるゆると息吹を行った。

八月十九日、榎本釜次郎こと榎本武揚は、勝と山岡、そして関口艮輔《せきぐちごんすけ》に宛てて、「大去」を告げる手紙を送っていた。

関口艮輔は、慶喜の警護役を務めた精鋭隊の頭取であり、町奉行支配組頭であった人物だ。のち、慶喜の駿府移住にも付き添い、勝や山岡とは盟約を結ぶ関係だが、かつては勝を反幕者とみなして暗殺を企《たくら》んだ人物でもあった。そういう経緯があっても、相手を信頼できると思えば、遺恨なく盟友にしてしまうのが勝だった。

その三人宛てに、榎本が大去と告げたのは、かねての大願を果たすためである。蝦夷地を開墾し、徳川の石高を維持することで、家臣団が飢えることを防ぎ、さらには艦隊保有の根拠となす。

駿府七十万石。

彰義隊壊滅により、三条らが一挙に推し進めた、徳川処断政策の結果がそれだった。とても数万の家臣を食わせることなど不可能な、過酷といっていい最後通告である。

だが蝦夷地を開拓し、結果的に二百万石になれば、かろうじて徳川は現状を維持できるだろう。そういう榎本の目算があった。

勝も、純粋に開拓のみであれば、幾らでも応援できた。

だが、彰義隊の蜂起に続く、二つ目の戦火が、それを阻んでしまった。

奥羽越《おううえつ》の戦争――東北戦争である。


会津をはじめ、東北の諸藩は、実際、戦を避けるために大いに努力をしたことを、勝は知っている。

戦を避けるべき理由は、勝からすれば明らかだった。

絶対に勝てないからだ。彰義隊のように、ただ壊滅するだけである。

いざ戦うなら、勝つべきだった。江戸での焦土戦術、あるいは軍艦による官軍迎撃には、勝てる要素があった。だから「和と戦」の両構えで交渉に臨んだのである。勝の中には、そのとき確かに「戦」の選択があった。

しかし東北の諸藩は、決して「戦」を選択してはいけない。そう勝は諭し続けた。

官軍側もわかっている。だから、徹底的に挑発してくる。だがそれに乗ってはいけないと。

果たして、奥羽鎮撫総督府は、会津をひたすら侮るという態度に出た。

仙台藩と米沢《よねざわ》藩が主体となって、奥羽鎮撫総督府と会津を仲介した結果、会津は謝罪嘆願書を提出した。

鎮撫総督府は、これを一蹴《いっしゅう》した。

勝が、徳川四百万石の維持を大総督府に訴えるより前のことである。

むろん、謝罪嘆願書を拒絶するというのは、あり得ないことであろう。それこそイギリス公使パークスが知れば、憤激したに違いないことである。

非は、鎮撫総督府にある。

だから、会津はいっときこらえて、なおも恭順の態度を保つべきだった。

しかし、そうはしなかった。

鎮撫総督府において会津の謝罪嘆願を一蹴すべしという決定の中心的役割を担った、長州人の世良修蔵《せらしゅうぞう》という人物がいる。

この男が、嘆願拒絶から僅か二日後、阿武隈川《あぶくまがわ》のそばで斬殺《ざんさつ》された。

そしてその日、会津藩兵が白河城《しらかわ》に殺到してこれを占拠し、駐留していた長州人を皆殺しにした。

東北の諸藩は「戦」を選択したのだ。激しい戦闘へ――勝てる見込みのない戦へ邁《まい》進《しん》していった。

勝は、その頃、会津は降伏するという謝罪嘆願書を、官軍の海江田参謀に取り次いだところであった。今少し、激発を抑えられていれば、まったく違う結果になったかもしれなかったのである。

のち、勝は会津の挙を知り、憤激して会津藩主と藩士の妄挙を罵《ののし》ったが、ときすでに遅かった。

白河城が、あっさり官軍側に奪い返されたのは、彰義隊の闘争が勃発するよりも前、五月一日のことである。結局、十日ほどしかもたずに落城したのだ。東北の諸藩と官軍との間に、いかに人材の差、戦力の差があったかを物語っている。

六月には、また別の動きがあった。徳川家の移転問題である。これも榎本を追い詰めることになる。

江戸に進駐した新政府の幹部たちはみな、政務能力に限界をきたしており、駿府七十万石と一方的に徳川の石高を決めておきながら、具体的にどうすべきかという政務決断力に欠けていた。駿府の城の周囲七十万石が領地なのか。それとも近隣の大名領のなかから新たに縄張りして決めるのか。飛び地はあるのか。

そもそも移転費はどう捻出《ねんしゅつ》するのか。江戸から無一文で駿府に赴けというのか。そんなことをすれば、その瞬間に、数万の賊徒が出現するようなものだ。

新政府の返答や、いかに。

そう問い詰めても、返答はまったくといっていいほどなかった。適当なごまかしのような返事ばかりである。

だがそれはそれで、突くべき敵の隙でもあるので、勝は他の徳川衆とともに、率先して駿府移転の費用捻出のために働いてやった。

「新政府が決められないなら、こっちでどんどん決めてやれ」

というわけだった。さもなければ徳川家臣団が本当に飢えて賊徒に堕ちかねない。

駿府移住に筋道をつけてくれそうな人物が勝のもとに来訪したのは、七月に入ってのことだ。

小松帯刀《こまつたてわき》。薩摩とイギリスの友好を推進し、英国公使ハリー・パークスを薩摩に招いた人物だ。京で坂本龍馬と親しくなり、第一次長州征伐では長州の謝罪降伏に、大政奉還ではその上奏に尽力するという、薩摩で最も柔軟と言っていい男だった。

だがその小松も、柔軟ではあるが政務にすぐさま影響を与えられるわけではない。それができるのは、薩摩の大久保利通《おおくぼとしみち》だという。そして小松が、その利通へ、徳川が抱えている政務上の問題について相談する筋道をつけてくれたのである。

また、利通だけでなく、江戸で新政府の会計担当をしている者にも話をしてくれるという。これで、徳川の移転費がなんとか捻出されることとなった。

七月十六日のことである。

翌十七日、江戸改称の詔が発せられた。

「東京」

それが、この都市の新たな名であった。

多くの者が、その改称にある種の畏敬《いけい》の念を抱いたことだろう。「京」と呼ぶ。すなわち遷都を見越した呼び方なのである。

それはまた、江戸城には誰が住まうのか、ということへの答えが明示されたということでもあった。

まさに将軍が統治する幕府の消滅を宣言する改称だが、

「まあいいさ、なんでも」

勝は、まったくそれどころではなかった。

愚か者どもの後始末に次ぐ後始末の日々だ。そして、江戸が東京となった翌々日の十九日、ようやく、慶喜一行の駿府移転が実行された。

慶喜は、榎本武揚が指揮する蟠龍丸に乗り、駿府に到着すると、金米山《きんまいさん》の宝台院《ほうだいいん》に入って引き続き謹慎した。

問題はそれ以外の面々だった。徳川家当主となった亀之助の実父である田安慶頼や、天璋院らが、亀之助を海路で運ぶことに不安を覚えたのである。

勝は、榎本の要請で、彼らを説得しようとした。彼らが海路を拒めば、いまだ扱いが宙ぶらりんになっている徳川艦隊が、駿府に移動する根拠を失うからだ。

結局、説得は功を奏せず、亀之助ら一行は、陸路で駿府へ向かった。

八月九日のことである。

このため、榎本指揮下の艦隊は、江戸で孤立した。

もし亀之助を乗せて、駿河《するが》の清水に赴いていれば、それを既成事実として江戸には戻らず、事実上の徳川艦隊として存続できたかもしれなかった。

駿府七十万石にしては、軍艦の数が多すぎないかという新政府からの詰問は容易に想像できたが、それならそれで、新たに交渉を始めればいいのである。

だが現実問題、この時点で、徳川は自ら艦隊を捨てたに等しかった。これまで様々な局面で、交渉の要《かなめ》になってくれた艦隊を、である。

あるいは、徳川の面々は、これ以上そんなものを持っていたら新政府から睨まれると恐れていたのかもしれない。

なんであれ、江戸は東京となり、やがては天皇が東幸することとなる。

そこに孤立した旧幕府の艦隊が居座っている。

これほど何が起こるかわからない状況はない。

新政府はひそかに、あの艦隊は今後どうするつもりかと勝に尋ね、勝は勝で、榎本に、これからどうするのかと尋ねる手紙を出していた。

『自分は日が暮れて道遠く、天下卓見にして不抜の士人に向けて何ごとか申し上げるほどのものは持ち合わせておりません。とはいえ一寸の虫にも五分の魂と申しますし、近日中に、管見を申し上げ奉ることでしょう』

榎本の返答は、このようなものであった。

勝は、新政府や旧諸藩の士らに、

「榎本の対応は穏便にて、急に脱走のことがあったり、不穏の挙に出たりすることはないでしょう」

そう伝えた。

とはいえ、勝自身がそう信じ切っているわけではなかった。

榎本が内心で、

「蝦夷地開拓」

という大願を抱いていることはあらかじめ知っている。だが、情勢が決してそれを許してはくれないことも察していた。

何しろ、彰義隊の闘争と同時期、東北でも戦争が起こっていたのである。榎本がどれほど艦隊を抑えていようと、対官軍闘争に邁進せんとする隊士たちからの突き上げがやむことはないはずだった。

慶喜ならびに亀之助の駿府移転までは、江戸にとどまり、一帯の制海権を掌握し続けるということを理由に、闘争に艦隊を参加させることは防ぐことができていた。

だが、その根拠が消えた。

徳川家とともに駿府に移動する根拠も失われた。

このまま蝦夷地に行って開拓に従事すると言えば、隊士が離反し、艦隊がばらばらになるかもしれなかった。いや、確実にそうなるだろう。

榎本に与えられた実行可能な選択は、戦火しか残されていなかったのである。

そして、八月十九日付の手紙を、勝、山岡、関口に残すと、榎本は、艦隊を率いて江戸から消えたのだった。

「……やはり、東北ですか」

東叡山に目を向けたまま、山岡が、勝の内心を察して言った。

榎本は、蝦夷地に行ったのでは。彼が望んだ通り、開拓に邁進しているのでは。そんな虚《むな》しい期待を、二人とも決して口にはしなかった。

「つわものどもが、夢のあと、さ」

勝は、そう呟《つぶや》いて、夕暮に鈴虫たちが鳴き始めるのに耳を澄ました。

斜陽のときを経て、多くの夢が潰《つい》えてなお、勝にも山岡にも、まだやるべきことがあった。

四

榎本が艦隊を東北に向かわせたとき、すでに東北諸侯の敗勢は決していた。そもそもが、勝てる見込みのまったくない戦争だったのである。それでもよく戦ったというべきだろうか。

勝がその後、知ったところによると、仙台藩も米沢藩も戦意を失った東北で、榎本はなお士気を保つ者たちを収容し、蝦夷地に向かったという。

そしてそこで、何一つとして勝算のない戦いに身を投じることとなった。

八月二十六日、会津若松《わかまつ》城が官軍に取り囲まれて完全に孤立したその日、勝は、大久保利通と会見することとなった。

海軍脱走のことを詫び、その寛典を請うというのが目的の一つである。

挫折《ざせつ》につぐ挫折であっても、勝には不思議と諦めるという思いがわかなかった。盲目の身でありながら大身となった先祖の血を継いでいるせいかもしれない。

勝は、あらかじめ手紙に記していた会見の目的を、淀《よど》みなく述べ立てた。

「榎本とは頻繁に手紙をやり取りし、軽挙はないと信じておりました。にもかかわらず脱走を許したこと、まことに申し訳なく思っております。まことに、東北での戦に荷担するのは遺憾の極みです」

などと、まずはひたすら詫びるところから始めたかと思うと、

「この脱走が全国各地に与える影響を考えると不安でなりません。各地の幕臣がまたぞろ決起を企むかもしれず、それを何としても防ぎたいと思いますが、私たちではとても説き伏せることはできないでしょう。かくなる上は、慶喜様の謹慎を解いて頂き、各地でいまなお旧幕府に臣従せんとする者たちを説得させるしかありません」

一転して、慶喜の謹慎解除を訴えたのである。

江戸城を巡る交渉に続き、榎本と艦隊が脱走してなお、その存在を梃子《てこ》にしたのだ。利通は、この勝の言にいささか感心したようだった。西郷とまた違って、利通はこういう政治的な駆け引きを尊ぶところがある。親友の西郷を官軍の先頭に立てながら、背後では新政府における公卿たちの影響力を低下させる策を巡らし、そのために天皇を江戸に移居する計画を早期に企てていた人物だった。

そして勝の目的は、慶喜についてのことだけではなかった。

「つきましては、徳川の石高は七十万石と決まったのですから、これを駿府の城の近辺に定め、まとまった領地として頂きたいのです。何しろ多数の家臣がいまだ江戸におり、駿府に移っても、どこをどう開墾してよいかもわからず、みな途方に暮れてい

るのですから」

これが目的の第二である。

そしてさらに、第三の目的を間髪を容《い》れずに述べた。

「ところで、十万石を持つあるお家があります。清水《しみず》家といいますが、これは当主をいまだ欠いたまま何のご沙汰《さた》もありません。今さら世継ぎを決めるとなれば、大いに紛糾するでしょう。田安と一橋は、それぞれ天皇のもとで大名となることが決まっているのですから、まだいろいろと決まっていない徳川宗家に、清水を合併させるのが最も混乱のない収拾のすべであると愚考します」

結果は、勝にとっては久々に大成功となった。

「いいでしょう。私が新政府内で話をつけてみます」

この会見で勝が嘆願したことを、利通が最大限、実行できるようはかってくれたのである。今なお徳川への寛容な態度一切を咎めていた三条らも、利通がいっぺんに黙らせてくれた。

徳川宗家の石高を駿府にまとめ、清水十万石との合併が許諾され、新政府内で正式に承認されることとなった。

代わりに、勝は大忙しとなった。江戸、もとい東京に残された徳川家臣団を、一斉に駿府へ移住させねばならないのである。いったい何万人にのぼるかわからない。その人数を把握するだけでもひと苦労だった。

一方で、勝と利通は、慶喜の謹慎解除の方策を用意することとなる。

結論として、蝦夷地で抵抗を続ける榎本指揮下の軍勢を討つべく、慶喜を出陣させるというのがその最善策とされた。

もちろん、榎本らが慶喜と戦うわけがない。慶喜が出陣した時点で戦闘はやむ。榎本は部下を説得する必要もなく降伏できるし、慶喜は事実上、謹慎解除となる。

その間、利通は天皇の移居実現に尽力していた。

反対の声は新政府内でも根強い。利通は上京し、豪腕を振るって、ついに東幸の列を出発させた。

九月二十日のことである。

利通が海路で東京へ一足先に戻るのを見計らって、勝は面談を申し込んだ。

駿府七十万石の詳細を詰めるためである。目的は、これまでの交渉と変わらない。少しでも徳川有利にことを運ぶ。

そしてそれを利通に確約させてのち、今度は勝が船で駿府へ向かうこととなった。

天皇の東幸は陸路なので、途中で鉢合わせせぬよう、徳川家臣団の移動も海路を用いるべきと利通と話し合い、その通りに実行したのである。

勝が蒸気船で東京を発《た》ったのは、十月十一日のことだ。

いた。

久々に、げえげえやった。船酔いである。懐かしささえ覚えた。

翌日、駿府に着く頃には、胃の腑《ふ》も空っぽで、むしろすっきりとした気分になっていた。

そして、おびただしい政務に直面してのち、ひと月ほども経った十一月六日、今の自分の風評を知らされ、愕然《がくぜん》とした。

なんでも、東京を発った直後、官軍の兵が何十人か、港に殺到していたのだという。

「勝の徳川存続に関する建白は、全て偽りであるゆえ、召し捕る」

というのが、彼らの言い分だったらしい。

おおかた、利通とともに徳川存続のために働く勝を懲らしめようと考えた新政府の誰かの仕業だろう。新政府では、榎本の脱走は勝の意図によるものだという意見がもっぱらだというが、そんなのは屁《へ》でもなかった。

愕然とさせられたのは、別の言葉だ。

発言したのは、またしても、慶喜であった。

本人から言われたわけではない。ただ、人伝てに聞かされたのだ。

「安房が官軍に頼み、一芝居打ったのであろう」

官軍側に通じていることをごまかすため、召し捕りの芝居を打ったというのだ。

それが慶喜の、あるいは今、慶喜の周囲にいる人々の、勝への評価だった。

勝が、徳川存続に尽力していることなど、毛ほども評価していない。それがよくわかった。

――とことん、これだ。

この世で勝の心を最も挫《くじ》くのは、やはり慶喜という、果てしなく怜悧《れいり》で思い込みの激しい、家臣のことなど何一つ顧みない元主君だった。

勝は、このとき以来、

「永訣《えいけつ》して致仕の念、益々甚だし」

という思いが、むしろ心の支えになるという、どうにも皮肉な状態となった。

慶喜とは、永訣している。

自分は、とっくに徳川に尽くすことはやめている。

徳川に何の期待もしない。ただ、そんな政治とは無縁の家臣たちが、飢えるのを防ぐ。慶喜の謹慎解除も、結局はそのためなのだ。

そう、勝は自分に言い聞かせた。

五

「即刻出府せよ」

という通達が、駿府にいる勝のもとに届いたのは、十一月九日のことだ。

通達は、むろん新政府からである。勝と大久保一翁。二人を指名していた。

慶喜の言を伝え聞かされて数日しか経っておらず、それが本当かどうか確かめる間もなかったが、そんなことは構わなかった。真偽を確かめたいとも思わない。

――誰かがやらなきゃならんことを、最後までやるだけだ。

最初はただ戦を止めるだけだった。それだけで自分の役目は終わりのはずだった。

それなのに、ここまでずるずると働き続けているのは、他にやれる人間がいないからだ。あるいは、やろうとする人間がいないからだった。

「毒を食らわば皿までですよ」

憤懣《ふんまん》やるかたない勝を、一翁が、何とか宥めようとして、

「お前の働きを認めぬ者などいない。妬心《としん》からの陰口にすぎん」

繰り返しそう言ってくれたが、勝の気は収まらなかった。

「では、最もその妬心ってやつに満ちているのは、前上様《さきのうえさま》ってことになりましょうかね」

勝は、はっきりそう言ってやった。

前上様。それがこののち、慶喜をさす言葉となった。もう上様ではない。それを公言した。いずれ慶喜の耳にも入るだろうことを見越してのことだ。

一翁も、やがて説くのを諦め、困ったようにかぶりを振るばかりとなった。

そして皮肉なことに、東京に戻った勝の一番の仕事は、その前上様の謹慎解除の嘆願書を起草することだった。

この頃、榎本の艦隊は箱館《はこだて》港を押さえ、五稜郭《ごりょうかく》を占拠している。

そこへ、慶喜を中心とする討伐軍を派遣するのである。

勝はこの務めを通して、また別の成果を得ている。

天皇の東幸に随伴した、岩倉具視との会見であった。利通も同席し、岩倉の同意のもと、慶喜出陣の具体案が形成されたのである。

これで大いに実現の可能性が高まった。「前上様」呼ばわりする自分が、己の謹慎解除に尽力したことを知った慶喜がどれほど困惑するか想像し、思わずにやりとしたものだ。

しかし、これは成就しなかった。

新政府内部から猛反発の声が吹き荒れ、利通や岩倉の辣腕《らつわん》をもってしても押し通せなかったのである。

徳川に対する反発の念だけではない。それほど、慶喜を恐れている者たちがいるということでもあった。慶喜の謹慎を解除すれば、たちまち新政府に参画し、その頭脳でもってとんでもないことをしでかすのではないか。そういう恐怖の念が窺い知れるのである。

——あんたは確かにすごい人ですよ。

勝は、さんざん利通に訂正させられた起草文の下書きをくしゃくしゃにして丸め、庭へ放り捨てた。

慶喜出陣の代案として、十六歳の水戸藩主、徳川昭武《あきたけ》が選ばれた。

おかげで、水戸は大忙しとなり、この連絡のため、勝はいったん駿府へ戻っている。

その際、勝は利通に駿府行きを話し、承諾を得て正式に新政府の許可を得るということをした。それが最も面倒がないからだが、以後、利通との関係はそのような打診を中心とするものとなった。

たとえば、勝が旧幕臣の誰かを新政府に推挙したいときは、大久保利通に話せば、まず確実に登用されるという流れを作ることができたのである。

さらに、駿府から戻った勝は、すぐさま岩倉に呼び出され、今度は諸外国の局外中立をいかにして解除してもらうかという件で相談された。

箱館を制圧した榎本は、国際法に通じており、諸外国に対し、この戦闘に関わるべきでなく中立であるべきだということを主張していたのである。各国の公使はこれについて意見がまとまらず、岩倉は交渉に難航していた。

一方このとき、利通と岩倉は、いったん天皇を京都に戻しながらも、翌年改めて東幸を実現し、恒久的に東京に留《とど》まらせるということを画策していた。そちらに傾注するためにも、勝という人材を取り込みたかったのであろう。

——おれもどうにも引っ込みがつかねえ男だよ。

原因はやはり慶喜だった。さっさと謹慎解除されてくれればいいのに、この前上様がやたらと危険視されているせいで、勝は新政府の要請を断り切れなかった。

しかも、ここでもまた、問題は軍艦だった。

岩倉の狙いは、局外中立によって棚上げされている、軍艦ストーン・ウォール号の入手である。それさえ実現すれば、榎本の艦隊に匹敵するか、優位に立つことができる。

勝は、岩倉に協力した。

官軍の戦力強化のためにである。もはや旧幕臣、旧徳川家臣の枠組みから外れた協力だった。利通も岩倉も、完全に勝のことを、新政府の人材とみなし始めているようだった。

そして、暮れも迫る十二月二十八日。

——やっちまったなあ。

勝は、もう江戸が焦土と化す可能性はないとイギリスをはじめ各国の大使に話して回り、結果、局外中立の解除にうっかり成功してしまった。

新政府は、無事、最新鋭の軍艦を手に入れた。なお、この頃、榎本の艦隊は主力の開陽丸《かいようまる》を失っており、官軍が完全に優位に立つこととなった。

岩倉は大いに安心し、

「ただちに帝《みかど》のもとへ馳《は》せ参じなければなりませんので、あとのことは万事、三条と話し合《お》うて決めて頂きたいのです」

なんと勝にそんなことを言い残し、帰京してしまった。利通も、再び東幸を実現するため、京に先行している。

東京にいるのは、三条実美と木戸孝允だった。彼らと万事相談しろというのである。私利私欲を通そうとした張本人たちだ。

「おれも悪党の仲間入りかい？」

勝は声に出して自問した。

冗談ではなかった。

あるいは、そうかもしれなかった。

後世の人間は、どう判断するだろう。意見を聞いてみたい気がしたが、億劫な気分にもなった。どうせ今と同じで、あっちもこっちも勝手なことを言うだけだろうと思った。

義理を通すため、木戸に一度だけ面会を申し込んだ。まともにその男と話したのは、それっきりとなった。話した内容も、どうでもいいことばかりだった。

三条は、気づけば、岩倉に対抗するため自分も上京してしまっている。

大晦日《おおみそか》、勝は自邸でひっくり返って過ごした。

「東京かあ」

江戸はなくなった。

御城と一緒に、御役御免になったのだ。

その実感が、ようやくわいた。寂しいというより、いっそせいせいしたという気分にさせられた。

そろそろ、自分も、御役御免にならねばいけないときだった。

六

新政府から人材とみなされる一方で、勝はやはり駿府徳川からも頼られていた。

勝と山岡を、新政府との交渉を担う外交掛の専任とする、というのが駿府徳川の意向だった。とっくにそうしているのだから、追認されたようなものだ。特にありがたくもなんともなかった。

その、ありがたくもなんともないものが、さっそく翌年明治二年、憤激の対象となった。

きっかけは、ある建白について報されたことだ。

「版籍奉還」

薩長土肥の四藩が、朝廷にその領国を奉献するというのである。

その建白書の写しも見せてもらった。四藩に続き、続々と諸藩が、

「領国献納」

のため、動いているという。

王政復古が薩長の私利私欲であるという批判がいよいよ高まってきたこともあるのだろう。ここで一挙に、「私」ではなく、「公」へと転換するという思い切った政策が打たれたようだった。それが、領国放棄となって顕《あらわ》れたのだ。

勝はただちにそのことを駿府徳川に報せた。そして、

「いたずらに流行に雷同するべきではありません。今こそ、徳川ならではの道筋を天下に示すべきとき。版籍奉還の建白書を軽々に京に送るべきではないでしょう」

と進言し、実際にそうするための根回しに奔走した。

だが、駿府徳川はそうはしなかった。

あっさり建白書を京へ送ってしまった。

勝は、大久保一翁をふくむ駿府徳川の首脳陣に向けて、遺憾の意を記しまくった手

紙を送りつけた。

何が外交掛だ。こんな真似をされて何の意味がある。他藩が考えもなく四藩に追随している有様を見て、自分たちまで慌てて追いかけるなど何ごとか。

自分は東京にいる人々へ、徳川はそうはしない、百年先を考えて献策をなすと明言したのに、これではただ恥をかいただけだ。

「もう名義は返上するので、あとは貴君たちで勝手にやってくれ」

そういう手紙だった。

いったい何度目か知れぬ、徳川への絶縁状だった。

——せいせいしたぜ。こんちくしょうめ。

正直なところ、どこかでこういう機会を求めていたのだろう。

これでもう、徳川と新政府の間を行ったり来たりすることもない。

そう信じたうえで、繰り返し、建白の内容を吟味した。

——公だ。

はっきり断言できた。

それまで、王政復古は私利私欲だというのが勝の主張だった。国を割るような真似をして、自分たちが賊ではないなどと思うな。ずっとそう切り返してきたのである。

しかも自分たちの経営のために、徳川の領地を削り、東北を攻めた。あさましいにもほどがある。

だが、薩長がその領地を朝廷に差し出したのであれば、それは公だった。

徳川がそうすれば諸藩は倣う。だから四百万石を維持しろ。そう勝が主張したのとまったく同じだった。

まさか薩長がやるとは思わなかった。むろん、完全に私を捨てることはできないだろう。進んで献納すれば、朝廷はそれを返してくれる。そういう打算をもった藩もある。しかしなんであれ、勝にとって、もはや新政府を非難する理由がなくなったも同然だった。

このまま諸藩は解体されればいい。

封建的な身分もなくなればいい。

薩摩も徳川も消え、真に有用な人材が登用され、この国を運営すればいい。

王政復古の私利私欲に対抗し、そのために徳川を残す。自分のなかにあった、ごく個人の信念、自分が背負うと決めた大義名分が、すーっと音を立てて消えた瞬間だった。

——終わったよ。

誰にともなく告げた。本当に御役御免だ。江戸という存在とともに自分の役目も消えたのだ。そう心から納得できた。

やがて、天皇が京を出発し、二度目の東幸を行った。

勝は、岩倉と利通に、駿府へ行くことを承諾してもらい、天皇東幸と行き違うようにして東京を出た。

そして、駿府に着くと、中老の面々に、願書を差し出した。

『御暇願《おんいとま》』

である。

徳川に関わる一切を辞職するので、どうか斡旋《あっせん》を願いたい、というものだった。これだけ働いたのだから解放しろ。もうお前たちのためには働かない。これまでになく、きっぱりと絶縁を告げる願書であった。

「待て待て、待て待て」

勝を止めたのは、やはり、慶喜ではなく、大久保一翁であった。

「いや、上様も今しばし、今しばし、働いてほしいと仰っておる。この願書は、わしに預からせてくれ。頼む、安房。頼む」

「ちなみに、私、安芳《やすよし》と改名する気でしてね。号も、海舟にしようかと」

勝は馬鹿馬鹿しそうに話を逸《そ》らした。

「そうか、安芳か」

「あほうとも読めるでしょう。私にぴったりだ」

「いや、うむ……いや、そうか。うむ、海舟というのも良い名だな」

「ええ。では、そういうことで」

「いや、待て、頼む。安房。安芳。海舟。勝。どう呼べばいい。とにかく、頼む」

勝は正直ここまで止められるとは思わずにいた。少々呆気にとられて相手を見返した。

「私に何をさせたいんです？」

「わかっておろうが」

「いえ、まったく」

「上様の御謹慎の解除だ」

勝は黙った。利通と岩倉に協力を請い実現させようとした策はあっさり潰えた。しかも、勝が局外中立の解除に貢献したため、水戸徳川昭武を出陣させる必要すらなくなりつつあったのである。官軍が最新鋭の軍艦を入手し、榎本が開陽丸を失ったことにより、旧幕軍を力押しで落とせる見込みが高まったからだ。

「私のやることなすこと、ひどい有様じゃないですか」

勝は自分を皮肉った。

「もうこれ以上、恥をかくのは嫌なんです。辞めさせて下さい」

だが一翁は受け入れなかった。

「今しばらくでいい。頼む、海舟」

それで、一翁にとっての勝の新名が決まった。新たに頼ることも決めたらしい。

「謹慎解除が最後の務めですよ。いいですね」

つい、勝は言質を取るために、言ってしまった。

「わかった。それでいい。頼む」

一翁が即答した。

——やられたか。

言質を取らせるためにあえて一翁が謹慎解除のことを持ち出したのだと察した。とにもかくにも、それだけは一向にいかんともしがたい難題だったからだ。それが果たせないことを理由に、またあれこれ頼まれるかもしれなかった。いや、一翁のことだから、そういう算段なのだろう。

勝はどうでもいい気分で駿府の城を退去し、宿に引っ込んだ。

さっさと東京に戻り、勝手に再就職先を求めてしまおうかと考えた。

——さて、何をやるかね。

新政府のために働くかどうかはわからない。公に舵を切ったあと、どうなるかは注目に値するが、あっちもこっちも火の車ではいずれ行き詰まるだろう。

それより、箱館の闘争の仲裁に尽力したい思いがあった。慶喜出陣さえ決定していれば、すでに決着していたはずの闘争だ。榎本が、有象無象の旧幕臣に担ぎ上げられていることを思うと、放置してはおけない。

一方で駿府に大量に移住した徳川家臣団の行く末も、まったく成り立っていなかった。開墾に励むしかないのだが、それだけではとてもまともな暮らしはできない。しかもろくに土地を耕すことを知らない武士が大量に移住したせいで、近隣の民は大いに困惑していた。これもどうにかせねばならないだろう。

――いや、待て。

解放されたいと願いながら、なぜまたそんなことを考えているのか。

――御役御免、御役御免。

そう念じて横になった。

――自分の役目はもう終わりだ。

ひたすら自分に言い聞かせる勝のもとへ、ある手紙が届いたのは、四月二十八日のことだった。

東京にいる関口艮輔からの手紙であった。

『議案数篇《へん》をお送りします』

とあった。新政府内で繰り広げられる多種多様の会議のことだ。それを見ろという。

なぜか。

『廟堂《びょうどう》（新政府）紛擾につきご承知下さい』

とにかく会議が増え、様々な役職が増やされる。それは衆人をたぶらかすものだというのである。事実、議定や参与の数が異常に膨れ上がり、行政の中枢が確立しない。つまり、混迷する新政府においては、利通と岩倉に期待するしかないという趣旨の手紙だった。

――西郷さんはどうしているかねえ。

勝が思ったのは、それだった。

新政府の要員膨張くらい、利通と岩倉がどうにかするはずだった。

むしろ、勝の興味は、ここしばらく聞かぬままの西郷の動静へ向かった。

――あんたと一緒に働きたいなあ。

勝の中で、その思いが急激に強まった。気づけば、江戸城の明け渡しから一年が経っていた。もう慶喜にも一翁にも遠慮することはない。自分が最も気心を通わせられる相手と、働けばいいじゃないか。

――何しろ復古に維新だ。

旧《ふる》いものも新しいものも、薩摩も徳川も、敵も味方も、早く一つにまとまればいい。

――そのために働いてやろうじゃないか。

駿府の城下から、馬鹿でかい富士山《ふじさん》を仰ぎ見て、久々になんとも良い気分になりながら、そう己に誓った。

終章　留魂の碑

明治十二年（一八七九年）の七月二十八日。

勝は、木下川《きねがわ》にいた。中川《なかがわ》と荒川《あらかわ》、そして中井堀《なかいぼり》の狭間《はざま》にある地域で、そこの木下川薬師こと浄光寺《じょうこうじ》を、一人で訪れたのだった。

このとき、勝は五十七歳となっていた。

目的は参拝ではない。支払いである。

かねて制作させていたものがようやく完成し、それを浄光寺に運ばせたのだ。その運び賃、寺の地所を永代借用とするための寄付金、そして謝礼を支払った。

それから、寺の門内に運び込まれたものを、しみじみと眺めた。

碑であった。

勝の背丈ほどもある石の表と裏に、詩が刻まれている。勝はそれを記念碑と称していたが、やがて、表に刻まれた詩の結句にちなみ、留魂碑と呼ばれるようになる。

朝蒙恩遇夕焚坑
（朝《あした》に恩遇を蒙《こうむ》り夕《ゆうべ》に焚坑《ふんこう》せらる）
人世浮沈似晦明
（人世の浮沈晦明《かいめい》に似たり）
縦不回光葵向日
（たとひ光を回《めぐ》らさざるも葵《あおい》は日に向かふ）
若無開運意推誠
（もし運開くなきも意は誠を推す）
洛陽知己皆為鬼
（洛陽《らくよう》の知己皆鬼となり）
南嶼俘囚独竊生
（南嶼《なんしょ》の俘囚《ふしゅう》独り生を竊《ぬす》む）
生死何疑天付与
（生死何ぞ疑はん天の付与なるを）
願留魂魄護皇城
（願はくは魂魄《こんぱく》を留《とど》めて皇城を護《まも》らん）
獄中有感《かんあり》　南洲《なんしゅう》

朝に主君の恩遇を受ければ、夕には弾圧される。そのような人生の浮き沈みは、昼夜の繰り返しのようなものだ。向日葵《ひまわり》はたとえ光が当たらなくとも太陽の方を向くように、たとえ運が開かずとも、意は誠を推すべきだろう。京都の同志たちがみな国難に殉じたのに、南の島で囚人となった自分ひとりが生き恥をさらしている。生死は天から与えられるものなのだ。願わくは、死ののちも魂を地に留めて皇城を護ろう。

西郷吉之助が、かつて島に流され、不遇をかこっていた時期の詩である。勝が、この詩を記した西郷の書を、碑文のもととして選んだ。石を彫るための写しも用意させた。石代から彫り代、そのほか全て、自費でまかなった。二年前に死んだ、西郷のためである。

碑の裏には、勝による漢文が刻まれていた。

慶応戊辰之春。君率大兵而東下。
（慶応戊辰の春、君大兵を率いて東下す。）
人心鼎沸。市民荷担。

（人心鼎沸《ていふつ》、市民荷担す。）
我憂之。寄一書於屯営。
（我之《これ》を憂へて、一書を屯営に寄す。）
君容之。更下令戒兵士驕傲。
（君之を容《い》れ、更《かえ》て令を下して兵士の驕傲《きょうごう》を戒め、）
不使府下百万生霊陥塗炭。
（府下百万の生霊をして塗炭に陥らしめず。）
是何等襟懐。何等信義。
（これ何らの襟懐、何らの信義ぞ。）
今君已逝矣。偶見往時所書之詩。
（今君已《すで》に逝きたり、たまたま往時書する所の詩を見る。）
気韻高爽。筆墨淋漓。恍如視其平生。
（気韻高爽《こうそう》、筆墨淋漓《りんり》、恍《こう》として其《そ》の平生を視《み》るが如し。）
欽慕之情不能自止。
（欽慕《きんぼ》の情、自《おのずか》ら止む能《あた》はず、）
刻石以為記念碑。
（石に刻して以《もっ》て記念碑と為《な》す。）

嗚呼君能知我。
（ああ君よく我を知れり）
而知君亦莫若我。
（而《しこう》して君を知る亦《また》我に若《し》くはなし。）
地下若有知。其将掀髭一笑乎。
（地下もし知る有らば、それ将《まさ》に掀髯《きんぜん》一笑せんか。）
明治十二年六月友人勝安房誌
（明治十二年六月友人である勝安房が誌《しる》す。）

江戸城の無血開城のことを書き、その達成は何より西郷のおかげだと称《たた》えていた。

たまたま西郷のかつての詩句を見て、生きているあなたに会えたようだと喜んだ。

そして、敬慕の情が溢《あふ》れ出して止まらないので、石に刻んで記念碑としたのだと亡き友に告げる。

そういう文を記した上で、勝はこう断言していた。

あなたは私をよく知っていた。そして私以上に、あなたのことを知る者はいない。

私がこんなことをしていると知ったら、冥土《めいど》でほお髭を大いに動かして笑ったでしょうね、と。

だが、碑を眺めるうち、思わずほろ苦い笑みを浮かべていたのは、勝の方だった。

――あんときゃ、おれや前上様が賊だってことになってたんだがねえ。

今では、西郷が賊だった。

新政府、もとい明治政府への反逆者だった。西郷のことを表立って罵《ののし》る者は、そういないが、しかし現実に、そう処断された。

勝が碑を建てたのは、その名誉を回復させるためである。西郷の遺児たちの面倒をみることについても、政府の要人らや薩人らと、よく話していた。

あくまで、私人としてである。

公人としては、誰も西郷の死を悼むことはできない。政府の決断を批判することになるからだ。彼らの代わりに、全部一人でやった。

この碑に刻む詩句や漢文のことは、あらかじめ、ある男を通して薩人たちに話を通している。その男が、薩人たちに異存はないと勝に伝えてくれた。ごく内密に。

男とは、山岡鉄太郎である。今は、鉄舟《てっしゅう》と名乗っていた。明治政府に招かれ、天皇の侍従となっているとのことだった。

当然、その山岡も、この碑を建てることには加われない。きっと今ここに勝と立ちたかったろうが、山岡がどれほど望んでもすべきではなかった。

だから、勝は一人で碑の前にいた。

もうずっと、明治政府の任命を断り続けている。自分でも珍しいことに、首尾良く断れることのほうが多かった。

十年ほども前は、徳川家に『御暇願』を叩きつけても働かされ、明治政府にこれでもかと辞退の返答をしても、ひたすら官職を押しつけられたものだったが。

それも終わった。

西郷がこの世を去ったことで。


「なぜでしょうか」

いつか、山岡がそう問うたときの、陰々滅々とした呻《うめ》くような声を、今まさに碑の向こうから聞いた気がした。

西郷が、遠い西南の地で没したという報が、東京にもたらされたすぐあとのことだ。

「なぜ、西郷殿は、自刃せねばならなかったのでしょうか」

あの男には希《まれ》なことに、禅の息吹も忘れ、肩を震わせていたものだった。

「廟堂《びょうどう》の大分裂さ」

というのが、勝の返答だった。とはいえ勝もまた、読めていなかった。まさか西郷がそのような最期を迎えるとは、想像もしていなかったのである。

――あんたと一緒に働きたいなあ。

西郷の訃報《ふほう》に接するまで、無邪気にそう思い続けていたのがその証拠だった。

まさに、生死は天が与えるものだ。のちに碑に刻む詩句を見つけたとき、深く納得させられたものである。何もかもが不条理であり、はるかに人智を超えていた。

だが山岡は、人倫の信奉者である。西郷が賊として討たれるという不条理に抵抗した。

「なぜ、分裂したのでしょうか」

重ねて、そう尋ねてきた。

——おれも、なんでだと叫びてえよ。

勝はしかし内心を抑え、条理を述べることに努めた。今は、そうすることでしか、訃報の衝撃を受け止めきれないと経験的に知っていたからだ。

「分裂する理由は、いたるところにあったよ」

そう言ったが、正確な内情と見解はやや食い違うだろうこともわかっていた。

西郷が官職を辞したとき、勝もまた明治政府とは距離を取っていたからだ。

二人とも、大久保利通が推し進める諸政策に、反対していた。もちろん明治政府が利通一人で運営されていたわけではない。だが、西郷にとって利通は盟友であり、薩摩側が主張する政策実施の要《かなめ》だった。勝もまた、明治政府とのやり取りをほとんど利通づてで行っていた。二人にとって、利通の存在は、政府の窓口、あるいは政府そのものだった。

勝も、決して利通一人を非難したいわけではないが、

「たとえば、明治政府が万年金欠で、人民の暮らしの保障をさっぱりしやがらねえところだとかな」

と、思わず口にしてしまった。

明治二年頃の勝の主な活動といえば、貧者の救済であった。駿府に移った徳川家臣団は、飢民になる寸前。加えて、東北や蝦夷地で敗れたが、生き残って捕縛を免れた者たちが、食い扶持《ぶち》を求めて勝のところへ助けを求めてくる。

東北戦争は、最終的には箱館戦争となり、明治二年の五月十八日に、榎本らの降伏によって終結した。

なお、榎本は投獄されたが、助命嘆願が叶《かな》って、明治五年の正月に赦《ゆる》され、謹慎となり、ついで放免となった。そして榎本の才能を評価する明治政府の一部の者たちによって、蝦夷地における開拓使として働くことになる。

徳川が自ら捨てた榎本の策を、明治政府が拾った形だった。勝と同じく、皮肉な変転であったが、榎本は蝦夷地の開拓を経て、駐在ロシア特命全権公使として活躍した。さらにその後、海軍卿《きょう》、清国特命全権公使、大臣歴任と、旧幕臣の中ではひときわ取り立てられることとなった。

「上手に働かされてらあ」

というのが勝の感想であり、榎本も同感のようだったが、それなりにやり甲斐《がい》があったのだろう。勝のように役目を蹴飛《けと》ばし、明治政府と距離を取るようなことはなかった。

だが旧幕臣のほとんどは、勝の懸命な斡旋《あっせん》にもかかわらず、なかなか職につけずにいた。

官軍として戦った士族たちですら同様だったのだから当然だろう。

明治政府は、全国民の生活保障という難問に直面した。徳川幕府ですらそんな規模で人民の生活を考えたことなどない。難問というより、到底、無理な話だった。政府が率先して爪に火をともすような涙ぐましいやりくりで、徐々に福祉を実現するしかなかった。

「そんなわけだから、当然、旧幕臣よりも、官軍側の士族のほうが不満たらたらだ」

勝は山岡に言った。

大久保利通ら明治政府の面々は、この不満分子を危険視した。国内鎮撫《ちんぶ》。東北戦争に続き、国内の騒擾《そうじょう》対策を立てるべきとした。

「それじゃあ、ただの弾圧だ、ってのが西郷さんの意見だったんじゃないかねえ。それよりも、諸外国との貿易を盛んにするだとか、鎖国する朝鮮王国に開港を訴えるだとかして国の経営を立ちゆかせるのが先決だってことを主張したんだよ。そうして得た金を、貧窮する連中の救済に回せってね」

「それがしには、西郷殿の意見は道理に思われます」

「だがまあ、日本の近隣諸国ってのは、どこもいささか難しい問題があった。朝鮮王国は国王の父親が断固鎖国を唱えて『日本人と交誼《こうぎ》を結ぶ者は処刑する』ってな布告まで出したっていうよ。ちょうどフランスとロシアが朝鮮半島を狙ってたときだ。そこに日本まで加わる気だと思って恐れたんだろうさ。西郷さんは、朝鮮王国に使者として赴いて、説得する役を担うはずだったが、岩倉やなんやかやが時期尚早だといって止めちまった」

「征韓論というやつですか。兵を渡海させて開国を迫るという……」

「いいや。西郷さんは違う。そいつは板垣退助《いたがきたいすけ》辺りの考えだ。それにしたって朝鮮王国を攻め滅ぼして自分たちのものにしようなんてことは頭になかったんじゃないか。そんなことは、どうしたって無理なんだ。そんなことをすれば相手は朝鮮王国だけじゃない。フランスやロシアとも同盟を組むか戦うかしなきゃいけなくなる。大変な騒ぎになっちまうだろうさ」

「それがしは西郷殿が朝鮮王国を強攻せんとしたと聞きました」

「いつの間にかそういうことになっちまっただけだ。西郷さんは、もし万一、使者として赴いた自分が殺されたときは、正々堂々、攻めればいいという考えだったんだよ。それにしたって目的は開国してもらうことだ。そうして貿易で国の経営を潤すんだ」

山岡がしばし口をつぐみ、やがて別のことを訊《き》いた。

「なんであれ、台湾《たいわん》には出兵しました」

「あれは琉球《りゅうきゅう》の国人が遭難して台湾にさまよいこんで、現地の連中に皆殺しにされたからさ。明治政府は清国に抗議したが埒《らち》があかなかった。台湾に住んでる土族のことなど清国の管轄じゃないというんだ。それでこの国の軍人どもが憤激して、台湾を攻めるということになった」

「聞くところによれば、琉球王国はその昔、薩摩が攻め込んで以来、ずっと薩摩が貿易の半分を牛耳っていたといいますな」

「そうさ」

「もう半分は清国のものであるとも」

「そうだよ、山岡さん。琉球王国はそれで今もずいぶん苦労してるらしいじゃないか」

「いずれにせよ明治政府が介入すべきことであると判断されたわけですか」

「貿易ということを考えれば、もう薩摩だけの論じゃないからね。薩摩内の事情なんだから、薩摩が片付ければいいいっていう時代じゃない」

「はい。なのに、朝鮮王国は攻めず、台湾は攻めた」

「そうだよ。朝鮮王国の説得がなしになって、西郷さんや板垣なんかは、みんな辞めちまった。そのあと、台湾を攻めるってことになり、朝鮮王国のときとどう違うんだと納得のいかなかった木戸辺りが辞めた。そうこうして、廟堂が分裂したんだ」

「つまりは近隣の国を攻める攻めないの議論ではなく……」

「ほったらかしにされて飢えるばかりの士族たちの生活と行く末のために、明治政府は何かしてやる気があるのかどうかという議論だったんだ」

山岡がうなずいた。この男のことだから、己でもそうした推測を働かせていたろうし、薩人とも親交があるのだから、勝が言ったことは半ば承知していたはずだった。

それでも問うたのは、西郷について、勝と認識を共有したかったからだろう。

勝、西郷、山岡、益満といった、敵味方でありながら、ともに江戸城の無血開城を成し遂げた者たちには、表立って口にはできないけれども、暗黙の、そして強固な絆《きずな》が、互いにあると山岡は信じているのだ。

その絆を綻《ほころ》ばせるような認識の齟齬《そご》があるかどうか、勝と山岡の納得の仕方に相違がないかどうか、どうしても確かめたかったに違いない。

勝は、山岡と自分の認識がそうそう異なってはいないことを示すために言ってやった。

「西郷さんは、行き場のない士族たちのために命をくれてやったようなもんだ。これほど無私の人を、おれは知らないよ」

果たして山岡が瞑目《めいもく》してうなずいた。ただ故人を偲《しの》ぶというようなものではなかった。親兄弟を失ったかのような嘆きの念が総身からにじみ出ているのである。

――西郷さんを追い込んじまったのは、もしかすると、おれかもしれないんだよ。

その山岡へ、勝は、そっと心中で呟《つぶや》いていた。

勝が、駿府の徳川と、東京の明治政府の間を、行ったり来たりさせられていた時期、西郷は鹿児島に帰ったまま出てこなかった。

西郷が豪腕を振るったのは、明治四年の「廃藩置県」のときである。ばらばらだった諸藩を「日本国」としてまとめ直す。勝や多くの人々の悲願たる大仕事だ。版籍奉還を呼び水としつつ、薩長土肥の兵力を脅しに使いながら、果敢に実行したのである。

その後、大久保利通、岩倉、木戸らが欧米視察の長旅へ出発し、三条の下で西郷が政府の留守を預かることになるのだが、その少し前に、勝は東京で西郷と会っていた。

「正直なところ、死んでいた方がましではなかったかと思うことしばしばです」

西郷は、そんなことを言った。

「私も、ときどきそう思いますよ」

勝は、そう言って西郷を宥《なだ》めるしかなかった。

このとき西郷が苦慮していたのは、薩摩藩主・島津忠義《ただよし》の父であり実権を握っていた久光が、廃藩置県のことを聞き、烈火の如く怒ったということであった。薩摩の若い下士が勝手に世を動かし、上士を蔑《ないがし》ろにしているという、旧態依然の観念でもって怒ったのである。

　西郷は下士としてひどい扱われ方をしたことが何度もあったが、主君を憎んだことはないといっていい。勝が慶喜を憎悪することがなかったのと同じである。慶喜から罵られた経験も、このときの西郷とよく似ていた。

　勝は「前上様」と切り捨てられたが、西郷はそうはいかなかった。久光を宥め、説得するか、あるいは怒りの矛先が自分へ向くのを黙って受け入れるしかない。
西郷はそのため鹿児島に帰らざるを得なくなった。
これに困ったのが、明治政府である。西郷を東京に呼び戻したいが、どうしたらいいかわからない。それで、勝と大久保一翁に相談が来た。

　勝と一翁は鹿児島に行き、久光を懐柔した。自分の活躍の場がないことを恐れる久光にしかるべき官職への道筋をつけるなどしたのである。二人とも、頑固で独断専行型の、はなはだしく迷惑な殿様には、慶喜で慣れていた。

　こうして勝と一翁は、久光とその家臣団ごと、西郷を東京に連れ戻したのだった。
だが西郷は、利通が欧米から帰国してのち、自分は鹿児島に戻るつもりで、その準備をひそかに調えていた。西郷も、勝が慶喜から疑われたように、旧薩摩勢と明治政府のどちらからも疑惑の目を向けられ、各所で頻発する軋轢《あつれき》に困り果てていたのである。勝が『御暇願』を叩きつけたのと同様、西郷も全てを一刀両断にしてやりたかったことだろう。

このときも勝は、そうと察知した利通らから頼まれ、一翁に、

「こう西郷さんを問い詰めて下さい。きっと、よく効くでしょう」

やや悪知恵に近いことを教えた。

一翁は、西郷のもとへ赴き、さも裏切られたというような様子で、勝から教えられた通りのことを述べた。

「旧幕臣である我々が、微力ながらも新たな政府のため、この国のため、日々忠勤しているというのに、きわめて重要な中心人物である貴君が、任務を一切放棄して鹿児島に帰るなどというのは、まったく残念だ。とてもやってられない。私も勝も、旧幕臣一同はこれを最後に官職を辞そうと思う」

完全な詰問である。

西郷はこのとき、鹿児島帰還を止められないよう秘密にしていた。それがなぜ一翁に漏れたのかと、さぞ驚いたことだろう。だがさすがは西郷で、思わずといった感じで、

「いったい誰がそういうことを言うのですか。吉之助はまだ帰りませぬぞ」

そう断言してしまった。

西郷があっさり帰郷を否定するようになり、引き止めを頼んだ当の利通が、いったいどういう知恵を働かせたのかと首をひねったという。利通よりも勝の方が、西郷の人となりを一段深く理解していたということになる。

なんであれ、西郷は東京に残った。

明治六年の六月のことである。

そして、廃藩置県を断行したせいで、身分を失った主君、久光の憎しみの標的となり続けた。

一方、士族たちは自分たちの生活がまったく保障されないことを察して、不満をたぎらせ、その陳情を、これまた西郷が浴びることとなった。

食うに困る者たちを救済するという西郷の訴えは、政府内ではまともに取り上げられることもなかった。

廟堂の大分裂ののち、西郷を待っていたのは戦火だった。

——もしあのとき、おれがあんたを引き止めるための手など打っていなかったら、あんたは今も生きていたかい。それとも、やっぱり士族たちに命をくれてやったのかい。

勝は、たびたびそう虚空に問いかけた。

大分裂において、征韓論派と呼ばれた西郷や板垣退助ら参議は、利通や岩倉らと決裂し、一斉に官職を辞した。

十月。勝と一翁が示し合わせて西郷を引き止めた四ヶ月後のことであった。

そのとき、勝は明治政府の用で、横須賀《よこすか》に行かされていたのだが、東京に戻ると西郷はいなくなっていた。

勝は一翁と手紙をやり取りし、先の状況では西郷帰郷は止められたが、

「今回ばかりはどうしようもない」

と結論するしかなかった。

征韓論については、勝も意見を求められ、フランスやロシアの動向を理由に反対意見を述べていたが、政府内で議論を戦わせたわけではない。勝が関与し得ないことだったのである。

西郷たちが辞職した穴埋めとして、勝は昇進ということにされた。久光は内閣顧問に就任した。

だが勝は、まだ楽観的だった。

——いずれ戻ってくる。あるいは、おれが戻させてやる。

西郷を止めることはできなかった。だがどうにかして、復帰の道筋を作ってやろうという気持ちでいた。

ただそれは、もう利通や岩倉たちのもとですべきことではなかった。

勝もまた、駿府徳川の家臣団救済のことなど思案の外である当時の明治政府首脳陣に、見切りをつけていたのである。

勝は、少しずつ利通と距離を取り、辞職の機会を窺《うかが》った。

ちなみに一翁は、とっくに隠居を決め込んでいた。

――あんたがいないんじゃ、おれたちも辞めるというのは本当なんだぜ。

西郷を引き止めたときの口上は、実は自分が用意したのだ。そう告白する機会は、しかし、それっきり失われてしまった。それこそ、勝の想像の埒外のことだった。

翌明治七年に、士族の最初の反乱である、佐賀の乱が起こった。

また一方で、台湾への出兵が実行された。軍勢は、西郷の弟である従道《つぐみち》が指揮し、征韓論で辞職した兄の代わりに奮闘した。

その年の八月、勝は、利通が清国に行っている時期を狙って、辞職した。

――ああ、ようやく御役御免だ。

自分の役目は終わったと思ってから、いったいどれほど月日が経っただろう。ようやく全てから解放された気分を味わったものだった。

しかし翌年春、明治政府は元老院を設置し、勝を元老院議官に任命した。

それに対し勝は、即座に辞表を提出している。

この辞表は受理されるのに手間がかかったが、拝命する気は毛頭なかった。その決心を押し通し、冬になってようやく辞職が認められた。

かくして勝も西郷も、在野の人となったのである。

だが、明治八年、九年と、士族の反乱が続き、まるで導火線が火を送るようにして、戦火を運んでいった。この国の最後の内乱を。彰義隊の闘争と東北戦争に続く、勝の思いを挫いた三つ目の戦火にして、生涯の友を奪った、西南戦争という炎を。


明治十年、一月の末。政府は鹿児島の武器弾薬を接収することで士族反乱が飛び火しないようはかったが、これが逆効果となった。大分裂を経て鹿児島に戻った西郷らが設立した私学校の若い士族たちが、自分たちの財産である武器弾薬を奪われることに怒り、政府軍の弾薬庫を襲うという事件を引き起こした。

これが、西郷を戦火に引き込む原因となった。

勝は東京におり、政府から離れていたため、鹿児島の事情はとんと知らなかった。三条の配下が勝の自邸に現れては、何か知らないかと遠回しに尋ねるのだが、何のことかもわからない。

それまで常に諜報《ちょうほう》を駆使してきた勝であったが、このときは完全に世相から乖離《かいり》していた。何年も待ち続けた安穏たる日々を送ることの方が大事だと思っていたのだ。

だがすぐに、世は安穏とはほど遠い状況にあることを知った。幾ら諜報を放棄したといっても、明治政府の方から勝手に情報を送ってくる。しかしその政府も、遠い鹿児島の状況をすぐさまつかむのは困難を極めた。

岩倉からは、使者づてに、

「鎮撫のことご相談」

というような依頼が来たが、具体性に欠けた。勝自身、何をすれば鎮撫となるのか毛頭わからない。

「力の及ぶ限りは努めましょう」

としか返しようがなかった。

だが、勝はここを機と見た。ただちに情報収集に精を出し、道筋を算段した。何の道筋か。西郷復帰である。

後日、改めて岩倉本人が勝を招き、鹿児島に行って鎮撫してくれと依頼した。

勝は言った。

「行かないでもないですが、その代わり全権を預かります。どんなことをするかしれませんよ」

途端に岩倉が不安そうな顔になった。

「どういうことだね」

「大久保利通でも木戸孝允でも、免職させるかもしれませんね」

岩倉が目を剝《む》いた。

「それは困る」

「何が困るんです？　どっちも依怙《えこ》贔屓《ひいき》がすぎるでしょう。日本国の新政府を築くよりも、自分の門閥作りに躍起になってませんかね」

「いやいや、そうとも言えぬ。二人とも懸命に政府のために働いておる。説明させてくれんか」

慌てて勝を説得しようとしたが、勝は平然と笑って言った。

「そんなら私が行くまでもないですね」

岩倉が言葉に詰まったが、さすがに幕末を生き延びた人物である。ややあって、別のことを勝に頼んだ。

「では東京で士族が暴動を起こさぬよう鎮撫を頼む。これではどうか」

鹿児島という戦火の地では、どんな無茶が通るかわからない。ひとまず安全地帯で勝を使い、あれこれ条件をつけた上で、改めて鹿児島に派遣する、というような算段であったのだろう。

勝にしても、逆の意味での算段のつく立場だった。東京鎮撫を理由に、最終的には西郷の復帰につなげればいいのである。

「いいですよ。承りましょう」

岩倉がやっと安堵《あんど》の息をつき、

「まったく……あなたのように思うがまま自由狼藉《ろうぜき》の言葉を吐けたら、気分がよいでしょうなあ」

つくづく感心したように言った。

そんなことで誉められても嬉《うれ》しくもなんともない。自由はいいが、政府の名のもとに貧者救済を後回しにするという狼藉を働いているのはそっちだろうと言ってやりたかった。西郷が士族の乱に荷担したのも、勝が旧幕臣のために骨を折るのも、政府が彼らに最低限の生活の保障すら与えないからだというのに。

それはともかく、勝は、そうして、久々に精魂を込めて交渉ごとに打ち込む気になった。

だが、このとき勝も岩倉も、鹿児島の戦況を知らなかった。

政府軍は早くも、西南戦争における要害の地、田原坂《たばるざか》を占領していたのである。

若い士族が弾薬庫を襲ったことで、私学校で彼らの面倒を見ていた西郷は、その蜂《ほう》起《き》の旗頭となっていた。

当初は健闘していたものの、政府軍の最新鋭の装備に押され、田原坂占領を境に、敗勢へと転じさせられたのであった。

イギリス公使から遣わされたアーネスト・サトウが勝の自邸を訪れ、イギリス側が入手した情報を伝えてくれた。

「田原坂を占領されたが、西郷は、負傷した部下を一人残らず引き連れ、見事に退却したそうです」

そうサトウは告げた。

それからしばらくして、またサトウが来た。

今度は情報の提供ではなかった。明治政府の意向を受けながら、勝に提案をしてきたのである。

「明治政府内には、西郷に降伏を勧めるべきだという意見があります。私も賛成です。その役割を担うのにふさわしい人物は誰か。明治政府も私も意見を同じくしました。あなたです。どうか引き受けてはくれませんか」

――とうとうイギリスにまで頼まれるようになったか。

それもこんな形で。岩倉辺りの知恵だろうか。直接頼んでも、勝から難題をふっかけられると思って、サトウを代役にして送り込んで来たのかもしれない。

勝は、しばらく口をつぐんだ。

西郷が勝てるとは思っていなかった。西郷自身も勝てるとは思っていなかっただろう。ただ士族の不遇を訴えるすべが、ほかになかっただけなのだ。

やがて、我ながら重たい口を開いて、断る旨を告げた。

「大久保利通が行くべきでしょう。私を使いっ走りの代理にする必要はない。私はね、あの男の支配下にあるような政府には仕えないと決めたんです。西郷さんと同じでね」

交渉をする気など完全に失《う》せていた。

いや、その糸はまだか細いながらも残っていただろう。だがそれをしても仕方なかった。西郷は、相手が誰であるから降伏するというような決め方はしない。勝が行こうが、誰が行こうが、変わらないのだ。だったら、自分の手を汚さず逃げるような真似はせず、西郷のかつての盟友である利通が行くべきだろう。

「そもそも西郷さんが久光公の怒りを一人で浴びたのは、同じく家臣だったはずの大久保利通がそう仕向けたからですよ。西郷さんが盾になってくれるとわかっててやったんです」

勝はきっぱりとそう告げた。

サトウも、勝の心は動かないと判断したのだろう。重ねて交渉をするようなことはせず、了解したと言って退去した。

——降伏。

勝は胸中でその言葉をもてあそんだ。

榎本はそうした。部下たちの戦意を抑えきれず、他に道もなく、戦火に進んだ。その点では西郷と同じである。

では西郷は降伏するだろうか。勝であれば、そうするかもしれない。だが西郷であれば、どうか。そうしてくれと言うこともできない。そうしろと念ずることもできない。西郷は西郷だった。死地において、たとえ敵であっても、最も勝が信頼した男だった。

勝はただ、瞑目した。

その身から、早くも悲嘆が洪水となって溢れ出るようだった。

明治十年、九月二十四日。

政府軍は、反乱軍を包囲し、総攻撃を加えた。

洞窟《どうくつ》にこもっていた西郷は、そこから部下たちとともに打って出て、被弾したのを機に、

「もう、ここらでよかろかい」

と言って、自刃し、同じく負傷していた部下に己の首を刎《は》ねさせた。

それが、江戸城の無血開城を成し遂げた二人の麒麟《きりん》児《じ》の、一方の終焉《しゅうえん》となった。

気づけば、夕暮れが迫っていた。

勝は、じっと留魂碑を見つめ続けていた目を、ようやく辺りに向けた。

碑の向こうから聞こえていた、山岡の声は、もう聞こえない。

亡友悲嘆の念は胸中にあって消えることとてないだろうが、これでやっと、いろい

ろ取りかかれると思った。西郷の汚名を雪《そそ》ぎ、その遺児たちが活躍できるよう道筋を作ってやらねばならない。駿府徳川の家臣団も相変わらず貧窮している。明治政府はどこまでも廟堂紛擾の有様だ。

「この期に及んで、まだ、御役御免てわけにはいかねえみてえだなあ」

暮れゆく空を仰ぎ見て、大きな声でわめいてやった。

それから、思い切り息吹をし、地面に顔を戻すと、碑に微笑みかけた。

「おれたちが死んだ後、この国を支えてくれる日本人の子らが、きっといい国にしてくれる。あんたもおれも、結局のところ、そう信じて働いてきたんだ。おれは、世に残れる人として、もう少しばかり働きますよ、西郷さん」

そして、背を向けた。

行く先は、近所にある屋敷である。勝が斡旋して徳川家の所有としたものだ。

そこで一泊し、翌日、建碑を見届けずに発《た》った。そちらはすでに人に任せていた。自分には他にやることがあった。

仲夏の突き抜けるような真っ青な空の下、勝は亡友への敬慕を胸に、赤坂の自邸へ戻っていった。

江戸ではなくなった、見知らぬ都市へ。

これから生まれるはずの、未知の日本のために。

参考文献

『勝海舟』松浦玲　筑摩書房
『勝海舟と西郷隆盛』松浦玲　岩波新書
『幕末証言「史談会速記録」を読む』菊地明　洋泉社
『徳川慶喜』家近良樹　吉川弘文館
『西郷隆盛と明治維新』坂野潤治　講談社現代新書
『勝海舟の真実　剣、誠、書』草森紳一　河出書房新社
『勝海舟全集』講談社

薩摩弁監修／東川隆太郎

解説

末《すえ》國《くに》善《よし》己《み》

戦国と幕末維新は共に歴史小説の題材に選ばれることが多いが、人気が高いのは戦国時代である。それは戦国武将が合戦で汚い手段を使ったり、謀略で敵を攪乱《かくらん》したりしても、そこには領国を守るという明確な目的があったため暗い部分が目立たないのに対し、尊皇攘夷《そんのうじょうい》をスローガンに江戸《えど》幕府を批判した勤王の志士たちは、攘夷を唱えながら海外から最新の武器を輸入し、政権奪取後は批判していた開国に舵《かじ》を切っているので、どうしても節を曲げたように見えてしまうからである。しかも幕末の騒乱期に人斬《き》りとして活躍した河上彦斎《かわかみげんさい》を、新政府の方針に従わず過激な攘夷論を主張し続けたため実質的に粛清し、若き日の理想を忘れたかのように政商と結び付いて私腹を肥やしたかつての勤王の志士もいたので、あまり美しさが感じられないのだ。

こうした幕末ものの歴史小説の思い込みを覆してくれるのが、勝麟太郎《かつりんたろう》（海舟《かいしゅう》）と西郷吉之助《さいごうきちのすけ》（隆盛《たかもり》）が行った江戸城無血開城に向けての交渉に焦点を絞った本書『麒麟児』である。西郷は「命もいらず、名もいらず、官位も金もいらぬ人は、仕末に困るもの也《なり》。此《こ》の仕末に困る人ならでは、艱難《かんなん》を共にして国家の大業は成し得られぬなり」（『西郷南洲遺訓』三〇条）との言葉を残したが、本書はまさに「命」も「名」も「官位」も「金」も求めず、幕府にも新政府にもいる反対派を抑えて新しい政治システムの構築という「国家の大業」を成し遂げた人物として、勝と西郷を捉《とら》えている。それだけに、読み進めていくと心が洗われるような気分になるだろう。

物語は、山岡鉄太郎《やまおかてつたろう》（鉄舟《てっしゅう》）が、勝の屋敷を訪ねてくるところから始まる。

一八六八年一月三日、鳥羽《とば》・伏見《ふしみ》で幕府軍と朝廷から与えられた錦《にしき》の御旗《みはた》を掲げる新政府軍（官軍）の戦闘が始まった。京の二条城《にじょう》にいた第一五代将軍・徳川慶喜《とくがわよしのぶ》は、朝廷への恭順を示すため大坂城《おおさか》へ入り、さらに幕府軍が有利だったにもかかわらず、側近だけを連れ大坂湾に停泊していた軍艦・開陽丸《かいようまる》で江戸に帰った。慶喜から官軍総督府に行って恭順謹慎する意志を伝えるという命令を受けた山岡は、総督府の誰を訪ねるべきか聞く相手に勝を選んだのである。

幕末史が分かり難《にく》いのは、幕府と佐幕の雄藩・会津《あいづ》藩と共闘し長州《ちょうしゅう》を敵視していた薩摩《さつま》が、いつの間にか長州と組んでいたり、大政奉還した慶喜は徳川家と雄藩が連合して天皇を支える構想を持っていたが、いつの間にか朝敵として攻撃されたりと、敵味方が短期間で入れ替わったことも大きい。著者は、勝と山岡のやり取りを通して、複雑に入り組む幕末史を解きほぐしていくので、歴史に詳しくなくてもすんなりと物語に入っていけるはずだ。勝は山岡に加え、屋敷で預かっていた薩摩藩士の益満休之助《ますみつきゆうのすけ》を駿府《すんぷ》にいる西郷のもとへ送るが、使者となる山岡と益満も「命もいらず、名もいらず、官位も金もいらぬ人」だけに、脇役ながら強く印象に残る。

ここから江戸城無血開城に向けての交渉が加速していくが、二人が対面する前から自陣を有利にする駆け引きは始まっていた。その一つが、勝が準備を進める焦土戦術である。勝が、町火消で侠客《きようかく》の新門辰五郎《しんもんたつごろう》らを動員して官軍に利用される恐れのある食料、武器、都市インフラを焼き払う計画を立てていたのは史実である。その理由は、戦端が開かれた時に幕府軍を有利にするためとも、西郷に圧力をかけ攻撃を断念させるためともいわれている。著者は、これらの他にも勝には焦土戦術の実行をほのめかす目的があったとしており、独自の解釈にはミステリー的な面白さと説得力がある。

だが勝と西郷の息詰まる頭脳戦、心理戦が本格化するのは、直接交渉の幕が切って落とされてからである。時代の流れが変わったことが理解できない幕府の首脳は、官軍が出してきた七つの降伏条件すべてについて、異論を差し挟んできた。無理な条件を前提に交渉しなければならなくなった勝と、幕府の回答では主戦派を抑えられないと考える西郷が、江戸城への攻撃を回避したいという共通の想いを現実にするため会話を使った静かな戦いを繰り広げるところは、剣の達人二人による決闘や、名将に率いられた大軍がぶつかる合戦に勝るとも劣らないスリルが味わえる。

　幕府も、官軍も、背後に戦争で雌雄を決したい過激な一派を抱えていたが、勝と西郷は、時に相手の譲歩を引き出し、時に自分が妥協するなどして、戦争を回避し純粋な交渉だけで江戸城無血開城を成し遂げようとする。伝統的に日本は外交が苦手とされ、それを象徴するのが、関東軍が満鉄の線路を爆破した柳条湖事件《りゅうじょうこ》（当時は、張学良《ちょうがくりょう》ら東北軍の犯行とされた）、満州国《まんしゅうこく》建国といった日本の大陸進出を調査したリットン調査団への対応である。リットンの報告書は、柳条湖事件は日本の自衛とは認めず、満州国建国も自発的とはいえないとの結論を出したが、事変前に戻すことは現実的でないため、満州国での日本の権益を認めていた。だが満州国の存在を国際社会に認めてもらうことにこだわった日本は、報告書への反発を強める国民の声が大きかったこともあり、承認という名を捨て権益という実をとることができなかった。これにより日本は国際社会での孤立を深め、太平洋戦争突入の遠因になる。合理的な思考とタフなネゴシエーションで妥協点を見つけ平和裡《り》に事態を収拾した勝と西郷は、日本に不利な発言をする国が出てくると、ネットに〝国交断絶〟、〝憲法を改正して軍備増強〟など感情論に走った過激な発言があふれ、それに責任ある政治家が同調するケースさえある現代の状況への、痛烈な批判になっているように思えてならない。

　ギリギリの交渉が進むにつれ、勝が江戸城無血開城にこだわった理由が浮かび上がってくる。咸臨丸《かんりんまる》でアメリカに渡り、国民が選挙で政治家を選び、憲法に基づいて国が運営され、能力があれば身分など関係なく出世ができる巨大な国家があることに衝撃を受けた勝は、封建的な幕藩体制や身分制度を破壊して、欧米先進国と互角に渡り合う新国家を建設する必要があり、この大改革をスムーズに行うためには、最大の都市・江戸を無傷で残さなければならないと考えていた。ただ勝は、旧体制を破壊するところまでは官軍と理念を共有していただけに、薩摩と長州を主軸にした官軍が、関《せき》ヶ《が》原《はら》の合戦で徳川家康《いえやす》に敗れた恨みと、新政府で要職を得たいという私利私欲で動いていることに気付いていた。官軍のトップでありながら勝と同じ危惧《きぐ》を抱いていた西郷も、理想の新国家のあり方を模索しており、これが二人の交渉の行方をも左右することになる。

だが実際に成立した新政府は、同志を殺した復讐《ふくしゅう》とばかりに佐幕の家臣を追い詰め、薩摩、長州など特定の藩の出身者だけを優遇し、武士としての特権を奪われ不満を口にすれば昔の同志であっても弾圧する強権的な政治を行った。それが佐賀《さが》の乱、神風《しんぷう》連《れん》の乱、萩《はぎ》の乱といった維新の立役者の藩での反乱を誘発し、西郷が反政府運動の首《しゅ》魁《かい》として立った西南《せいなん》戦争へと繋《つな》がることになる。いわゆる有司専制と呼ばれた独善的な政治体制は過去のものと思われがちだが、勝が憂慮した私利私欲の果てに成立した明治政府は現代と地続きになっており、現在の有力代議士には有司専制を支えた藩閥政治家の子孫が少なくなく、また富裕層と貧困層では教育費に差があるため子供の進学、就職でも差があり、政府の財政難で弱者を支援することが難しくなっているなど、今も勝が夢見た理想の国家とはほど遠い状況になっている。一部の私利私欲で出来上がった現実の明治《めいじ》政府とは異なる、勝と西郷の江戸城無血開城の交渉を通して浮き彫りになるもう一つの国家像は、近代国家日本が成立した原点に立ち返ることで、このまま幕末に創出された制度で国を運営するのか、それとも旧制度を壊して別の理念で動く国を作るべきなのかを問い掛けているのである。

中国の伝説上の霊獣・麒麟《きりん》は、『春秋公羊伝』によると「麟は仁獣なり。王者有れば則《すなわ》ち至り、王者無ければ則ち至らず」とされている。『孟子《もうし》』は、仁と徳によって国を運営するのが「王者」であり、これに武力と利益で国を支配する「覇者」を対置した。麒麟児とは将来の活躍が期待される若者の意味だが、既に四〇代だった勝と西郷の物語に『麒麟児』のタイトルが付けられたのは、二人を「王者」が出現するとやって来る麒麟になぞらえ、その理想を受け継ぐ若い世代が登場して欲しいとの願いが込められていたからではないだろうか。

といっても著者は、勝を完全無欠の偉人とはしていない。勝は親族のコネで第一一代将軍・徳川家斉《いえなり》の孫の慶昌《よしまさ》の御相手に選ばれるも、慶昌が早世し出世の糸口になるという親族の期待が水泡に帰すなど、運がない男とされている。ただ勝は落ち込むことはなく、幸運は何ももたらさない、「鍼《はり》や医術、利殖の才、剣の腕、学問、時勢を見抜く目、胆力」など傑出した能力を身に付けなければならないという実力主義に目覚め、懸命に学んだオランダ語が出世の足掛かりになる。経済の低成長が続き格差が広がる日本では、自分では選べない生まれた家の経済力や家庭環境によって将来が決まるという諦念《ていねん》が若い世代に広がっているが、運を否定し、努力を重ね歴史に名を残した勝は、将来は運で決まるという風潮が閉塞感《へいそくかん》を生んでいる現状を打ち破ってくれるだけに、本書を読むと勇気と希望がもらえるのである。

本書は、二〇一八年十二月小社刊の単行本を、
加筆修正のうえ、文庫化したものです。

本書は史実をもとにしたフィクションです。

麒麟児《きりんじ》

冲方《うぶかた》丁《とう》

令和3年 11月25日　初版発行

発行者●堀内大示

発行●株式会社KADOKAWA
〒102-8177　東京都千代田区富士見2-13-3
電話　0570-002-301（ナビダイヤル）

角川文庫 22908

印刷所●株式会社暁印刷
製本所●本間製本株式会社

表紙画●和田三造

ISBN 978-4-04-111788-0　C0193

◇◇◇